親愛的讀者：

今天會是美好的一天，原因如下：

你正翻開一本全新的小說。或許你因為看過音樂劇，對書中角色都很熟悉；要不就是聽過它的原聲帶，甚至看過網路上的影片，[illegible]對艾文．漢森這個人毫無概念，但你覺得封面那棵大樹[illegible]之，我們很高興能與你在此相遇。我們期待你愛上每一[illegible]如當初我們創造他們時，那種打心底喜愛他們的心情，[illegible]訴說的一切，能讓你反思、感受，並有所連結。

[illegible]你。

親愛的艾文·漢森

Dear Evan Hansen

瓦爾·艾米奇 Val Emmich、史提芬·列文森 Steven Levenson、
班吉·帕薩克 Benj Pasek、杰思汀·保羅 Justin Paul——著

陳佳琳——譯

目次

我要退場了。

寧可燃燒殆盡，也不要黯然失色，對吧？科特．柯本曾經在自己的信中這麼寫。我看過一部報導自殺名人的紀錄片。海明威、羅賓．威廉斯、吳爾芙、杭特．湯普森、普拉絲、大衛．佛斯特．華萊士、梵谷。當然了，我哪能跟這些人平起平坐。畢竟，他們對這世界有點貢獻，影響世人深遠。我啥也不是。我連一封信都寫不好。

要讓自己的人生畫布精采，拿火燒就對了。每一天，你越來越灼熱，溫度驟然攀高，直到超越燃點。宇宙繁星也是這樣，最終碎裂或爆炸，生命轉瞬而止。然後，仰望天空時，你不這麼覺得，你會認為星星們都還在。其實它們早就消失，已經不在很久了，我猜，現在的我，也是這種狀態吧。

我的名字。這是我最後寫下的幾個字。寫在另一個人的石膏上。那不算是告別。但是，嘿，我留下了自己的印記。寫在斷掉的手臂上。真是太恰當了，想一想，甚至還滿有意境的。而我現在唯一還做得到的，就是胡思亂想了。

Part I

第一章

親愛的艾文・漢森：

我的每一封信都是這樣開頭：先是「親愛的」，因為大家都這樣寫，這是規矩。接著是收信人的名字。在這裡，我是寫給我自己。沒錯，我寫信給自己。呃，對，所以是：「艾文・漢森」。

艾文其實是我的中間名。我媽想叫我艾文，我爸想要我繼承他的名字「馬克」。從我的出生證明看來，這場名字大戰是我爸贏了，但最終勝利非我媽莫屬。她從來就只叫我艾文。到後來，連我爸也這麼叫了（在此爆個雷：我爸媽已經不在一起囉）。

我只有當過駕照上的馬克（而且我從來沒用過），或在我填求職申請書，還有開學時。例如今天。新老師們點名時會喊「馬克！」，接著，我便得一一請他們叫我艾文就好。當然，通常我都等同學離開教室後，才會上前跟老師說話。

小至芝麻綠豆、大至宇宙國家的事情都足以攪亂我的神經，其中之一就是我姓名的縮寫：M.E.H.，唸起來跟「沒」很像。「沒」基本上就等於聳肩，也幾乎概括了周遭每一個人對我的態度。它不是人們訝異時發出的「喔！」，也絕非大家驚嘆時脫口而出的「啊！」，甚至算不上遲疑時本能會說的「呃」……或是困擾時的「嗯」……，「沒」代表百分百的冷漠。要不要隨便你喔。無所謂。沒人在乎。馬克艾文．漢森，誰？「沒」。

我甚至寧可把自己當作「欸」，比較像在尋求認同，等待確認。就像：「欸，那個艾文．漢森人怎麼樣？」

我媽說我是典型雙魚。雙魚座的符號是兩條綁在一起的魚，彼此卻努力朝反方向游泳。她超迷這些星座占卜的廢話。我在她手機裝了個應用程式，可以顯示每日星座預測。結果，她在家裡到處留下便條，寫什麼「踏出你的舒適區吧」，要不就是將這些星座小語帶進我們的對話：「接受新挑戰。跟隨朋友投資將獲利良多。」我說這些都是胡說八道，但我猜，在我媽心目中，它們多多少少為她提供了一些希望與方向，就像我這些信應該要對我發揮的作用一樣。

講到這些信，敬語之後就該是本文了：主體。我的第一句向來不變：

今天會是美好的一天，原因如下。

正面思考會產生正面經驗。這就是我這份書信作業背後的基本理念。

本來我是想逃避的。我告訴謝爾曼醫師：「我不認為寫信給自己會有什麼用。我連該寫什麼都不知道。」

他挺起身軀，往前在皮椅坐正，不如往常一派輕鬆。「你不需要知道。這就是這份練習的重點，深入探索自己。例如，你第一句可以寫：『今天會是美好的一天，原因如下。』然後接著繼續。」

有時我覺得這些心理治療全是鬼扯，因為我認為問題癥結其實在於我完全無法信服它的意義何在。

總而言之，最終我還是聽了他的建議——而且逐字逐句複製貼上（這樣就少一件事傷腦筋了）。畢竟信的其他內容更是麻煩。第一行只是開場，接下來，我還得用自己的話支援它。我必須證明為什麼今天美好，明明所有證據都與它唱反調。今天之前的每一天都絕非美好，我又何以認定今天就會有所不同呢？

說真的，我完全不這麼認為。因此，是時候替我的想像力加油添醋，確保體內的每一個創意小分子清醒就緒（要寫出一篇美好的打氣文，可不是單憑一己之力能完成的啊）。

> 因為今天你必須做的，就是做好自己，信心十足。這很重要。還要記得保持詼諧有趣、好聊、平易近人。不要躲躲藏藏，向別人展現自己。不是要你搞變態喔，別脫得一絲不掛。就是，當自己就好——真正的你。做好自己。忠於自己。

真正的我。這究竟是什麼意思？聽起來就像那些黑白相間的男性古龍水廣告的假文青宣傳語。好啦，沒差，沒什麼好批評的。謝爾曼醫師說了，深入探索。

探索：我得假設「真正的我」對生活更得心應手，應付人際關係游刃有餘，從不怕事怯弱。比如說，我打賭，他絕不放棄機會，一定會勇於在去年的爵士團發表會向柔依．墨菲自我介紹。他不會瞻前顧後、遲疑不定，大部分的時間都在決定自己該用哪些形容詞精準描述對柔依表演的感想，而不會讓自己聽起來像個怪異的跟蹤狂——超讚、厲害、優秀、發光、迷人、醇厚——最終決定用「超讚」二字後，卻又不敢找她說話，只因為太擔心自己的手汗。手汗哪有什麼大不了？反正她也不會想跟他握手。而且，搞不好有手汗的是她，畢竟她彈了那麼久的吉他。而且，我的手只在我覺得它們會出汗時才狂冒汗，說到底，也是我逼它們發汗的，所以，「真正」的艾文應該不至於會這麼可悲吧。

好喔，我又來了，指使我的雙手冒汗。搞得我得拿被子擦鍵盤，結果按出一堆 csxlmrr xsmit ssdegv。然後，我的手臂也開始流汗，汗水最終會留在石膏底下，密不透風，不久之後，我的石膏瀰漫汗臭味，我最不希望的就是讓其他同學聞到最細微的臭味，特別是在我高三的開學日。可惡耶，假艾文．漢森。你。真。的。很。煩。

深呼吸。

我伸手到床頭抽屜。早上我已經吃了一顆立普能，但謝爾曼醫師說，如果真的撐不下去，再加一顆安定文也沒關係。我吞了安定文，吃下去就感覺好多了。

寫這些信就是這麼麻煩。一開始我直接坦率，接下來卻會開始繞路轉彎，晃進大腦最陰暗可怕的角落，那裡向來不會遇到什麼好事。

「所以你昨晚就直接跳過晚餐？」

是我媽。她俯看我，手裡拿著我沒用的二十美金鈔票。

我闔上筆電，將它塞到枕頭下。「我不餓啊。」

「拜託，寶貝。如果我在上班，你也要自己叫晚餐啊。現在不是什麼都可以上網訂，甚至不需要跟任何人講到話。」

可是，你們知道嗎？才不是這樣。外送員到大門口時，你得跟他說話。還要杵在原地等對方找零，而且他們總是假裝自己零錢不夠，所以你還得被迫當場決定是不是要少給他們小費，萬一小費少給，這些人轉頭離開時絕對低聲碎唸咒罵你，到頭來，你還不是得多給小費，讓自己口袋空空。

「對不起。」我說。

「不需要抱歉。只是，我們找謝爾曼醫師幫忙，就是為了讓你可以自在與人說話，積極參與。不要疏離逃避。」

我在信裡不就是這樣寫的嗎？表現自己？不要躲躲藏藏？我早就知道了。不需要她一直重複。就像手汗，你越刻意在乎它，問題就會越來越嚴重。

現在，她在我床邊踱步，雙臂交叉，掃視房間，大概覺得它跟她上一次進來時不大一樣，又像是龐雜的艾文難題解答就收在我的衣櫃或掛在牆上，所以她如果她仔細搜尋，就一定找得到。相信我，我平常宅在房間這麼久，假使答案在這裡，我一定早就發現了。

我滑下床，套上球鞋。

「講到謝爾曼醫師。」她說：「我替你約了下午跟他見面。」

「今天？為什麼？我下星期就要看到他了啊。」

「我知道。」她瞪著手裡的鈔票，「但我想這樣可以盡快幫到你。」

只因為我一天沒吃晚餐？早知道我就把錢收起來，她就不會知道了，但這等於偷她的錢，因果報應超他媽可怕的。

也許不只因為我沒用到的二十美金鈔票吧。我可能散發出一種自己渾然不覺、令她憂心忡忡的氛圍。我站起身，在鏡子前檢查自己。想看出她究竟察覺了什麼。看來井然有序啊。襯衫扣得筆直整齊，頭髮相當乖順。昨天晚上我甚至還沖了個澡。近來我並沒有常常洗澡，因為要保護我的石膏超麻煩。首先，得替它包上保鮮膜，接下來，再用塑膠袋與膠帶固定好。反正我最近也不髒，自從摔斷手臂後，基本上我每天就是宅在房間。此外，學校也不會有人注意我的外表。

鏡子裡還有其他我至今才發現的細節——我咬指甲，這陣子我咬個不停。好啦，事實是，好幾星期以來，我都在擔心這一天的降臨。經過了一整個暑假的安全隔離後，回到校園總會讓我的感官超出負荷。望著大夥與朋友稱兄道弟，見面擁抱，高聲尖叫，走到哪裡都可以看見小團體聚在角落閒聊，彷彿大家早就約好碰面，分享最有趣的笑話，笑得直不起腰。我在腦中幾乎可以綜觀校園全貌，那是我太熟悉的畫面了。讓我焦慮的是那些我無法預期的東西。上學期，周遭的一切就讓我幾乎無法掌控，如今又出現更多新的人事物必須吸收。最潮的打扮、最夯的科技、新跑車、新髮色、新造型、新刺青、新情侶、新性向與新性別。新班級、新同學、新老師。變化實在太大了，大家卻彷彿一切照舊。但對我而言，每一個學年都是從零開始。

從鏡子也看得見我媽，她的名字鑰匙圈流蘇在她褲子口袋外晃呀晃（這幾年來，我已經成功演化，將之前送她的垃圾禮物——馬克杯、筆、手機殼升等，找人印了「媽媽」或「海蒂」）。她身穿醫護人員的刷手服，看起來甚至比較像命案現場的鑑識人員。累得像狗的鑑識人員。她一直都是「年輕媽媽」，因為她大學畢業就生了我，但我不確定現在的她是否還名副其實。近來她的雙眼總有種揮之不去的疲憊，與她努力想要多睡一點似乎無關，畢竟，她已經藏不住歲月的摧殘了。

「你那些圖釘呢？」她問。

我轉頭望著牆上的地圖。我今年暑假一開始到艾利森州立公園實習時，我確實曾經計畫走遍國內最棒的登山路徑：緬因的絕壁步徑、猶他的天使之頂、夏威夷的卡拉勞步道及阿拉斯加的哈定冰原。我用不同顏色的圖釘標記在地圖上。但暑假一結束，我只想馬上把它們全數取下——只留下一根圖釘。

「我想一次定一個目標就好。」我說：「我想先走西栗步道。」

「在科羅拉多？」我媽問。

她明明看得見它在地圖的位置，卻還要我口頭確定。我給了她她想要的答案：「沒錯。」

她深呼吸一口氣，動作極度誇張，肩頭聳起時簡直就要碰到耳垂，等到它們頹然垮下時，感覺她比之前還要沮喪。我爸就住在科羅拉多。「爸」這個字在我家屋簷下必須謹慎使用，以及任何能聯想到我爸的字眼，例如「馬克」，或像現在的「科羅拉多」。

媽別過頭，她大概想裝酷，但此時此刻她的神情完全不是如此。遍體鱗傷的她還想巍然矗立。算我一份吧，我也是這樣。「今天放學我去接你。」她說：「你最近有沒有在寫謝爾曼醫師要你寫的信？那些替自己打氣的話？你真的要照做啊，艾文。」

我本來每一天都會寫一封信，但暑假時我越來越混。我很確定謝爾曼醫師一定跟我媽告狀，所以她最近才會不時跑來盯我這件事。「我剛剛才在寫。」我回答，因為不用說謊鬆了口氣。

「很好，謝爾曼醫師會想看的。」

「我知道，我今天會在學校寫完它。」

「這些信很重要，寶貝。它們能替你建立信心。特別是開學第一天。」

啊，原來如此。所以才在開學的這一天替我約了謝爾曼醫師。

「我不希望新學年又看到你星期五晚上都宅在家裡上網，你得設法讓自己融入人群啊。」

我真的有在努力。又不是說我什麼都沒做。

她瞄到我桌上一樣東西。「欸，我知道了。」她打開一支簽字筆的筆蓋。「不然你今天請其他人在你的石膏上簽名怎麼樣？這樣破冰最完美了，對吧？」

我真的想不到比她的建議更糟的東西了，這簡直就像開口跟朋友要錢。還是我直接抓一隻瘦巴巴的小狗陪我坐在校園角落，讓眾人的同情心倍增。

來不及了。媽的臉朝我逼近。「艾文。」

「媽，不要啦。」

她把簽字筆遞給我。「把握當下。今天是你該好好把握當下的一天。」

她根本就是直接拷貝星座運勢的吧。「妳不用扯這麼多，『當下』其實就有『今天』的意思啦。」

「隨便。你才是文字大師。我只是要鼓勵你，去給大家好看，對吧？」

我看都沒看她，嘆了一口氣就接下簽字筆。「嗯。」

她走向房門，我正以為自己終於要全身而退了，她又轉身丟給我一個遲疑的微笑。「我覺得你超棒的。」

「喔。好喔。」

她原本上揚的嘴角垂下，然後離開了。

不然我怎麼回答？她嘴裡說我很棒，但她的眼神透露完全相反的心思。她將我視為浴缸上的污點，無論她用哪種強效清潔劑都刷不乾淨。覺得我很棒？怎麼可能。我看，我跟她還是繼續對彼此撒謊吧。

我倒不介意謝爾曼醫師的療程。沒錯，我們的對話向來是例行公事，沒什麼實質內容，通常都很單調，但是能坐下來，好好與另一個人交談，多少讓我的心情穩定些。而且我媽超忙，忙著上班上課，平常幾乎都不見人影，我跟她說話時，也很少真正聽進去。我偶爾打電話給我爸，次數不多，通常都是我有值得分享的大事時。但他相當忙碌。不過，與謝爾曼醫師談話的最大問題，就是我其實很遜。我坐在他對面，總是得絞盡腦汁擠出簡單一、兩字的答覆。所以他才建議我寫信給自己。他告訴我，這讓我更容易抒發自己的情緒，也能幫助我，讓我不要把自己逼得太緊，不過我相信，這也會讓他的工作更輕鬆。

我打開電腦，看看自己到目前為止寫了些什麼。

親愛的艾文・漢森：

這些信的效果有時適得其反。它們原本是想讓我自覺眼前的水杯還有半杯滿，卻也時時提醒我與眾不同。同學之間，沒有人需要寫心理醫師交代的作業。可能根本沒人需要看心理醫師。安定文也不會是他們的零食。當人們靠得太近，過來跟他們說話，或甚至只是朝他們看一眼時，同學也不會忸怩瑟縮。當然他們也絕對不可能只因為宅在家裡，就會惹得自己的媽媽莫名哭泣。

我不需要提醒。我知道自己不對勁。相信我。我知道的。

今天會是美好的一天。

大概吧——如果可以讓我一直待在房間，這句話或有可能成真。

做好自己。

是啊。沒差啦。好喔。

第二章

我已經收拾完畢，但我還站在置物櫃前裝忙。離上課鈴響還很久，假如我現在關上置物櫃，就得被迫到處閒晃，我最不會亂逛了，因為那需要目中無人的自信、合適時髦的打扮，加上泰然自若的步伐。

洛比．歐斯曼（大家叫他洛斯）就是個閒晃專業戶，一天到晚就忙著撥額頭的瀏海，走路時，雙腿總是打開與肩同寬。他甚至知道兩隻手該擺哪裡：四根手指插在牛仔褲口袋，拇指穿過皮帶環。帥餒。

我很想做謝爾曼醫師跟我媽一直拜託我的——「參與」——但我的ＤＮＡ根本找不到這兩個字。早上我搭校車時，大家不是在跟自己的朋友說話，就是盯著自己的手機。我能怎麼辦？現實是：我曾經上網搜尋「如何交朋友」，點開其中一個影片，一直看到最後，我才發現原來那是汽車廣告。

所以我甘願逃避不面對。悲哀的是，我現在得去上課了。

我關上置物櫃，命令自己的身體轉一百八十度。我的頭垂得很低，避開任何視線接觸，只要至少能讓我看見自己要往哪裡走就好。凱菈．米契爾正在向林福瑞炫耀自己的隱適美牙套（我可以請他們其中之一簽我的石膏，不過，我沒別的意思，但我不需要跟我同處食物鏈最底層的學生替我簽名喔）。我走過「雙胞胎」（她們不是真的姊妹，只是打扮得很神似）以及「俄羅斯間諜」身旁（至少我沒聽過自己有什麼綽號）。凡妮莎・魏爾敦應該是在跟她的經紀人講電話吧（她拍了一些地方廠商的廣告）。我前方有兩個白痴在地上幹架。站在貝力先生教室外面的是洛斯，大拇指插在皮帶環，另一隻手則圈著克絲汀・卡波羅的腰。我之前聽說克絲汀跟麥克・米勒搞在一起，但麥克去年畢業了。看來她絲毫不浪費任何時間，馬上勾搭新對象。他們正在親熱，感覺黏乎乎的。還是不要看吧。

我在飲水機前面補給水分，早就忘了原先的計畫：「讓人們看見自己」。這該怎麼做？拿著仙女棒走來走去？發送免費的保險套？我就不是「把握當下」那一型嘛。

潺潺流水聲中，我聽見一個聲音，我想那聲音可能是在對我說話。我停止喝水，身邊真的站了一個人耶——艾拉娜・拜克。

「你暑假過得如何啊？」她問。

艾拉娜上學期微積分先修課時坐在我前面，但我們從未交談。所以現在我們算是在對話嗎？我不相信。「我的暑假？」

「我超充實的。」艾拉娜說：「我接了三份實習工作，累積了九十個小時的公服時數。超強吧，真的。」

「嗯，呃，對，是很……」

「你看我認真很忙，竟然還認識了幾個好朋友。呃，可能比較像是點頭之交。有個女生叫克萊麗莎，還是克麗莎的——我沒聽清楚，還有一個叫布蘭恩的男生。加上我在全國黑人女性領袖培訓營的指導老師皮小姐。還有……」

上學期我只聽過艾拉娜發問或回答問題，她超愛發問。一開始史瓦查老師懶得理她，後來他發現自己毫無選擇，因為她是全班唯一會舉手回應的學生——只好一次又一次點她。她那股蠻勇是我這輩子無法到達的境界，更不用說那一臉燦笑。但就某方面而言，艾拉娜．拜克跟我有許多共通點。儘管她認真投入，背後的大書包總是打到旁邊的人，她在這間學校的地位跟我一樣：邊緣人。

把握當下，媽說。好喔，來吧。我舉起石膏。「妳會不會想要——」

「我的天啊。」艾拉娜叫道：「你手臂怎麼了？」

我打開背包，撈出那支簽字筆。「我摔斷了。我在……」

「真的嗎？我外婆七月時也在浴缸摔斷臀部。醫生們說，這是一切結束的開始。因為後來她就死了。」

「喔……太慘了。」

「就是說啊。」她回答，臉上的微笑強度完全沒有減弱。「開學日快樂！」

她一轉身，背包狠狠撞上我的手，撞飛了簽字筆。我彎腰把它撿起來，等到我站直時，艾拉娜已經不見蹤影，取而代之的是杰德．可萊曼。

「你竟然有這個榮幸，成為打太多手槍把手臂搞斷的冠軍，有沒有感到很驕傲？」杰德的聲音有點太大了。「想像一下。你在房間，關了燈，背景音樂是輕爵士。你那支雜牌手機的螢幕上就是柔依．墨菲的ＩＧ。」

杰德和我認識很久了。他媽是賣房子的。我爸離開我們之後，就是她替我與我媽找到新的容身之處。連續好幾年暑假，可萊曼一家人會找我們母子到他家的游泳俱樂部玩，我們還會去他家吃晚餐，也曾經一起共度猶太新年，我甚至參加過杰德的成人禮。「你想知道事情真相嗎？」我問。

「不想。」杰德說。

不知為何我就是想說，想跟某人分享，或許只是因為我想一次把話說清楚講明白。沒有，我才沒有偷看柔依．墨菲的ＩＧ。至少事發當時並沒有。「其實，我在爬樹，然後掉了下來。」

「你從樹上掉下來？你又不是橡果子。」

「你知道我暑假到公園當實習巡守員嗎？」

「不知道。我為什麼要知道？」

「算了。反正，我現在稱得上是大樹專家了。我不是在炫耀喔。那時，我發現一棵十二公尺的大橡樹，於是爬了上去，然後我就……」

「摔下來了？」杰德問。

「嗯啊，還滿搞笑的，因為我掉到地上後，整整十分鐘躺在原地，等別人來救我。『下一秒就有人來了，』我一直告訴自己：『馬上就要有人來了。』」

「結果呢？」

「一個影子都沒有。這就是最搞笑的。」

「天啊。」

他似乎在可憐我的尷尬處境。可是，喂，我這個當事人把它當成笑話講啊。我知道躺在地上等人來救的畫面確實可悲至極，我是在自我調侃，但一如往常，我的話大概又造成反效果了。我腦子亂七八糟：有人的外婆過世了、剛才喝水時，水滴濺得我襯衫到處都是、第一節課甚至還沒開始，還有，待會在教室坐定後，我又得整整四十五分鐘回應「馬克」這個名字。

找杰德．可萊曼講話就會有這種下場，此人甚至曾在一堂關於大屠殺課上放聲大笑。雖然他發毒誓，說自己不是針對那些讓同學驚呼連連的殘忍黑白照片。我算是相信他的說法，不過，我幾乎敢斷言，這傢伙一點良知都沒有。

杰德還沒走開，於是我偷了艾拉娜．拜克的問題。「你的暑假過得如何？」

「嗯，夏令營時，我的小隊搶旗成功，而且，我跟一個以後要進軍隊的以色列女孩上了二壘，摸到她胸部。這回答你的問題了嗎？」

「其實……」我手裡還拿著簽字筆。真不知道我幹嘛還費心找人簽石膏。算了。「你要不要在我的石膏簽名？」

他大笑，直接對著我的臉。「為什麼問我？」

「不知道。因為我們是朋友？」

「我們是『家族』朋友。」杰德說：「這是兩回事，你也知道。」

是嗎？我曾經在杰德家地下室沙發打電動，還在他面前換泳褲。是他告訴我，在泳褲下面穿內褲很不正常。是啦，我們現在是比較少往來了，而且只有在與彼此家人聚會時才見得到面，但那些回憶都很可貴，不是嗎？家族朋友，技術上而言，還是朋友吧？

「請你媽告訴我媽，我對你很好，不然我爸媽就不替我付汽車保險了。」杰德只丟下這句話就走了。

杰德很雞掰，但他是我的雞掰——不是啦，不是字面上的意思，我只是說，他不是爛人，只是故意表現像個人渣，但其實他一點說服力也沒有。他的玳瑁眼鏡框與海灘花襯衫根本跟他不搭嘎，掛在脖子上的超大耳機甚至沒有插在手機上。儘管如此，整體而言，他還是比我會打扮多了。

鈴聲剛響時我正好進教室，找到座位（我喜歡坐在離後門最近的位子，遠離眾人目光，離出口又近）。我安頓自己，一絲成就感湧上心頭。石膏上還沒有名字，但我今天已經比去年開學的第一個月內跟更多人互動了。算是認真把握當下吧？

不知道，或許今天終究會很美好的。

第三章

錯了。一點也不好。

第一節還過得去，沒發生什麼可怕的事。接下來幾堂課也還好。我順利糾正老師們從「馬克」改叫「艾文」。這讓我自覺還不錯，甚至開始正面思考了。

然後，午餐時間到了。

我向來就不愛午餐時間。學校空間不夠，大家想坐哪就坐哪，不過同學想坐的地點絕對不會離我很近。我設法在其他邊緣人聚集的角落小桌找到空位，逼自己嚥下十年來千篇一律的自製奶油果醬三明治（三明治是午餐時我唯一能掌控的事物）。但坐在角落感覺就是躲躲藏藏，我答應自己不再這樣的。至少今天不行。

我瞥見杰德端著托盤走過排隊人潮——他通常都自己坐著看電腦，我等到他結帳完。看到我，他真是太「開心」了。

「又是你？」杰德說。

本能要我放他走，但就這一次，我叫本能給我滾遠一點。「我在想今天也許可以跟你一起吃午餐？」

杰德看起來快吐了。在他正式開口拒絕我之前，一道陰影蓋過了他。通過我們之間的是那位名叫康納．墨菲的神祕生物。康納打斷我們的對話，低頭經過，對周遭環境渾然未覺。杰德與我目視他走遠。

「新髮型長度我很ＯＫ喔。」杰德對我喃喃說道：「很有校園槍手風。」

我瑟縮了。

康納停下腳步，他沉重的靴子發出響亮敲擊聲。他的雙眼——從他過長的頭髮，我實在看不清楚，只能算是勉強瞥見——射出兩道冰冷鋼鐵般的藍色死光。他絕對聽見杰德了。我猜他終究不如外表疏離漠然。

康納沒有移動，沒有說話，只是瞪著我們。這個人全身上下都讓我不寒而慄。他大概來自永凍層，才會在大熱天時把自己裹得緊緊的。

杰德或許魯莽，但並不笨。「我是開玩笑的啦。」他對康納說：「就當笑話聽。」

「是喔，不會啊，好笑。」康納說：「連我都笑出聲了，你看不出來嗎？」

杰德不再像剛才那樣狂妄了。

「是不是我笑得不夠大聲？」康納問。

杰德開始緊張微笑，讓我也隨之緊張微笑。我忍不住。

「你真是超級大怪咖。」杰德對康納說完這句話，便拔腿快跑。我該跟上去的，但我無法移動雙腿。

康納朝我逼近。「你他媽的又在笑什麼？」

我不知道，我緊張時就會做蠢事，這表示我無時無刻都在做蠢事。

「媽的不要再笑我了。」康納說。

「我沒有。」我反駁，這是真的。我根本沒有在笑。我嚇得動不了。

「你也覺得我怪？」

「我沒有——」

「我不是怪咖。」

「我沒有——」

「他媽的你才怪咖。」

一顆炸彈剛爆了。

我當場倒地不起。康納仍高高矗立。

那不是真正的炸彈——康納的兩條手臂掛滿叮叮噹噹的沉重金屬手環，它們直直朝我胸口打過來，讓我跌倒在地。

在他怒氣沖沖離開前，我看得出來，他跟我一樣激動。

我撐住身體坐起來，潮溼的手心沾滿人們球鞋的灰塵髒污。

大家行色匆匆，從我身邊走過去，有些人甚至說了幾句幫不上忙的閒話，可是，隨便啦，我什麼也聽不見，但是，我也無法移動自己。我不想動。為什麼？這就像那次我從艾利森公園的大樹摔下地面。我就直接躺著不動。早知道，我永遠待在大樹底下就好。早知道，我今天就待在家裡。躲躲藏藏有什麼不對？至少很安全。我何必總是跟自己過不去？

「你還好嗎？」

我抬頭一看。震驚。雙重震驚。第一，這是今天有第二位女生找我說話。第二，因為她是柔依·墨菲。沒錯。獨一無二。柔依·墨菲。本人。

「還好。」我說。

「替我哥向你道歉。」她說：「他是神經病。」

「是啊，沒有啦，我們只是在鬧著玩。」

她點頭的動作跟我媽應付妄想症病患（即我本人）時一模一樣。「呃……」柔依問：「所以坐在地上很舒服還是……？」

喔，對，我還在地上。為什麼我還坐著？我站起來，手抹抹褲子。

「你是艾文，對嗎？」柔依問。

「艾文？」

「這是你的名字？」

「喔，對。是。是艾文，艾文，對不起。」

「你道什麼歉？」柔依問。

「呃……因為妳剛才叫我艾文，結果我又重複一次。這樣其實滿惹人討厭的吧？」

「喔。」她伸出手，「好吧，我是柔依。」

我沒有跟她握手，反而是揮揮手，因為灰塵沾滿了我汗溼的手心，但我馬上後悔了。這動作讓我顯得更怪異。「我知道。」

「你知道？」柔依問。

「沒有啦，我是說，我認識妳。我知道妳是誰。我看過妳在爵士樂團彈吉他。我很愛聽爵士。不是所有的爵士樂，不過現場演奏絕對ＯＫ。我開始胡說八道了。對不起。」

「你很愛道歉耶。」

「對不起。」

幹。

她笑出聲。

不知道我為什麼緊張成這樣，不過我平常就是如此，而且才剛被一個神經病推到地上，此人又正好是柔依她哥。可是，柔依為什麼對我會產生這種作用？她不算美，也不能說很夯。她就是很平凡——不是平淡喔，是很有存在感的那種真實的平凡。

大概是因為我一直在期待這一刻吧，有機會跟她說話，而且我等很久了，從我第一次看她演奏到現在。我知道她比我小一屆，在學校看過她很多次。但直到那一次音樂會我才真正注意她。如果你去問那天的聽眾——其實沒多少人——他們對吉他手的表現評語，搞不好只會得到：「什麼？你說誰？」吹小喇叭的幾個傢伙本來就很紅，貝斯手人高馬大，一定是目光焦點，加上那位動作誇張得不得了的鼓手。柔依站得很旁邊，甚至沒有獨奏橋段，怎麼說都不顯眼。或許正因為她只是背景陪襯，才會讓我心有戚戚焉。在我眼中，唯一的聚光燈就打在她身上。我無法解釋，總之，就這樣。

那次之後，我又看她表演了幾回。我很認真觀察她。我知道她的吉他顏色是蒂芙尼藍。她的背帶繡了幾道閃電，牛仔褲管反折處還用筆畫了許多顆星星。她彈吉他時，右腳會輕輕點地數拍子，雙眼緊閉，臉上帶著淺淺的微笑。

「我鼻子沾了什麼東西嗎？」柔依問。

「沒有。怎麼了？」

「你盯著我看。」

「喔。對不起。」

我又來了。

柔依點頭。「我的午餐涼了。」

我感覺她之前早就做過上千萬次類似的行為，及時趕到現場，替她哥收拾爛攤子。她一旦確認我沒事，她就要去忙自己的事了。但我不想當她需要收拾的爛攤子。

「等等。」我說。

她轉過頭。「怎樣？」

表現自己，艾文。說幾句話，什麼都好。告訴她你好欣賞爵士傳奇樂手，例如邁爾斯·戴維斯或強哥·萊哈特。問她是不是也喜歡他們。告訴她你最近看的電音舞曲紀錄片，讓她知道你也在嘗試創作電音舞曲，只是曲風稍嫌粗糙，畢竟你沒什麼音樂天分。讓她對你留下深刻印象，要她簽你的石膏。不要害羞。不要只甘願當「沒」。你知道自己接下來可能會怎麼做，不要陷入自己的圈套！

我低頭看著地板。「沒事。」我說。

她遲疑了一會兒，轉身走開時，她的腳趾可能有在那雙老舊的Converse球鞋裡對我揮手道別吧。我望著她走遠。

等我終於準備吃午餐時，才發現剛才那一摔，不只壓扁了我早就薄弱如紙的自我，連可靠的奶油果醬三明治也被我壓壞了。

*

我媽在我上電腦課時傳訊來，要我打電話給她。我很樂意。我已經盯著空白螢幕二十分鐘了。

我一直想要寫完得交給謝爾曼醫師的信。四月開始療程後，我每天早上上學前都會寫一封信。它成了我的例行公事。每星期，我都會將信交給謝爾曼醫師看，雖然我不盡信自己寫出來的內容，但看著他手裡握著那疊信紙時，我仍有種隱約的成就感。那就是我。我的作品。我的文字。但過了一陣子之後，謝爾曼醫師不再要求看信，沒多久，我自己也懶得寫了。其實寫信沒什麼用，它們真的不怎麼改變我的思緒。

暑假時，我的行程全都打亂，寫信完全沒被我列入其中。謝爾曼醫師察覺我開始打混，又要求看我的信了，如果我沒寫完今天這封信，等會絕對開天窗。之前我也曾經這樣——兩手空空，把信忘在家裡沒帶，至今我仍然難忘當天謝爾曼醫師丟給我的眼神。他想要保持冷靜，但唬不了我，這些年來，我讀心術變得超強，任何最細微的失望心情我總能立即察覺，也叫我完全無力承受。

我總得拿點東西給謝爾曼醫師看，但到目前為止，我只寫了「親愛的艾文．漢森」。早上寫的其他內容全都被我刪了。什麼忠於自己的鬼話。我這麼寫，只因為聽起來滿爽的。當然很爽啊。幻想絕對是最棒的，但現實一降臨，就會將你一把推到地板，任何幻想也隨之破滅。它只會讓你張口結舌，該說的話都卡在腦子。它只會讓你獨自默默吞下壓扁的午餐。

但今天至少有個亮點：柔依．墨菲不只找我說話，還知道我是誰。她、知道、我的、名字。我的大腦無法理解黑洞、立體圖，也不知道該如何處理這件事。儘管我對我倆的短暫互動充滿希望，我更擔心自己的表現毀了當下，所以往後也不用再期待類似的經驗了。

我打電話給我媽，響了幾聲之後，我準備掛上電話，但她接起來了。

「寶貝，嗨，」她說：「是這樣，我知道我本來該接你去看醫生，但我臨時走不開。愛瑞卡中了流感請假，今天只有我值班，所以我自願繼續替她輪值。早上醫院宣布接下來要縮減預算，我待下來，表現自己很注重團隊，會很有幫助的，你懂吧？」

好喔。我當然懂。她向來是團隊的一分子，問題是，她也應該屬於我的團隊啊。我媽比較像是教練，比賽前來一大段振奮人心鼓舞士氣的演說，但哨聲一響，輪我上場時，她卻早已開溜，不見蹤影。

「沒關係。」我說：「我搭公車就好。」

「太好了，這樣就好。」

我也可以翹掉與謝爾曼醫師的會面。一開始又不是我安排的。我已經受夠把握當下了。

「我直接從醫院去上課，回家時應該已經很晚，拜託你一定要吃點東西。冰箱還有Trader Joe's的水餃。」

「希望你今天過得不錯，寶貝。」

「還好。可以，算滿不錯的了。」只剩兩節課了。

「那就好。太棒了，希望這是新學期的好開始。我們很需要，對吧？」

我應該回答「對」，但我根本沒時間想這個問題，更不用說回答了。

「啊，不行，寶貝，我要去忙了，再見囉，愛你。」

她的聲音消失了。

一股寂寥孤單幾乎立刻準備吞噬我，甚至威脅要從我的雙眼滲出來。我什麼人也沒有。悲哀的是，這可不是幻覺。這是百分之百全天然無機無添加的現實人生。是有謝爾曼醫師啦，但他計時收費。還有我爸，但如果他真的在乎，就不會搬到遙遠的西岸。還有我媽，但今晚她不在，昨晚不在，前晚她也不在。說真的，掐指一數，到底我身邊還有誰啊？

在我面前的電腦螢幕上，只有一個人的名字：艾文．漢森。我。我。我只有我。

我將手指放上鍵盤。不想再鬼扯了。

親愛的艾文．漢森：

到頭來，今天一點也不美好。未來，也不會有什麼美好的一星期或美好的一年。何必呢？

喔，我想到了，因為，還有柔依。我所有的希望都繫在柔依一個人身上。我根本不認識她，她也不了解我。但如果我能好好熟悉她這個人，跟她說話，與她聊天，那麼也許——也許一切終能有所不同。

我想要改變。我希望自己能有所歸屬。真希望有一個人能好好聽我要說的話。只是，說真的：假使我明天消失，難道真會有人注意到嗎？

你最親愛的好朋友

我　敬上

我沒必要重新唸一次，便直接按下了列印鍵，從椅子上跳起來，精力充沛。剛才我在寫信時，彷彿被什麼東西擊中了，這種感受很陌生，我開始精確描述自己的心情寫照，完全不經考慮。而且，就是「現在」，我又在猶豫了，不過，剛才我已經寫完，也印了出來，毫不遲疑，就這麼一次流暢地完成所有動作。

只是，這封信明明就該馬上撕成碎片，丟進垃圾桶。我不能將它交給謝爾曼醫師。他一直要求我正面樂觀，但這封信啥也不是，只有全然的無助與絕望。我知道我理應與謝爾曼醫師分享喜怒哀樂，讓我媽開心，但他們並非真的想知道我的心情。他們只希望我過得還可以，就算只是我嘴上說說，他們也能接受。

我轉身，急著要趕到印表機前，結果，我差點撞上康納．墨菲。我畏縮了，等著他再推我一把，但他的兩手沒有動作。

「是怎樣啊？」康納說：「怎麼了？」

「什麼？」

他低頭瞥視。「你的手臂。」

我也垂下視線，看他在說什麼。喔。這個嗎？

「呃，」我說：「暑假我在艾利森公園實習當巡守員，有一天早上輪值時，我發現一棵十二公尺高的超大橡樹，我開始往上爬，然後，我——就摔下來了。其實滿搞笑的，因為摔到地上後，我整整等了十分鐘，以為會有人來救我。『下一秒就有人來了，』我一直告訴自己：『馬上就要有人來了。』後來呢，果然沒人出現，所以……」

康納只是盯著我。然後，他突然意識到我說完了，立刻放聲大笑。我一直假裝自己想要的，就是人們對我這段「搞笑」故事，會有像他現在的反應，如今我的幻想成真，我卻必須承認這根本不是我要的。大概，這就是剛才我恥笑康納的代價，但不知為何，他聽起來不大像是在報復。

「你從樹上掉下來？」康納說：「這真他媽的是我聽過最悲哀的事了。」

我無法反駁。

也許是他下巴的幾根短髭，要不就是他帽T散發的煙味，或是他的黑色指甲油，更有可能是因為我聽說他因吸毒被上一所學校開除，總之我感覺康納比我大好幾歲，我只是個小鬼，而他已經是個男人。這滿怪的，因為現在我站在他面前時，才意識到他非常瘦小，如果不是因為他的靴子，我甚至可能比他還高。

「我建議你，」康納說：「下一次你可以把故事編得更精采一點。」

「是啊，大概吧。」我承認。

康納低頭看著地板。我也是。

「就說你跟一個有種族歧視的人渣吵架啊。」他默默說。

「什麼？」

「《梅岡城故事》。」他說。

「喔……你是說那本小說？」

「就是啊。」康納說：「你記得結局吧？詹姆與絲考特準備逃離那個粗人時，詹姆的手臂被那傢伙打斷了。奮戰後的光榮印記。」

我們大家在高一就看過《梅岡城故事》了，我只是很驚訝康納真的認真看了那本書，也訝異他竟然此時此刻選擇與我討論它，而且可以表現得這麼淡定。

他將頭髮撥進耳後，發現了一件事。「沒人簽你的石膏。」

我望著那硬梆梆的石膏許久：上面依然空白，依然可悲。

康納聳肩。「我來簽吧。」

「喔。」我打心底想拒絕，「不用啦。」

「你有簽字筆嗎？」

我想說沒有，但我的手背叛了我，它伸進我的背包，將筆遞給他。

康納咬開筆蓋，將我的手臂舉起來。我別過頭，卻仍能聽得見墨水印上石膏的聲音，時間拖得比我想像中還要久。康納將每個字母都視為等同於畢卡索的大作。

「好囉。」康納說，大概是完成他的曠世巨作了。

我低下頭。就在我手臂石膏面對世界的那一面，清楚延伸拉長的是六個我見過最龐大的字母：**CONNOR**。

康納點頭欣賞他的創作。我不打算戳破他的美妙泡泡。「哇。謝了。真的。」

他將筆蓋吐回掌心，把它蓋回去，將筆還給我。「現在我們兩人都可以假裝自己有朋友了。」

我不大確定該如何解釋這句話。康納怎麼知道我沒有朋友？是因為他也沒有朋友，所以認定我跟他同病相憐？或是他假設沒人簽我的石膏，所以我沒朋友？他是否知道我什麼祕密？這代表我讓他有印象。當然，讓康納．墨菲有印象可不算叫人得意，而且我在他心目中的形象大概也馬馬虎虎，不過，這多少還算點成就吧？如果某人真想聽從他心理醫生的忠告，凡事正面思考，這整件事的發展幾乎稱得上是小小的勝利吧。

「說得真對。」我說。

「還有，」康納說，一面拉出夾在腋下的一張紙。「這是你的？我在印表機拿到的。『親愛的艾文．漢森』就是你，對吧？」

我的五臟六腑全都尖聲驚叫。「喔，那個啊？沒什麼啦。就只是我亂寫的東西。」

「你是作家？」

「沒有，不是。這不是，寫來玩的。」

他仔細看了內容，表情變了。「『因為有柔依。』」他抬起頭，目光冷酷。「你在寫我妹？」

他的雙唇抿緊，我看見我們短暫的連結瞬間斷裂。我往後退。「你妹？你妹是誰？沒有，這跟她沒有關係。」

他咄咄逼人朝我跨了一大步，瞬間吞噬我們之間的距離。「幹，我不笨喔。」

「我沒說你笨。」

「但你心裡是這麼想的。」康納說。

「我沒有。」

「你他媽不要給我說謊。我知道這是什麼。你寫這封信，知道我會看見。」

「什麼？」

「你知道電腦教室除了你，只有我在，所以你寫這封信，還把它印出來，是要讓我發現它。」

我環顧教室。「我為什麼要這樣？」

「這樣我才會看見你寫的那些關於我妹的變態鬼話，讓我大抓狂，對吧？」

「不是。你幹嘛？到底在說什麼啊？」

「接下來，你就可以告訴大家我瘋了，對嗎？」

「我沒有——」

他用力戳我雙眼間的鼻梁。「我操你媽。」

我原本以為他脫口而出的那幾個字會凶狠惡毒，感覺後面會加上鮮紅色的大型驚嘆號，足以讓人當場斃命，結果它們完全沒什麼後勁。他轉身準備走到門口，大概覺得我不值得他傷腦筋吧。這我完全同意。總而言之，謝天謝地，因為我確定自己今天應該活不過另一次跌跤。

空氣從我肺部釋放，我的身體放鬆了。但解脫感只有一秒鐘，我望著康納．墨菲踱步離去，開口叫他，但他動作太快了，他走出大門時，手裡緊握的那東西絕對成了我腦海另一個血紅色的大驚嘆號：信還在他手上！

第四章

我的腳成了割草機，想把占領車站人行道的一小片野草鏟平。幾個國中生又著迷又憂慮地望著我的動作。我知道著迷跟憂慮是什麼樣子，他們大概可能認定我痛恨野草。完全不對。是因為我早上吃的藥一點都沒有發揮作用，讓我冷靜不下來。我就要面對行刑大隊，而且毫無挽救的機會了。

我求媽今天讓我待在家裡，但要讓一名護理師相信你生病了，需要的是本人完全不具備的強大說服力。老實說，我真的覺得不舒服。一點十一分。兩點四十七分。三點二十六分。昨天晚上，我每小時就檢查一次時鐘。清晨鬧鐘終於響起時，我應該才剛入睡。

謝爾曼醫師沒有幫上什麼忙。昨天我仍然去做了治療，放學後搭了很久的公車。後來，我另外寫了一封措詞正確、振奮鼓舞的信，我望著謝爾曼醫師直接從我電腦螢幕看信，他沒有發表評論。

我嘗試誠實坦白，含糊交代那件令我深深困擾的事。「有人拿了我的東西。」我告訴謝爾曼醫師，「很私人的東西，我很擔心東西拿不回來。」

「那我們好好探索一下，」謝爾曼醫師說：「如果這東西沒還你，最糟糕的後果會是什麼？」

真正的答案：康納將我的信放上網，搞得全校眾所皆知，包括柔依。大家會知道我寫信給自己，吐露最赤裸坦率的心事，簡直丟臉至極，而且超詭異的。原本我奮力讓自己熬過一天算一天，如今我的心力全都泡湯，現在我只感覺更孤單渺小，昨天的我完全沒想到，高三開學的第一天會這麼慘烈。

我給謝爾曼醫師的答案：「我不知道。」

到目前為止，就我所知，最糟糕的狀況還沒出現。還沒有。網路上還看不到我的信。我搜尋自己的名字，沒出現什麼新的網頁。還沒有人在談論它。

杰德．可萊曼的最新貼文是：「**我剛才悶在被窩放屁。**」

艾拉娜．拜克寫道：「**亞洲與非洲某些地區的孩童，每天平均得走上六公里才能取到乾淨的水源。**」

洛斯按一位泳裝模特兒的貼文讚，開始追蹤「家樂氏香甜玉米片」。

我想到另一樣食物：薯泥。去年某一天的午餐時間，麗塔．馬丁娜與貝姬．威爾遜吵了一架。沒有人知道兩個人是怎麼開始的，但大家都記得麗塔跳上貝姬面前，狠狠撂下：我要把這些薯泥塞進妳的……，最後一個字麗塔說得不清不楚，沒人聽見她指的是貝姬的「前門」或「後門」，反正也不重要了。隨後，校園開始風行一項活動。同學們紛紛將薯泥送到貝姬家。午餐時，大家也會模仿那場薯泥大戰。在我們學校，如果你希望有人滾遠一點，甚至可以說「薯泥」。要不也可以用烏雲的表情符號，因為它看起來跟薯泥很像。康納從我那裡偷走的信就是我的薯泥。萬一它真的公諸於世，便永遠不會消失，它就要跟著我，一路到天涯海角。

校車轉過街角。我讓腳休息一下，開始懷疑我這麼憂慮最糟糕的狀況是不是過於天真又沒創意。有可能我的思考模式仍然不夠反社會。萬一康納選擇採取傳統路線呢？例如大量影印我的信，將它們塞進每位同學的置物櫃，搞不好他本人目前就在校園，趁大家進教室前人手一張。這很合理。他認定我的信就是要讓大家把他當瘋子，如今為了反擊，他要向學校上上下下每一個人宣示，真正的瘋子是寫信給自己的人。就是這傢伙：艾文．漢森。

我踏上校車，不大確定是引擎或我體內正在轟隆作響。當我沿著走道坐進座位時，沒人叫囂。我隔壁座位的同學整個人躺在位子上打呼。車子顛簸往前，我的處決時間開始進入倒數十分鐘。

時間比我想像中走得更快。笑聲讓我的雙眼離開手機螢幕——坐在我前面兩排的一個男生笑得快崩潰。他靠向走道，將手機拿給他的死黨。那傢伙接過手機，「真的假的啦。」他對朋友說。現在他們都在大笑了。

就是這個了——最糟糕的狀況。康納算準了在我出發上學時發動奇襲，他真的是發了瘋的天才。這些人隨時就要轉過身，對地球上最可悲的魯蛇訕笑羞辱了。

我閉上眼睛，知道一旦睜開它們後，我就要面對一場全新的夢魘，但我只看見那人將手機還給朋友，校車再度恢復安靜了。

我下車後，沒見到任何人在發印有我名字的紙張，也沒人拿著那張紙對我開玩笑。但是，當我走上水泥小徑，穿過學校的金屬大門時，我仍然有點上氣不接下氣。在校門的另一邊，究竟還有何等黑暗驚喜等著迎接我？

*

英文課：沒有悲劇。微積分：沒有問題。化學：沒有爆炸。

我一路撐到午休時間都毫髮無傷。你會以為我解脫了。沒有，這種緊張期待快把我搞死了。我只想要今天趕緊結束。

學生餐廳是我與康納口角的第一現場，在這裡讓我當場斃命絕對會成為我倆傳奇的完美結局。而且，真正想出鋒頭的傢伙一定會善用此處飢渴龐大的觀眾群。

問題來了：我在這裡幹嘛？問題只有一個答案：我不知道。我的選擇向來只有戰鬥或逃跑，但我向來都卡在中間的灰色地帶，左右為難。我會待在原處，等著挨揍。

我貼著後方牆壁躡腳前進，看起來像在找一張安全無虞的桌子，但主要還是在搜尋康納的身影。目前為止，我還沒看見他。我坐下來開始吃。我盡力了。我的牙齒咬進小胡蘿蔔，清脆的回音在我腦海如槍聲般迴盪。我吞了一口蘿蔔，覺得自己已經飽了，因為我突然想到一件事，那令我相當不安。今天我不只沒看見康納，柔依也還沒現身。

康納缺席並不少見。但是柔依也在同一天請假？應該不會是墨菲一家在開學第一週就安排家庭旅遊吧？柔依好像也與康納處不來，不可能跟他一起翹課放大假。而且，我也記不得柔依上一次請假是什麼時候，對，沒錯，我都會留意這些。有人每天都得來一瓶能量飲料或一杯咖啡，但是我只要看柔依幾眼，就足以提供我當天需要的動力。通常至少需要兩次：一次是大教室前（她的置物櫃就在我那一區），接著是午休時間。我寧可說她的缺席純屬巧合。其他時候或許我可以如此解釋，但經過昨天之後，我就不這麼認為了。康納與柔依今天都沒來，一定是出了什麼事，我不是自戀狂，但我總隱隱覺得可怕，認定整件事到頭來絕對又跟我脫離不了關係。

希望我錯了。也許他們都來上學，只是我還沒看見他們而已。要不就是兩個人都中了流感，因此才會請假。杰德離我幾張桌子遠，一面吃三明治，一面盯著電腦。我拍拍他肩膀。

「幹嘛？」他連頭都沒抬。

「我能跟你說話嗎？」

「我寧可不要。」

懂了，但我又找不到人講話，而且茲事體大。「你今天看到了康納．墨菲嗎？或柔依．墨菲？」

「喔喔喔，原來如此啊，昨天我看見你跟柔依說話喔。終於採取行動了，是嗎？」

「沒有啦，不是那樣。」

「需要我幫你找到陰道在哪裡嗎？」杰德問：「我確定應該有APP教你怎麼找。」

他被自己的笑話惹得捧腹大笑。他仍然沒有看向我（或看過陰道，我想）。我掃視餐廳，想找到我的暗黑復仇天使，或他那位比較和善的妹妹。很難說，也許他們在某個角落。我轉回杰德身上。「我只是問你有沒有看見她。」

「沒有，沒看見，」杰德說：「但我絕對會告訴她，你在找她。」

「不要，拜託不要。」

他終於抬起頭。「就這麼說定了。不客氣。」

我離開時，他問：「或？」

「什麼？」

他指向我的石膏。雖然氣溫至少有三十二度以上，我還是故意穿了長袖，石膏露出來的康納簽名只剩下最後兩個字母，O與R。康納簽名時幾乎寫遍整個石膏，我沒法將它完全藏起來。

「死，」我回答：「生或死。」不知道我為何這樣回答，這幾個字又究竟代表什麼意思，但它感覺再真實不過，不只今天，而是一直如此。

＊

我的石膏在體育課全都露出來了。今天我們要測體適能。每學年開始與結束時會各測一次，那兩天我最討厭上學。

柏特老師要我們在籃球場端線排成一排。女子足球校隊隊長瑪姬．溫德爾聽從老師指令，為大家展示每一個動作。

我低頭望著手臂，這樣要怎麼拉單槓？我連兩手正常時都做不好了，現在一隻手上了石膏，應該連試都不用試了吧？伏地挺身也是一樣。今天我終於能逃過體適能測驗，石膏總算為我帶來一線希望。

柏特老師講完後，我走到她面前，給她看我的石膏。她似乎很討厭看見我，彷彿我這軟趴趴又支離破碎的軀體有可能會讓她的肌肉感染病毒。我不得不承認，柏特老師都這把年紀了，但體格仍然保持得不錯，我看她應該比我媽還老。但是她沒來由地評斷我，對我很不公平，她又不知道我受傷的真正原因。也許我是替遊民蓋房子時從屋頂掉下來？甚至可能是跟一個有種族歧視的人渣打架呢！

柏特老師問：「你那東西有證明嗎？」**那東西**。

「證明？」我問。

「醫生證明。」

「我媽應該有寫電子郵件到學校。」

我沒聽清楚她嘴裡在碎唸什麼，但當她要我去板凳休息時，我倒聽見她嘆了一口氣。幾位特定身材的同學嫉妒地望著我。

我成功躲過一顆子彈，但真正的槍手還在逍遙。好啦，我不應該拿槍手開玩笑，想都不能想，但怎麼可能不想？我們固定進行槍擊演習，以防學校真的出現殺手。根據統計，攻擊者通常不會是外人，而以社區人士居多。我有時會想像同學之間有誰會持槍從大門走進來。這是個簡單的消去法。之前，在我考慮所有的可能人物時，我必須承認，偶爾，我腦海中的厄運轉輪指針，也曾經指在康納．墨菲的名字上。

老實說，我不認為康納有這本事。他不算真的有暴力傾向。是啦，昨天午休時他推了我一把，但那是誤會，就像我那封信。但話又說回來，人們在血腥事件發生之前，不都這麼認為嗎？事後才又補上，「喔，我就知道。」說真的，我哪知道哪些人有什麼本領呢？我連我自己能做什麼都沒概念了。我也一天到晚被自己嚇到。

我跟康納一年級同班。我記得他每天都哭。我從來就不知道為了什麼，只知道大家都見怪不怪。因為康納就是這樣：愛哭鬼。但那是很久以前的事了，如今的康納早已不可同日而語，真希望我能找到他，跟他談談。他這個人很難掌握，但並非不講理。至少我這麼認為。如果讓我有機會向他解釋信的來龍去脈，他或許也會同意替我保密。

我抬頭望向籃框後的時鐘。今天快結束了，最糟糕的狀況還沒有出現。也許就這麼一次，我真該聽從謝爾曼醫師的建議，選擇樂觀面對。康納也許直接把我那封信扔進垃圾桶，我何必認為他會在乎我？他此時此刻也許躲在哪裡嗑藥嗑得很嗨，忘記我的存在了。

這聽起來很動人，然後，還有一件事無法解釋：柔依呢？

顯然（可能）發生的是：康納給她看了信，說服她我是可怕的跟蹤者，他們兩人一整天都在市區，設法取得針對我的禁制令。他們認定我是一大威脅。我?!太可笑了。

假如不是上述，那麼也有可能是規模相當的慘況。放學鈴一響，我沒搭校車，直接走路回家，努力排除所有恐怖的思緒。我完全不記得自己是如何走進家門的。

*

第二天也差不多，但我的焦慮緊張越發高漲。康納．墨菲仍然不見人影。前一秒我確信他就要現身，把我羞辱得讓我整個人忘記人生，下一秒我又深信自己把那封信看得過度重要，小題大作。一天之內，我的情緒起伏竟然可以如此劇烈，我的世界先是戛然而止，接著又重新啟動，就這麼不斷重複。

我回家了，之前我用來逃避人生的方法，今天卻毫無作用。我打算看很多電影。最理想的就是關於遁世者、邊緣人或開拓先驅的紀錄片。不然異教派教主、歷史怪咖或自殺的歌手也行。快給我幾個罕病患者或天賦異稟的人類吧。我需要認識那些原本深受誤解，卻終於找到知音伯樂的人們。我最喜歡的紀錄片是一位名叫薇薇安．邁爾的保母，她是世上最優秀的攝影師之一，但直到她死後，她的才華才得以公諸於世。

今天晚上我認真看關於愛德華．史諾登的電影，這個人因為告密，不得不逃離美國，到國外尋求政治庇護。看到這傢伙鎮日活在驚惶中，更讓我神經緊繃。

如果能找人談談就好了。我已經連續兩天卡在自己思緒的死胡同。謝爾曼醫師沒有用，而就算我媽在家，我也不能跟她討論這些。我在心裡整理自己在緊急時刻能尋求協助的名單（短得不得了）。最後只冒出一個人的名字。

杰德．可萊曼或許嘲笑了大屠殺，但朝好的方面看，至少你不用揣測他的心思。我用得上他的坦率單純。我私訊他，解釋我跟康納之間的事情。

寫信給自己？

這是什麼鬼啊？

跟性有關嗎？

沒有啦，跟性沒關係。

幹什麼用的？
你為什麼要跟我說這些？

靠北喔。

你覺得不妙？

？？？

誰知道啊？
康納本來就很地獄。
你記不記得二年級時？
他把印表機摔到G老師身上

這是作業。

可以加分。

我不知道還能找誰。
你是我唯一的家族朋友

我不知道怎麼辦。
他偷了我的信。
結果他兩天都沒來學校。

柔依也沒來。

他會不會拿信威脅我？

因為那天他沒當到排長。

我早就忘了。
我只是不希望
他把信拿給任何人看。
你覺得他會嗎？

他會用那封信毀了你一輩子。
真的。
要我，我也會。

轉念想想，可能我不大需要這麼直白的對話。

我覺得在康納看我的信之前，我與他其實正在理性交談。他似乎也覺得那天推我一把有點抱歉。因為，他大可不必走過來把信交給我。或者簽我的石膏。想起來還滿帥的。

我的手機螢幕跳出一張圖，是杰德傳的：一位骨瘦如柴的大美女靠著紅磚牆，強風將她的頭髮蓋住，只露出一隻眼睛，它挑釁地直瞪鏡頭。

這誰？

就我跟你說的那個以色列正妹。
我釣到的那個。

我只看過服飾廣告的模特兒會用手按住裙襬。這絕對是服飾商品目錄的截圖。

滿美的，很像模特兒。

對啊，她也打工當模特兒。

總贏過暑假找大樹作伴。

誰會想當公園巡守員啊？

實習公園巡守員。

那更爛。

是學校的輔導老師建議的，算是吧。去年我曾經與她會談，請她檢視我的大學申請計畫，她提供我一份能為申請大學加分的暑假活動清單。實習巡守員是我唯一認為自己適合的工作。

當我告訴謝爾曼醫師我選擇在暑假打工時，他並沒有出現我想要的反應。他擔心我又會陷入舊有窠臼，與外界疏離，不願參與。我承認，這確實是擔任公園巡守員一開始吸引我的主要原因：能與大自然獨處。但後來結果遠超乎我預期。不過謝爾曼醫師是對的。暑假時，我遠離之前的日常人生，等到開學前夕，我的壓力反而更大。到了八月中，我已經對暑假即將結束、學期就要開始感到萬分恐慌。

此外，我也意識到避免與他人接觸其實並無法緩解我的焦慮。在樹林之間，我還得設法與自己處得來。

我關上筆電，重新觀察石膏上的康納簽名——感覺他彷彿從遠處嘲笑我。我想用指甲將字母刮掉，當然沒有成功。

我走到窗前，外面漆黑一片。我向來喜歡夜晚遠勝過白天。晚上你可以自在宅在屋內，白天時，人們會期望你外出走走。如果花太多時間待在室內，甚至會讓我開始有罪惡感。

但是現在，當我凝視黑暗時，我沒有感受到任何安慰。我注意到外面有個東西：一個形狀。那是什麼？

我原以為那是鄰居家的灌木叢，但現在看起來像個人影。那人影似乎透過窗戶直直盯著我看。我趕緊關燈，想看得更清楚，但當我心跳加速轉身一瞧，剛才我以為自己看到的人影已經不見，徹底從我視線中消失了。

第五章

第二天一大早我們上英文先修課，當奇莎老師滔滔不絕解釋她希望我們注意《抄寫員巴托比》中，作者提出的各種意象、人物與主題時，學校廣播宣布了一件事，頓時，所有人全都轉過頭看我。

我已經快崩潰了，遠遠超越我平常的精神狀態，因為我的信已經連續第三天沒有出現，內容也沒有人洩露，但偷走它的人也尚未現身，連他妹也不見人影。我可以說，現在的我處於最高級的恐慌模式，但說真的，我不確定自己是否曾經如此緊繃戒慎，感覺我整個人彷彿身處雲端，開始出現幻覺了。

連奇莎老師都在看我，我花了好幾秒鐘才意識到自己為何突然成為全班注目焦點：廣播就是在喊我的名字。

我？艾文．漢森？我不是那種會被叫到校長室的人。那不是壞蛋、人渣跟垃圾同學們的專利嗎？那些會干擾其他同學的傢伙？我對任何人都沒有影響力。我一點存在感都沒有。

「艾文？」奇莎老師叫我，證實我的耳朵沒問題。校長要見我。立刻。馬上。

我的笨拙程度與旁觀人數成正比。此時此刻，大約有二十五雙眼睛盯著我瞧，我將椅子吱吱作響往後推，撞上我後面同學的桌子，踢翻我打開的書包，東西散落一地，我在走道時甚至差點絆到某人的腳。

在我踏過空蕩走廊前往辦公區時，我的心底播放著一連串剛才老師提過的意象、人物與主題：那封信、康納、羞辱。這三年來，我只與校長有過一次互動。當我高二時，我得了一個短篇故事創作爛比賽的第三名，霍華德校長在學校朝會時頒獎給我。我的故事內容是我童年時與我爸的一次釣魚之旅，其實也是一篇仿效海明威《大雙心河》的奇爛作品。如果霍華德校長不記得那一天，我也不會太驚訝，因為，說真的，那場比賽根本微不足道，得第三名基本上跟沒得名是一樣的意義。可是為什麼霍華德校長今天要見我呢？

快到校長室時，我用力將手心在襯衫上擦乾，但它們持續冒汗。我將名字告訴祕書，她指著身後敞開的那扇門。我就像警察一樣，在黑暗角落寸步前進。只不過，今天的我可不是警察。霍華德校長才是，我就是罪犯。謝爾曼醫師說，我總是將自己視為受害者，但其實事情並沒有我想像的那麼糟糕，但眼下這一切不就明確證明，過去幾天我所有的擔憂都是有根據的？這個方程式——（沒有康納）＋（沒有柔依）＋（我那封蠢信）＋（被叫到校長室）——總和之後的羞辱與厄運，我甚至連算都算不出來。

我將頭伸進辦公室。我沒看見霍華德校長，但有一男一女人坐在校長的辦公桌對面。他們對我的出現好像有點疑惑。室內看來不怎麼正式體面，至少不符合我對校長辦公室的想像。但牆上掛了很多有霍華德校長在內的相片，所以我應該沒走錯地方。

男子往前坐，雙肘靠著膝蓋，結實的肩膀把西裝外套撐得很緊。女人神情恍惚，布滿血絲的雙眼轉過來對著我，卻沒有看我。

「對不起，」我開口，感覺自己彷彿打斷了什麼，「他們廣播要我來校長室？」

「你是艾文。」男人說。這不是問題，但語氣又不是很肯定，因此我點頭確認。

他挺身仔細盯著我看。「校長先離開了。我們想私下和你談談。」

他對著一張空椅示意要我坐下。我不知道這是怎麼回事。他們是誰？如果是大學代表，那麼他們的表情也太悲傷了。不是說我會知道大學代表的模樣啦，我只知道學校的足球明星崔伊．蒙哥馬利曾經見過幾位大學代表，和他們談過。不過，他是一名運動員，而且是很有天賦的運動員，而我不過是個在二流短篇故事比賽得第三名的小鬼。這些人究竟是誰？他們找我做什麼？

我坐下來，儘管我腦子裡有聲音要我繼續站著。

男子調整領帶末端，它落在他雙腿間。「我們是康納的爸媽。」

就是這個了：最糟糕的情況。我千盼萬盼，終於給我等到了。但我還是不懂。為什麼康納．墨菲的父母會想來找我說話？而且還是「私下」？

我不大相信眼前這兩個人製造了康納．墨菲。當然，還有柔依．墨菲。完全無法想像他們兄妹出自這兩個人。柔依頭髮那綹紅從何而來？為什麼他爸整個人像一台戰車，但康納瘦得不成人形？只要你看過我爸媽，你就會很確定他們的結合會生出像我這樣的孩子。

墨菲先生用手蓋住他妻子的手。「繼續吧，親愛的。」

「我已經在努力了。」她不爽回嘴。

我年紀比較小的時候，會覺得看我爸媽吵架很不舒服。但事實證明，看著別人的父母爭執更是加倍尷尬。我假設自己就要知道柔依與康納為何連續好幾天缺席。學校這麼多人，這兩人偏偏挑中了我，要跟我說話，這絕對與我那封信有關。因為我看不到其他足以連結我們在場三個人的任何人事物。

但想來滿奇特的，墨菲先生自我介紹說他們是康納的爸媽，沒有說他們是康納與柔依的爸媽。當然，整件事與康納有關，毋庸置疑。只是：他這回又做了什麼？

一段漫長的沉默後，墨菲太太從皮包拿出一樣東西，放進我的手心。「這是康納的。他希望你收下。」

我還沒看，就知道它是什麼了。我摸得出來。是我的信，它回來了，再度歸我所有。但我依舊不能呼吸。誰知道在它回到我手上前，又經歷了些什麼，或者有哪些人的眼睛曾經落在它身上。假使康納「希望」我收下，他為什麼不親自交給我？他人呢？

「我們從來沒有聽過你的名字。」墨菲先生說：「康納從沒提過你。是後來我們看到了『親愛的艾文．漢森』。」

想到康納爸媽看了我的信，真的讓我尷尬得無地自容，這跟讓康納看見信的內容感覺不一樣。或是柔依。這才是我真正想知道的。究竟有誰還看過這封信？它又為何會在康納媽媽的皮包裡。

「我們不知道你們兩個是朋友。」墨菲先生說。

我想大笑。假使這兩個人知道過去四十八個小時以來，他們兒子的行為對我造成的內心煎熬，他們絕對不會說我們是朋友。

「我們還以為康納一個朋友也沒有。」他說。

這樣說就對了。在我印象中，沒錯，康納的確獨來獨往。這是我與他的共通點。

「但是，這封信，」墨菲先生說：「似乎明確顯示，你與康納曾經——或至少對康納而言，他把你當成……」

他再次頓住了。我還以為我已經很難將心裡話說出口了，沒想到康納的父母表達重點也有一定的困難。

他指著那封信。「因為，白紙黑字寫著：『親愛的艾文．漢森。』」

我很感激他們能歸還我的東西，但我寧可不要深入討論信的內容。光是坐在這裡就已經夠丟臉了，也許對他們來說也是如此。所以他們才這麼侷促躁動。他們跟柔依一樣，可能已經幫康納向外界道歉善後好幾千次了，他們真的累了。

當下，我最希望的莫過於拿了信就跑。可惜，墨菲太太還有話要說。

「唸啊，艾文，把它唸出來。」

其實沒必要，我早已牢記它的一字一句。我甚至曾經想像那些字出現在學校穿堂的跑馬燈，或印在校刊的模樣，要不就是逐字逐句在藍天上用白霧拼寫。我幻想過各種康納．墨菲會使用的報復手段。

我進校長室後，第一次張開嘴。但我不知道該說什麼。

「沒關係，你可以把信打開。是寫給你的，」墨菲先生說：「康納寫給你的。」

我還以為搞不清楚狀況的人是我，結果，他們比我更不了解來龍去脈。「你們以為康納……」我原本以為整件事簡直荒謬到極點，結果現在還得讓我親口解釋這封信根本出自我本人。「沒有，」我說：「你們不懂。」
「我們知道，」墨菲太太說：「這是他想要跟你分享的一些心裡話。」
「他最後的幾句話。」墨菲先生補充。
以上幾個字尚未完全進入我的大腦。我望著他，又看向她。幾分鐘前，我在他們臉上看見的羞愧，突然間蛻變成截然不同的情緒。
「對不起，你說，最後的幾句話是什麼意思？」
墨菲先生輕輕喉嚨。「康納走了。」
我不知道那是什麼意思。被送去寄宿學校？逃家加入異教團體？
「他自殺了。」墨菲先生說。
他下巴收緊。她輕拭眼角。不是羞愧。是傷痛。
「他……什麼？」我說：「但我昨天晚上才看見他。」
「你在說什麼？」墨菲太太的聲音出現新的能量。
「我不確定。」我說：「當時我還以為是他。那時很黑。」
「事情是兩天前發生的。」墨菲先生比較像是在對他太太說話，而不是我。「我知道這很難接受。」
昨天晚上我睡不著。我一直懷疑康納站在鄰居家的草坪，看著我的房間。但我猜那只是我的幻覺，我的恐懼。
我需要一分鐘。我需要好幾小時。這不是真的，這不可能是真的！

「我們在他身上只找到這封信。」墨菲先生說：「他將它摺起來放在口袋。」

我終於望向自己的信。

「你看得出來，」墨菲先生說：「他想要解釋一切。答案都在裡面。」

我看著上面的文字。那是我的話，我寫下來的，我心底的思緒，但如今它們異常陌生。彷彿有人將它們混在一起，再設法讓它們照原來的順序排好，以為一切就沒事了，自認它還是原來的模樣，但它已經變了。它分成兩份，就看你如何詮釋，康納的爸媽對它的解釋與我的本意天差地遠。這封信，我的信——他們以為是康納寫的，寫給我的。

墨菲先生複誦我記憶中的文字。「『我想要改變。我希望自己能有所歸屬。』」

「讓他自己看吧，賴瑞。」

「『真希望有一個人能好好聽——』」

「拜託你，賴瑞。」

「『——我要說的話。』」

室內陷入死寂。

我東張西望，我在幹嘛？我自己也不知道：尋找救援吧。這裡誰也沒有，也不見校長身影。

我想說話，但真的沒辦法。熟悉的感覺——恐慌——再次全部湧上。它每天都能找到我，有時不會那麼強烈，但現在的它卻足以征服我。

「這封信。它不是……」

「不是什麼？」墨菲先生說。

我喘口氣。「不是康納。」

墨菲太太瞪著我。「什麼意思？」

「康納……」

「怎麼樣？」

「康納沒有……」

「沒有什麼？」

「寫這封信。」

「他在說什麼？賴瑞？」

「他應該是嚇到了。」

「沒有，我只是……不是他。」我想一次解釋清楚，但我的思緒凌亂破碎

「證據就在這裡。」墨菲太太指著信說。

我聽見一個聲音。它從一開始就一直在跟我說話，但我到現在才認真聽見。它來自我體內，越來越大聲，越來越大聲。快走，它說：快離開。

「對不起，但我應該……」

墨菲太太抓住我的手，信就夾在我們兩人的手中。「假如這不是……如果這封信不是康納寫的，那……」

「辛西雅，拜託妳。冷靜一點。」

我避開她的雙眼。「我該走了。」

「他有跟你說什麼嗎？」墨菲太太懇求我，「你有沒有看出什麼徵兆？」
「辛西雅，親愛的。我們改天再說。」
我鬆開她，信紙在她手裡。「我們只剩下這封信了，」她說：「這是我們唯一擁有的。」
「我真的該離開了。」
墨菲先生轉向我。「當然，」他說：「我們了解。我們只想先讓你知道康納的事情。」
墨菲太太摀住臉龐，她已經用盡全力撐住。我也是，可是我幫不了她，這個女人；她已經徹底崩潰，我很關心她，真的，我懂，但我真的不知道要如何面對她，面對他們，面對自己。我一定得離開現場。
我挪動步伐，但他們叫住我。
「在你離開前。」墨菲先生從胸前口袋拿出一張名片，將它翻過來，用霍華德校長的筆開始寫字。他放下筆，眼睛仍然看著我，將名片遞給我。我根本不知道那是什麼，就已經伸手接過來了。
「葬禮只讓親屬參加，」墨菲先生說：「不過，我先給你今天晚上守靈的資訊。」
我不知道要如何回應，我也沒時間了。墨菲太太從椅子上跳起來，抓住我伸出來的手臂。
「賴瑞，你看。」
一切發生得太快，我根本來不及阻止。
「你看他的石膏。」
賴瑞走過來想看清楚她看見的東西。就在那裡，他們兒子的名字清晰可見。

墨菲太太轉頭對著丈夫，震驚的臉龐慢慢浮現微笑。「是真的，是真的！這是他最『親愛的好朋友』。」

*

我直接從校長室跑到廁所，靠在馬桶上，但什麼也吐不出來。我的五臟六腑都在翻攪，不斷原地轉圈，我彷彿搭上盲人開的車子，坐在副駕駛座，那人將方向盤猛然轉到右邊，又馬上轉回左邊。我想擺脫這種強烈的眩暈感，逼它離開我，但它完全不聽使喚。

我回去上英文課，完全無法專心。我一點都跟不上進度，只聽見奇莎老師的聲音，卻又聽不懂。下課鈴響，我馬上站起來，走到下一間教室，感覺我的雙腳完全沒有碰到地板。

我就這麼恍惚錯亂到最後一堂課。然後，廣播傳來校方的宣布，重複我幾小時前得知的消息，一整天下來，我仍然無法置信。「我們在此沉痛宣布……本校最親愛的同學之一……今晚的儀式從五點到七點……如果各位同學想找人聊聊……愛瓦老師會在禮堂等候大家。」

消息開始在我身邊傳開。眾人臉上的震驚打破了我的幻覺。是真的。真的是真的。康納・墨菲死了……

i

我還以為那是一場夢。我哪知道啊？這種事又不會有人事先通知你：嘿，先跟你說一聲喔，你掛了。

那一天跟平常沒兩樣：全家和樂融融坐在餐桌前吃早餐。我沒吃。賴瑞也沒有——忙著看手機。辛西雅也沒有——忙著服務我們（我爸媽最愛我叫他們名字）。柔依是唯一在進食的人。

我不想上學。我媽不聽我的。說今天是開學日，說我沒得選。學校對我有益，她說。她一整個暑假看我都在睡覺。她等不及要我走出家門了。

但說真的，上學究竟有什麼了不起？他們從來就不知道該拿我怎麼辦。假使你塞不進他們準備好的那些盒子，你就會被丟在一旁。我在家裡學得更多。讀自己想看的書，看《副人之仁》。至少我在漢諾瓦提到尼采時，不會有老師茫然空洞地回視我。

（可惜，讓我念私立學校的實驗搞砸了。顯然，嗑點聰明藥撐過期末考——或是平常上學日——完全沒問題，但在置物櫃擺一丁點大麻就無法原諒了。真是一群噁心的偽君子。或許他們現在終究看清自己多麼他媽的落伍了。嘿，天才們，不會有人死於大麻好嗎，但藥丸就有可能囉。沒錯，被你們猜中了。）

辛西雅還想找賴瑞幫腔，但這每次都讓我覺得再可笑也不過。「你要去上學，康納。」他就只會嘴上碎唸這幾個字。我爸向來事不關己，就是真正能把我媽惹毛的人。他們吵了一會兒，彷彿我不在現場。歡迎來到墨菲家。假如你的名字是柔依，請繫緊安全帶，好好享受這趟人生旅程。如果你剛好叫作康納，呃，你會想乖乖維持麻木不仁就好。

後來我還是上學了，有些爭執不值得浪費心力。柔依順道載我。我就是這麼奇葩，讓妹妹當我的司機——只因為頂級大叔賴瑞拿來當和解大禮的速霸陸早已經不知被丟在哪裡的廢車場了。

（那天晚上根本沒遇上鹿。現在的我終於可以明白解釋了。我故意撞上那棵樹，只因為我爽。我最脫序的決定大概都是這種下場。我向來在轉念間驟然決定。十之八九我都只是皮肉傷。然後，在第十次……）

早知道我就翹課。大教室班級點名時我被抓出來（又不是只有我在玩手機）。在餐廳也惹上麻煩。到電腦教室也出了事。我只他媽的自顧自地忙我的事啊。連這點自由都沒有。

這還只是開學第一天。接下來怎麼辦？還剩下一百七十幾天耶。我要怎麼熬過去啊？

我辦不到。

最後兩堂課我直接翹掉，走出校園。我無法擺脫那種感覺——自由落體，彷彿完全沒有可以讓我緊緊把握的人事物。我想找那個我自以為能幫我的人，結果，連這也沒搞頭之後……

醒來時我已經在醫院，我家人都在。三個人都在，瞪著地板、手機、眼皮內側——什麼地方都看，就是不看彼此，也沒有看我。我知道接下來自己得面對什麼。我沒救了——我懂。就放過我吧。我趁還沒人開口前，趕緊溜下床。我直接大搖大擺離開了，竟然沒人追在我後面。

櫃台後面有兩位護理師，其中一位說：一二四房。真可憐。他跟艾文同年。

「就是啊。」另一名護理師回答，嘆了一口氣。

第一位護理師打了一通電話，留了訊息：嘿，寶貝，只是看你在幹嘛。我想聽你今天過得怎麼樣。有沒有找到夯哥夯姐替你簽名？我回家時你可能已經睡著了，我們就明天早上見囉。我好愛你。我只是希望你知道罷了。

她放下手機，雙手扶著前額，按按太陽穴。我真不敢相信，我知道這女人是誰。

我想我認識你兒子，我說。我今天在他的石膏上簽名。

她沒有回答，就走開了。又是我的另一名粉絲。我猜艾文已經告訴她我倆交手過，可能還把自己塑造成無辜的受害者，站在那裡跟聖人一樣，只能眼睜睜讓大壞蛋康納．墨菲攻擊。但惹我的明明就是他。

（我真的不是故意要推他。這又是電光火石的瞬間決定。老實說，它們更像是不經大腦的直覺反應，也許出自體內更深處吧，或可能是我的本性。我就是這樣。我最能壞事，向來如此，無論是否出自我本意。但我搞砸的事情，也有可能是我生命中最美好的經驗。這我很清楚，也仍然無力阻止它的發生。否則，只能說，我害怕到手足無措了。）

我轉身走回去，發誓以後要對我的家人更有耐心。我走近我的病房。一二四房。我往內看。就在那時，我看見他了——床上的男孩，那是我。

我俯身看他——另一個我。皮膚灰白。嘴唇癱軟微張。

看來，這次讓我得逞了。

我自由了。再也不會有人擋我的路，或在角落設下陷阱，等著看我一腳踩進去。再也不會有人檢查我雙眼的血絲，問我昨晚去了哪裡，要我許下承諾。

我就這麼一直在醫院閒晃。大家又累又倦，身心潰堤，我也是。醫護人員也累壞了，他們只是比病人們更會掩飾吧。

特別是那名護理師——艾文的媽媽，她滿慘的，在走廊東奔西跑。但感覺她是好人。今天休息時，她連三明治都忘了吃——她在替艾文看大學資料。我就難以想像辛西雅會這麼做，儘管我是她這輩子最棒的作品。

我媽偏愛授權，她把我當成她那些裝潢案件：出錢請幫手，聯絡專業達人，只能用最厲害的專家。大家一起來把這個小孩修好，該怎麼做就怎麼做。把他帶去過夜，或一次外宿好幾星期都沒問題。讓他塞滿各種藥物。個別諮商、團體治療。我家有錢，該怎麼花就怎麼花。不用手軟，只要問題能解決，一切好談。但是要盡快，我老公快失去耐心、喪失信心了。他老是問：狀況這麼糟糕，花了一大筆錢也沒處理好啊？過了這麼多年，看起來一點用都沒有。不如放棄了吧，就此打住。至少目前如此。我們再看看狀況，看最後會變成什麼樣子。

就是我現在這樣。

第六章

我一回家就發訊息給杰德，用一連串颶風般的文字告訴他我那封信的遭遇，它如何從康納爸媽那裡回到我手上（暫時而已），還有他們以為那封信是康納寫給我的，以及他們如何認定我與康納是好朋友，更不用說到最後他們還看見我石膏上的簽名，讓兩人對自己的荒謬信念更是堅定不移。我全部打完之後，杰德的反應似乎是當下最最恰當的：

我靠。

就是。

我幹。

是吧。

我想把事實告訴他們。

真的。

真的幹。

我盡力了。

我不敢相信竟然有這種事。

我是說，康納。
他真的死了。

我幾天前才跟他說話。現在我再也不能跟他說話了，或是走過他身旁，或是聽到他污損學校公物的謠言。永遠不行了。我從小學就認識這個男生。後來，他消失了一陣子，我們連朋友都算不上，但他仍然是我們的一分子，我們這一屆，我們這一群同學。

我沒認識的人過世。我的爺爺奶奶、外公外婆都還在。我甚至連寵物都沒養死。我猜這比較接近聽聞名人過世的心情吧。你感覺自己認識當事人很長一段時間，看過他們的電影，聽過他們的歌曲，結果人就死了，在那一瞬間你會感覺一股失落，渾身上下都是深沉的悲傷，然而，不久之後，甚至幾分鐘後，那種感覺就過去了，你繼續過自己的人生。但現在已經離我與康納爸媽說話好幾小時，我依舊無法平緩胃部翻騰的波浪。

當然，部分是由於康納的死，另一部分才是讓我最焦躁的。也就是他們對於康納與我是好朋友的誤會。這得加緊處理才行。

你要參加守靈嗎？

不要。為什麼要？

不知道耶。不是應該這樣嗎？
我感覺自己好像要去一下。

你知道你跟他
根本算不上朋友，對吧？

你就待在家裡。
就這樣。

你哪有常常遇到墨菲夫婦？

媽的我哪知道啊？
我家人不會做這種事。
我們通常就是到人家家
吃一堆臘腸和貝果。

我知道。
可是你沒有看見他們的臉。他媽……
還有我要離開時，他爸的眼神。
我想他們希望我出席。
我該怎麼辦？

但如果我哪一天遇到他們
他們問我為什麼沒參加
康納的守靈呢？

守靈要穿什麼啊？

再過兩小時就要開始了。
我可以跟你約在那裡嗎？

我等杰德回應，但他沒理我。

我這是在開玩笑嗎？我才不會去康納的守靈。我就待在家裡，沒關係啊。這是他們兒子的守靈夜，他們根本不會注意我有沒有出席。況且，我又沒義務出現。杰德也說了，我們連朋友都不是。

我踢掉球鞋，打開電腦。目標是不再去想康納，但不可能。學校每個人都在講他。

洛斯：安息，兄弟！

克絲汀・卡貝羅：我好傷心。

凱菈・米契爾：沒想過ＣＭ會這樣離開。

艾拉娜・拜克：仍然無法相信康納・墨菲的噩耗。他這張照片看起來好開心，完全表現了他的活力精神。我們就該記得這樣的他。認同請分享。

大家都在轉寄同一張相片，那應該是兩年前拍的，因為當時的康納是短髮，招風耳非常顯眼。他穿了一件淺藍色的開扣襯衫，我很少看見他穿這個顏色，更詭異的是，他臉上竟然掛著燦爛微笑。他的手臂環在某人肩上，應該是另一位同學，但那傢伙已經被裁掉，所以只能看到他的肩膀。真的很怪，畢竟每當我閉上雙眼回憶康納時，我看見的他與這張照片的形象完全相反。

他為什麼要這樣？我知道，我明白人的情緒可以跌到谷底，低到不能再低。我也知道，當你狀況很差時，就連最瑣碎的小事也足以變成難以跨越的鴻溝，突然間，你已經走上了一條漆黑小徑，連回頭路都找不到。但萬一我就是讓康納尋死的關鍵呢？萬一如果他是因為我與我的信而自殺呢？那封毫無意義的信，我本來就不該把它寫出來的。儘管我終於表達了真實心境，結果你們看出來沒：到頭來，它仍然成了謊言。

我低頭看著石膏。假如我能把它從手臂扯下來，我會的。我不在乎自己是否還沒完全痊癒，我要拆掉它。我要他離開。

我瞪著康納潦草的字跡，突然想起口袋裡的東西。我掏出康納爸爸給我的名片，翻過來看背面的手寫資訊：

邁杜格禮儀公司
包爾街與法蘭克林路口
晚上五點到七點

不只手寫，而且親手交給我。當下他的眼神如此赤裸脆弱，比言語更深刻，彷彿是在提醒我，參加康納的守靈是我身為男子漢應該做的。

我又看了一次地址，禮儀公司離我家走路不用幾分鐘。

我怎麼可能不出席？他爸媽在等我，我不願意讓他們失望，或康納。這是我欠他的，不是嗎？我跟他沒那麼熟，但我仍然感覺與他之間存在某種連結，而且，有人過世了，到現場致意本來就是理所當然。要是我，我也會希望其他人能來。其實，現在想想，我開始納悶：究竟有誰會來參加我的葬禮？我媽是一定的，我的爺爺奶奶、外公外婆也會。還有呢？我爸會飛來參加，或者只是送上一盆花籃？

我站在床上，拉開衣櫃。裡面應該有一雙正式場合穿的黑皮鞋，我不記得上一次穿是什麼時候了。誰知道還能不能穿。

我只要現身幾分鐘就好，我迅速釐清誤會就可以離開。真的沒什麼。而且這麼做也是禮貌，或許還是能驅離我胃部那群惡魔蝴蝶的唯一方式吧。

*

根據手機導航顯示，我已經到了。那是一棟不顯眼的一層樓建築，後面有停車場。我平常上學放學不知道經過了幾千次，從沒認真想過它的功用。現在我很確定我永遠不要再多看它一眼了。

走上屋前小徑時，我拉下袖子，將前臂盡可能蓋好。經過深思熟慮後，我最後決定穿卡其褲、我最好的襯衫以及衣櫃裡的黑皮鞋（我拿廚房海綿把它們擦乾淨了，抱歉，媽）。

我還沒走近建築物，前門就打開了，一位西裝男朝旁邊退了兩步，等我進門。我原本打算在外面稍等，也許看看跟著其他訪客一起走進去。太遲了。我已經被人發現了。我腳步加快，西裝男在我走過時低頭致意，關上我身後的門。

在燈光明亮的通道上，我聽見有人輕聲聊天，還聞到一絲香水氣息。邊桌有一張全家福照片。康納當時只是個小男孩，蒼白瘦弱，差不多十歲。柔依乖乖站在哥哥身邊，躲在他肩膀後面。我想念她的臉。現在想到這個非常不恰當，但，真的，我好想知道她如何承受這一切。希望她沒事。

照片旁邊有本留言簿，大概有十幾個簽名。上面的名字我全不認識。我回頭看西裝男，他正忙著看向窗外。我寫下名字——萬一墨菲夫婦在人群中沒認出我，至少會有證據證明我出席了。

我走近大廳盡頭，雙腿顫抖，我立刻發現自己不可能掩飾我的出現。剛才我過來時，還一直在想，我那些同學表現得很不錯，在如此嚴肅莊重的場合，竟然可以將聲音壓得這麼低。現在我才知道。他們根本沒有在說話，因為沒有人來。一個人也沒有。

快跑，馬上跑。當然，我絕對應該這麼做。這很明顯嘛。但是沒時間了，當我突然現身時，大家都看見我了。墨菲太太跟別人說話到一半，正好與我雙眼交會，我根本無路可逃。

我命令一條腿向前，然後是另一條腿，沒多久，我終於像個正常人走路了。找位子坐時，我發現一張熟悉的面孔，剛才我努力建立的動力被打斷了。

「G老師？妳怎麼——」我住了嘴。我不是故意要大聲說話，只是我太驚訝了，現在我得好好收拾。「很高興看到妳，我是說，妳能來我也很……妳來了。」我不知道自己在說什麼。

她似乎不為所動，迷失在自己的思緒中。有那麼一秒鐘，我懷疑她臉上若有所思的表情是因為她努力想回憶我是不是她以前的學生。但她終於開口說話時，內容卻與我或我剛才笨拙的打招呼完全無關。

她硬擠出微笑，只說：「康納是個特別的孩子。」

我點頭同意，匆匆走離她，在最後一排找到座位。我凝視G老師的後腦勺，她脖子上的血管，她一頭灰色的短髮。我完全沒料到會在這裡遇見她。我沒有被她教過，這一點我很慶幸，因為她超級可怕，而且嚴厲得不得了，簡直惡名昭彰。假如她在走廊看見你，就算你幾乎沒有在走路，她也會要你放慢腳步。她與康納絕對是可燃組合，這點我毫不懷疑。然而，儘管他朝她扔了一台印表機，她還是來了。

這一定代表了點什麼，畢竟現場才不到二十人出席，而且幾乎全是大人。男士全都西裝筆挺，我才是唯一看起來像服務生的白痴。我四處尋找紅頭髮的身影——柔依不在場，我不明白為什麼。

大多數出席者都聚集在最前面，因為康納爸媽都在那裡，現場擺滿花籃。花籃後面就是棺材，我沒想到會看見它，我還以為棺材只會在葬禮上看得見。還好它是闔上的，但我仍然無法不忽視它的存在。他的存在。

同學們人呢？康納．墨菲不是夯哥，甚至不大受歡迎，但我還以為至少有人會來。我們都認識這個人，跟他一起長大，在走廊曾經彼此擦身而過。難道這些都不算什麼嗎？洛斯、克絲汀．卡貝羅以及艾拉娜．拜克呢？他們不是都在網路哀悼康納，卻懶得親自出席致意？

我早該聽杰德的話，待在家裡就好。不然我趁沒人注意時從後門溜走好了。假裝我要去上廁所，頭也不回地離開。我先預告我的雙腿，讓它們保持清醒，要它們聽從我的計畫。

但我沒有機會修飾我的退場計謀。墨菲太太的手舉起來，開始在空中輕揮。我轉頭往後看，我後面沒人。她的眼睛睜大，強調她的意圖。沒錯，她就是要找我。我希望她能走過來，別讓我走過去找她——以及旁邊那群人。

我小心翼翼，緩慢刻意地站起來，逼自己走上通道，經過G老師，走到最前面。沿途我不斷練習心中的劇本：信是我寫的。我們不是朋友，但我非常喜歡他。請務必節哀。

我還少了幾行，幾個關鍵字的解釋。我的大腦有點過熱，襪子也溼透了。

墨菲太太清出一條路，讓我融入她的小圈子。墨菲先生伸出手。「看見你真好，艾文，謝謝你來。」他的抓力很嚇人。我為我的手汗道歉，但他似乎沒有聽到。

墨菲太太雙臂擁住我，用比我媽更大的力氣緊緊抱我。她的項鍊刺進我的胸口。

請務必節哀。

「喔，你在發抖耶，可憐的孩子。」

信是我寫的，不是康納。

她放鬆力道，擁抱我的方式讓我無從選擇，只能望進她的雙眼。她強迫自己微笑，轉過我的肩膀，讓我面對其他人。「這是艾文，各位。」

「嗨，艾文。」

「艾文是康納最親近的朋友。」墨菲太太說。

我們不是朋友，但我非常喜歡他。

「你失去了一個好友，真的很遺憾。」

他們這麼對我說。他們為我感到難過。

墨菲太太領著我離開眾人，直接把我帶到棺材前面。我轉頭面對室內。

「我很高興你來了。」墨菲太太說，但她全身上下以及這個地方沒有一絲一毫讓人覺得開心。

我那封信是寫給心理醫生看的。結果康納搶走了。

這些話就在嘴邊，但我卻說不出口。

「賴瑞跟我在說——」她停下來深吸一口氣，她的手也彷彿在幫她吸進足夠氧氣。「我們很希望請你來家裡吃一頓飯。我們有很多問題……」她又頓住了，吸進更多的氧氣。顯然我不是這裡唯一表達有困難的人。「這一切——你和康納、你們的友誼。假如你哪天晚上有空，過來跟我們一起用餐，我們會很感激你的，非常感激。光是跟你坐著聊天，對我就意義重大了。」

「我……」

「考慮看看，不急。」

她又用力呼吸，再次擁抱我，然後回到朋友身旁——現在是最佳脫逃時機。我轉身朝大門走，匆忙間撞到了人：柔依。

我踉蹌站穩，她則滿臉困惑。「你在這裡幹什麼？」她問。

好犀利的問題，真希望我能有完美的答案。她哭過了，我能從她浮腫泛紅的眼睛看出來。

「對不起。」我說：「妳哥。」

她雙臂交叉，緊緊擁住自己，對我點點頭，然後便走開了。

我又看了一眼——望向他，或是，他躺著的那個箱子——接著就離開了。

ii

葛林基老師——她真的在乎我耶，其他人還以為她是復仇女神。大概是因為那段往事吧，我想。那段傳奇。傳奇就是這樣——真相被撇在一旁，用更誇張的情節取而代之。

我也很內疚。我聽過故事好幾次了，甚至連我自己也加油添醋。我開始相信最簡單的版本：康納．墨菲朝G老師丟印表機。是啦，沒錯，但是……

那是很久以前的事了。二年級。我只記得一些片段。每一位同學都有自己的任務。牆上掛了一張圖表：午餐長、課表長、黑板長、小護士長、回收長。最光榮的工作，說真的，唯一最重要的工作，就是排長。大家都搶著要當排長。對我而言，應該就是可以掌控全局吧，擔當大任（當然我們不是能治癒癌症之類的，但是，相信我——當時大夥可是認真得很）。

每天G老師都會將我們的名字挪動一格。我殷殷等待，望著我的名字往前推進。終於，再剩一格就輪我當排長了。第二天我進了教室，當天可能也曾經仔細打扮一番——看，那時的我就是那麼興奮期待。出錯了——我不是排長，那不是我當天的工作。那天原本是屬於我的。

全班同學列隊在那位排長後面。我叫住G老師。

康納，現在不是問問題的時候。

什麼事都唬不過她，她做事向來一板一眼，一定得按規矩來。輕重緩急各有順序，但今天，這順序就是不對嘛，她搞錯了。G老師會馬上處理。她會感激我挑出毛病的。

我告訴她：**我被漏掉了。**

排隊，康納。

但應該要輪我當——

你聽見我了。

不行，這樣不公平。

我站到隊伍最前面，有個傢伙推了我一把。我想解釋清楚。我覺得自己臉頰越來越燙。教室的四面牆壁彷彿朝我靠攏。眼淚開始積累。

康納，麻煩你找到自己在隊伍的位置。

可是⋯⋯

康納，我不會再說第二次。

但是輪我當排長了！

我伸手摸到我能碰到的第一樣東西。兩手摸到印表機，將它掃下書桌。它滾到地板上，落在G老師的腳邊。紙匣斷了，飛到教室另一端。

教室一片寂靜，大家的眼睛全看著我。

艾茉森老師帶同學離開。G老師陪著我，設法安撫我。我甚至無法看她。就是這樣。就大家所知，我倆的故事就此結束。我抓狂，然後朝G老師丟了印表機。

但其實，結局不是這樣的。

第二天，印表機已經回到原來的位置。就在老師桌上，紙匣沒了。任務表上：我是排長。

G老師也將我的座位挪近她的書桌。她給我一本小筆記本：如果我有問題或不開心，我可以從筆記本撕下一張紙，將它揉成小紙團，丟進她桌上的玻璃瓶。她不會為了我暫停上課。「我不容許任何人打斷我。」她說。但是，她保證如果我將紙團放進玻璃瓶，她一定會看見。等到時機恰當時，她便會來找我。但我一定要有耐性。若我耐心等候，她便會仔細傾聽。她會聽我的話，我的話會被聽見。

全校都知道印表機事件，它成了跟著我一輩子的故事，關於我的電影的副標之一，告訴人們我是哪種小孩，告訴我自己我是哪種小孩：我就是壞蛋——這就是我必須扮演的角色，G老師是受害者。多年來，這就是我倆的故事。但它亟需糾正：她是犯了錯，但我也錯了。

第七章

離開康納的守靈，我在回家的路上發訊息給杰德，打字速度比我的步伐還要快。

我幹嘛去？

就告訴你不要去。

我只是想做對的事情。

誰說一定要這樣？

他們找我去家裡吃晚餐。

他們想更了解康納跟我。

我們的「友誼」。

越來越有看頭了。

你什麼時候要去？

我覺得我沒辦法。

記得照相。

我想看他家長什麼樣子。

我停在一處忙碌的十字路口，汽車呼嘯而過。現在已經過七點了。我的牛津襯衫快把我勒死了。我只想爬上床，躲在被窩底下。最近，每次我離開家，似乎只會替自己惹上更大的麻煩。

燈號變了，我繼續走路（還有打字）。

那你想我要去吃晚餐嗎？

現在你一定要去啊。

你要跟他們說什麼？

真相。

我要一次把真相說清楚講明白。

真相。真的嗎？

不好嗎？

你是說，你要去找康納爸媽

對他們解釋，他們兒子留給他們的唯一遺物

就是你寫給自己的變態信？

你知道如果你被逮到了，

有可能去坐牢嗎？

我什麼都沒做啊。

是啊，我實在不想告訴你，艾文
但你可能已經做了偽證

這不是只有在法庭宣誓之後
才可能犯的罪嗎？

可是，就某方面來說，你也宣誓了，不是嗎？

呃，沒有，沒有啦。

拜託你，幫你自己一個大忙，這一次就聽我的。
你想像上學期英文課那樣，本來要介紹黛西布·坎南，
結果你就只是站在前面瞪著小卡
喃喃說「呃，呃，呃」，大家還以為你腦血管破裂了。

不然你要我怎麼做？

我哪有要你說謊。
你只要點頭說對就好。
無論他們說康納如何，你只需要點頭。不要反駁，不要胡扯。
越單純越好。
老實說，我跟我爸媽從來不說真話，他們完全搞不清楚。

我消化杰德的指令。一方面，我設法接受他說的那些我應該做的事情，一方面，我也想找

出辦法，看可否不用走到那一步。現在的我唯一想去的房子就是我自己的家。

我回家時天快黑了，車道空空如也，燈也沒亮。我無視信箱爆出來的廣告信與傳單，反正都不是給我的。

我推開前門時，它發出哀號聲。終於進家門了，我卻沒有獲得自己想要的解脫感。我的門上有張紙條：坐穩。抓好。朝雷霆路出發！

除了星座運勢，我媽最常引用的就是布魯斯・史賓斯汀的歌詞。她好像不知道該怎麼面對面跟我說話。

我將紙條揉成一團，盯著鏡中打扮可笑的自己。我知道那種場合要穿西裝，但我沒有西裝。上次我穿西裝是參加我爸的婚禮，衣服是租來的。我媽和我飛到科羅拉多。她不想參加婚禮，但我想。我不知道她是為了我才去，或只是想向我爸證明她已經開始新的人生了。當然，她不用證明給我看吧。婚宴結束後，我們回到飯店，媽拿了高跟鞋跟，將我們帶回來的婚禮相框敲碎，直到它成為地毯上的一攤碎玻璃。當時我還以為她討厭相框。那年我才十歲。

現在科羅拉多已經快晚上六點了。我爸大概剛從會計師事務所下班，將外套掛上掛勾。特蕾莎已經將晚餐擺好，義大利千層麵或肥嫩多汁的肋排。大家已經坐定，特蕾莎的大女兒海莉帶領家人禱告，儘管我爸曾經是無神論者。海莉的妹妹荻希也在，她的上唇因為喝過牛奶，彷彿蓄了小鬍子。爸對他的第二任妻子眨眨眼，也對他的第二批孩子露出爽朗愉悅的微笑，大家狼吞虎嚥特蕾莎辛苦忙了一整個下午的美味晚餐時，一面討論他或她當天的日常點滴。

「嘿，爸，」我對著空蕩蕩的走廊說道：「想聽聽我今天過得如何嗎？」

熟悉的前門哀號聲，打斷了我與我爸的溫情對話。它讓我毛骨悚然。等到我聽見我媽說話時，我已經脫下皮鞋，將它們塞進我的衣櫃。襯衫一個扣子拒絕屈服，終於結結實實地飛了出去。我溜進被子，還穿著卡其褲，媽就在這時候出現在我的房門。

「嗨，寶貝。」

「妳今天比較早回來。」我說。

「其實沒有。八點了。」

「喔，哇，我沒注意到。太忙了。」

「是嗎？你在忙什麼？」

我不大確定我想隱瞞什麼。我還來不及想清楚，但最謹慎的作法就是盡量少說一點。

「就只是想東想西的。」我回答。

她的表情變了。「在想發生的事嗎？」她走進我房間，用很不自在的姿勢坐在床上。

「什麼意思？」我瞥了一眼我丟在地板的皺襯衫。她隨時要開始巡視了。

接下來，她便會質問我為什麼把從來不穿的衣服從衣櫃翻出來。

「我收到學校發的電子郵件。」她說：「關於那個自殺的男孩？康納・墨菲？」

聽見我媽大聲說出他的名字，感覺更是奇怪。「喔，是啊。」

「你認識他？」

「不認識。」我口氣堅決，回答得很快。如果我在康納爸媽面前可以這麼果斷就好了。

「好吧，如果你想聊一聊，隨時告訴我。就算我不在家，打電話也行。或是簡訊、電子郵件，什麼都好。」

我只是在想，科羅拉多似乎很遠，但我媽人就在眼前，跟我住在同一屋簷下，但說真的，我也不覺得她離我很近。

她低下頭，開始玩長褲繫繩。我能看見她頭頂深棕色的髮根，它們似乎蔓延得越來越廣，完全否認她最近才去美容院的事實。我不確定她上一次染頭髮是什麼時候，但她總是說早該去弄頭髮了。

「你的石膏。」她說。

我趕緊將手塞進毯子下，但我動作太慢了。她抓住我的手臂。這可惡的石膏應該裹在我腳上的——它如今已經成了我的致命弱點。

「上面寫『康納』。」她瞇起雙眼，「你不是說你不認識他？」

「我是不認識啊，本來就不認識。這是另一位康納啦。」身為一個不善撒謊的傢伙，我可以老實坦承，說出每一句謊言對我真是比登天還難。「他今年才轉來，所以，沒錯，我就找他簽名。才能表現自己，對吧？」

她呼出一口氣，將手心放在心上。「有那麼一秒鐘，我超擔心的。」

我也還是很緊張啊。

「嘿，這樣好不好？」媽說：「明天去吃『貝爾之家』怎麼樣？」

到「貝爾之家」吃早餐曾經是我們每週六早上的固定儀式，但我媽越來越忙，我們好久沒去了。每次計畫要去，總是臨時變卦。儘管我熱愛「貝爾之家」的早餐煎餅，但我認為最明智的決定就是待在家裡充飽電力。「我好像有很多功課要寫耶。」我說。

「走嘛，」她說：「你已經開學一星期了，最近我幾乎很少碰到你。」

喔？有個人自殺，然後，我媽突然注意起我了？說真的，就她平常工作時目睹的種種——刀傷、燒傷、吸毒過量、槍傷、昏迷，更別提數不盡的屎尿盆——我還以為她早就對人間悲劇麻木了。但這一次事件就發生在我們周遭的人們身上。是的，沒錯，比她想像中更接近。

我想，閒閒無事的星期六有人作伴還不算太壞吧，而且我超愛吃那家店的煎餅。「好吧，可以。那很好。」

「那就約好囉，」然後，她有節奏地輕敲我的腿，「我好期待。」

我想我會先收好我的滿腔熱情，等到我真的坐進她的車子，確定要去吃早餐再說。

她站起來，抓了我那罐安定文。「要再拿一些藥嗎？」

現在她常常這麼問我，頻率高到幾乎已經取代「再見」二字了。

「好。」我回答，這也是我的標準答案。雖然看今天的狀況，搞不好不久之後又得補充新藥了。

「很好。別太晚睡。」

「不會的。」我渴望迅速結束這次談話。她停在門口。「我愛你。」

我看著她。「也愛妳喔。」

丟給我一個不確定的微笑後，她終於關上門。我跳起來，將襯衫掛回衣架，放進我的衣櫃。我起身時頓了一下，心中泛起一種奇特的感覺。我走到窗前，拉起百葉窗往外看。街道一個人都沒有，四下毫無動靜。外面真的沒有人在。當然沒有。

*

「貝爾之家」的領班告訴我們隨便找位子坐。我媽看向我，要我挑一張桌子。但「隨便」二字對我這種人來說實在太廣泛了，讓我當場不知所措。於是，媽極其細微地搖搖頭，一路往前走。

今天早上，我的心思不在這一頓早餐。我一起床，念茲在茲的就是與墨菲父母約好的那一頓晚餐。杰德說我別無選擇，只能出席，但我真心希望自己能想出理由，證明他錯了。

「你離我太遠了，」我媽在我們坐下後說道：「我覺得我坐到你旁邊才對。」

「拜託不要。」我乞求。我已經覺得我們在約會了，我媽媽穿著緊身牛仔褲與低胸襯衫，而不是她的平常標準打扮（寬鬆的刷手衣）。假如她還要擠到我身旁，我可能得開始進入掙脫模式。

我不記得我媽上次和男人約會是什麼時候。幾個月前曾經出現一名叫安德里的皮衣大叔，我不知道他後來怎麼了。我寧可想像他嘗試某種摩托車特技時摔死了。

服務生來了，我連菜單都沒打開，就告訴她我要的：煎餅、薯餅、柳橙汁（當我不需要思考，對周遭一切渾然不覺時，我的效率奇高）。我媽點了一份歐姆蛋。

菜單被收走後，我媽伸手到包包拿出一份資料夾。「嘿。記得你幾年前贏的短篇故事比賽嗎？」

「我沒贏。我是第三名。」為什麼她現在提這件事?她是已經不知道跟我要聊什麼了嗎?

「全國第三。」

「其實，只有我們這一州，而且，只有我的年齡組。」

「還是很厲害。」她將資料夾放在桌上，把它翻開。「我在網上發現了這個:大學獎學金徵文比賽。你聽過嗎?國家廣播電台前幾天早上有一份專題報導。我發現很適合你。我利用午休時間找到了這些。」她遞給我一張紙，唸起其他文件。「約翰・甘迺迪圖書館的『當仁不讓徵文大賽』，獎金一萬元，大學可任選。亨利・大衛・梭羅獎學金——五千美元。」她把一整疊遞給我。「你那麼會寫，這些一定可以全部打包。」

我終於知道她為何超乎預期，徹底實踐了我們的早餐計畫。原來案情不單純。她不只想陪我，還要發派給我其他任務。

「哇。」這是我唯一擠出來的回應。

她抓住資料夾，將它放回包包。我想我傷害了她的感情。我常這樣。

「我只是覺得這還不錯。」她說:「你一向很會寫。我們需要各種資源才能讓你上大學。除非你那個繼母留了個信託基金給你，不知道啦，搞不好是她當酒吧服務生時存了豐厚的小費。」

我媽大概永遠無法接受特蕾莎竟然從酒吧服務生成了賢妻良母，而且都得歸功搶走她的老公。有時候，我認為我媽工作得沒日沒夜，只為了想跨越州界，對著那位取代她的年輕女人狠狠比上中指。

我懂她的怨恨，特別是因為她工作繁重，酬勞又是如此微薄。她就像約聘工，一接到電話就得匆匆趕到醫院，完全不能拒絕。畢竟如果她說「不」，院方也可以去找別人。而且她沒有任何人可以依靠。雖然她目前努力上夜校準備拿學位，但離收穫成果仍然遙遙無期。

一疊高高的煎餅出現在我面前。「貝爾之家」的煎餅之所以讓人一吃就愛上，最主要就因為它附加的美味：自製糖漿、草莓奶油、糖粉。煎餅表現則只算是中規中矩。

「上大學會對你非常有幫助，寶貝。一個人一輩子能有多少次重新開始的機會？」

聽起來確實誘人。所以，今天能重來嗎？

「唯一喜歡高中的人是啦啦隊員和足球員，而且那些人的下場都很慘。」

「妳自己不就是啦啦隊的嗎？」我強調。

「我只當一星期啦。那根本不算。」

這些年來，我媽對自己之前當過啦啦隊的說法已經越來越不一致了。她曾經宣稱她歡呼了一整個球季，現在她又改口說自己只歡呼了一星期。我只知道她待的時間夠長，曾經與其他成員合影。我猜問我爸就可以知道真相——我爸媽從高中就開始約會——但當我與他終於有機會聊天時，我們兩人最不願意談論的就是我媽。

在我開始大吃大喝前，她牽住我的手，「我是想說，你眼前有這麼多美好的人事物。記得這一點就好。爬上山頂的路途本來就很辛苦漫長，但一路發生的點滴都值得珍惜。」

我點頭抽手，開始吃早餐。我媽卻僵住了，她直直盯著食物。持續的時間太久，都讓我不舒服了。

「媽。」

她突然回神，自己也嚇了一跳。「抱歉。」她打開餐巾紙，將它放在腿上。「我只是在想——」

「想什麼？」

「關於那個男孩……」

我嘴裡的煎餅突然沒了味道。我也在納悶他是怎麼做的。刮鬍刀片？藥？繩索？一氧化碳？棺材在守靈時已經闔上，所以，也許他是用槍？我知道他不是從橋上跳下，因為我那封信還保管得很好。我找不到任何與他自殺相關的細節。網路上一直有人討論他可能是服藥過度，那很合理。而且會走得很安詳。但或許不是。不知道在過程中，他有沒有反悔？在決定豁出去與等待死亡之間的那段灰暗時刻，他是否曾改變心意？

她拿起叉子。「可憐的父母。我真的難以想像。」

我可以。我親眼看見了他們，看見了他們的悲傷，它遠遠超越我的理解與想像，那感覺排山倒海、永無寧日。他媽媽整個人被摧殘殆盡，夷為平地了。現在，他們兩人或許相依坐在某處，困惑不解，反覆問著同樣的問題，我也是。最靠北的是，其中一些問題永遠不會有答案。這才是最糟的。

還有我那封信。它提供了錯誤的答案，但仍然是答案。還算派得上一點用場。

「如果我失去了你，」我媽說，吃下第一口早餐，「我不知道我會怎麼辦。」她無奈地笑了。對我媽來說，這只是個假設問題。但對康納的爸媽呢？

一頓晚餐，頂多兩小時，杰德的訊息不斷在我腦海重複：「只要點頭說對就好。」

第八章

搭公車到墨菲家要四十分鐘，開車則只需要一半的時間，但我不開車。

本來，我迫不及待想拿到駕照。我渴望那種一起床、就可以隨心所欲想去哪就去哪裡的能力。但我對馬路的所有浪漫憧憬很快就破滅了。在駕訓班上課時，他們會給你看各種驚心動魄的車禍影片，警告你驚悚無比的車禍傷亡數字，接下來，你就會拿到學生駕照，要你開始坐在方向盤後面。當然，你會有「專家」坐在一旁指導，但掌控一切的是你，努力得記住所有規則的也是你，最終，等到你剛把握竅門後，你才會意識到，就算自己的駕駛技術完美無瑕，你還得說服自己，其他人上路時也會跟你同樣負責謹慎。

但事實絕非如此。馬路如虎口。這年頭大家似乎都不打方向燈，看見「停車再開」的標誌也不會完全停下，更不用說讓行人優先了。燈號還沒轉換，後面的車子就迫不及待用喇叭催你。還會有動物衝上馬路，警察躲在轉彎或死角處等著開罰單，駕駛邊開車邊看手機。大家能順利抵達目的地，沒有傷害自己或其他人可真是生命奇蹟，畢竟人類世界還有更多可怕的交通意外：癱瘓、毀容、腦傷、過失致死、溺水、脖子斷掉、粉身碎骨、燒傷，等待救援時失血過多等等。

路考那一天，我將自己鎖在浴室。透過門縫，我聽見媽在講電話，她並沒有刻意壓低音量：「哪家小孩會不想考駕照？」她甚至一度想把電話遞給我。「你爸要跟你說話。」我討厭她打電話給他。

等到我終於打開浴室門，媽已經淚流滿面。「我們不能繼續這樣下去了，」她說：「你大可不必這樣。難道你不想開心一點嗎？」我一定是說了「想」，因為一星期後，我就與謝爾曼醫師見了第一次面。幾個月後，在我的好朋友「立普能」的幫助下，我成功取得駕照。但我從未真正使用過它。我家買不起第二輛車真是算我走運。

墨菲家住在新城區，那裡的房子更大，草坪更廣，車道更長。公車經過艾利森公園大門時，我看到燈光照亮的「歡迎光臨」標誌，那是我在暑假花了許多時間整理裝修的成果。我一直都知道柔依住在公園附近，但我不知道確切地點。我每天工作時都經過她家，但我竟然完全不知道。

她們家離公車站很近，但等到我抵達時，我的腋窩已經溼透，手中的花束包裝紙也被我拿成黏乎乎的紙團。上了門廊後，我扯下包裝紙，將它揉成一團，塞進褲子口袋。

墨菲家位於一處寬闊的底巷，房子靜靜矗立於兩棵雄偉的山毛櫸之間，前門漆成童書中常見的大紅色。我該按門鈴了，但不知為何，我抬不起自己的手臂。這些花是給柔依的，用來，呃，表達，欸，我的感情之類的，但我會交給她媽，因為她沒了兒子。我在這裡的唯一原因是由於康納不在了。我究竟該怎麼想啊？

我的心思過於紊亂，還沒按門鈴，也沒注意前門打開了，康納的媽媽站在我面前，臉上露出了疑惑的笑容。

「你站在那裡做什麼？」她問。
「晚安。喔，不，該說晚上好，墨菲太太。」
「進來吧。請叫我辛西雅。」
我將花送給她。
「喔。真的好貼心，艾文，謝謝你。」
她將我拉過去擁抱，抱得有點太久了，我擔心她能察覺我的心臟已經快從胸口跳出來。越過她的肩膀，我看見柔依正在下樓。跟她媽不同，她顯然不樂意見到我。從她的眼神就看得出來她知道我是誰，一個不說真話的傢伙，一個同意到這裡吃晚餐的大傻瓜。

*

餐桌中央放了一盆蘋果，它們閃閃發亮，純淨無比，我還以為是假的。但我已經盯著它們十分鐘了，我確定它們是可以吃的。
盤子裡的食物也一樣，但我感覺自己快要不能呼吸，更別說進食了。我一直試圖想用叉子鏟起一些米飯打發時間。
「餐廳好熱，」墨菲太太不斷替自己搧風，「你們不熱嗎？」
我簡直快融化了，但我閉著嘴。
「九月還這麼悶熱，」墨菲先生說：「如果需要，我可以把冷氣溫度調低一點。」
「沒關係，還好。」她用餐巾擦拭額頭。

我到現在還沒聽見柔依說話。這幾年來，上星期我們終於說話了（而且兩次！），儘管如此，那也有可能是最後兩次。今天是星期一，我以為她會回學校，但她又缺席了。真不知道她到底會不會回去上學。

墨菲先生舉起一個大盤。「還有人想吃雞嗎？」

「你大概是現場唯一還有胃口的人，賴瑞。」墨菲太太說。

他猶豫了一會兒，然後將一塊雞叉進自己的盤子。「我才不會浪費食物。哈里斯夫婦真體貼，送了這些給我們。」

我切了一塊雞肉，但沒有將它送到嘴邊。

「康納有沒有跟你提過哈里斯家的事情？」墨菲太太問。

我在公園培訓時，曾經學習巡守員的道德準則，手冊中有一整個部分都在討論誠實必須身體力行。可惜的是，手冊沒有提到該如何在高中叢林生存，或是避免讓自己陷入泥淖。我找上杰德求助，聽從他的各種建議，這個決定或許滿爛的，但如果我一開始就聽他的，我就不會去康納的守靈，也根本不會受邀到這裡吃晚餐了。

我只用點點頭、喝一口水回答了她的問題。這符合杰德的指示——這不是撒謊，我根本沒有開口。

「他們跟我們認識很久很久了。」她說。

我看得出來她在等我說點什麼。我什麼話都不該說——原本我就是這麼計畫的——但如今，我面對這位女士及她急切的眼神，一整晚都不說話不只太不切實際，也非常失禮。

「嗯。」我回答，技術上而言，這根本不是一句話，甚至連一個字都不算此外，它可以解釋成我回應自己假裝在吃的食物。

「我們兩家過去經常一起滑雪，」墨菲太太說：「我們在山上過得非常開心。」

我點頭點頭又點頭，然後，在我能阻止自己之前，我張開嘴。「康納喜歡滑雪。」

「康納討厭滑雪。」柔依說。

我能感覺到柔依的雙眼瞪著我，但我不敢回視。我怎麼會覺得自己能夠應付這一切？如果我察覺到一丁點的壓力，就會馬上退縮。壓力是我的弱點。康納討厭滑雪，正如我痛恨壓力。

「對，他討厭。我就是這個意思。因為每次談到滑雪，他就超生氣的，不過，他很喜歡談論自己有多討厭滑雪。」

「你們常常見面嗎？你和康納？」墨菲太太問。

將眼神挪開那盆蘋果真是大錯特錯，但我還是這麼做了。墨菲太太正在乞求我提供最細微的資訊，一點點都好。什麼都好。

我最後終於擠出來的答案是：「有啊。」我甚至為這個答案沾沾自喜，因為它不是「對」，假如我說「常常」，每個人的詮釋又各自不同。我常常跟我爸說話嗎？如果與駐阿富汗的士兵跟他們的父親對話次數相比，是啦，算是吧，我確實「常常」跟他說到話。

但柔依又要求我澄清。「去哪裡？」

「妳是說，我們都去哪裡玩？」

「是啊，哪裡？」

杰德沒說清楚該如何處理這些超越單純回答「是」或「不是」的問題。事實證明，這不是是非題，這可是申論題。

「呃，」我強迫自己咳了一聲，「我們多半都在我家打發時間。有時候，我們也會去他家──我是說，來這裡──如果家裡沒人的時候。」她已經準備叫我騙子與假貨了──我知道。我就要被趕出這間房子，接下來，在學校我不僅會變成隱形人，還會被當成賤民。我得被迫在家自學，與外界的唯一聯繫只剩下社群媒體與電子郵件。喔！「電子郵件，」我說：「我們常常寫信給對方，有時候他不想出門。我懂的。我猜這是我們的共通點吧。」

「我們看了他的郵件，」柔依說：「沒有你的信。」

我大概是太高興她又找我說話。或許這就是為什麼當下我違背了自己理智判斷，開始嘰哩呱啦聊了起來。「呃，對，是因為，因為他還有另一個帳號。祕密帳號。我早該提到的。你們可能會很困惑。抱歉。」

「為什麼是祕密？」

「為什麼是祕密？」我又重複一次。現在應該是開始進餐的絕佳時機了。我大口吃飯，也向其他人示意，等我把所有的美食消化完畢後，我就會準備好回答柔依的合理疑問，大家都知道嘴巴有東西時，開口說話很沒禮貌。我吞下食物，還灌了一些水，將它沖進胃裡。

「它是祕密，因為它……他覺得那些是私人的東西。」

墨菲太太搖頭。「我就告訴你，賴瑞，他知道你看了他的電子郵件。」

「我一點都不後悔，」墨菲先生伸手拿起酒杯，「總得有人當壞人。」

他們瞪視彼此，沉默挑釁彼此，我瞥開眼神，給他們一點空間。

「這太奇怪了，」柔依說：「我只看過你和我哥一次，就是上星期他在學校推了你一把那一次。」

幹。她記得。她當然記得。墨菲太太靠向我，「康納推你？」

「我不覺得是這樣，墨菲太太。那天我絆倒了，真的。」

「拜託你，艾文，叫我辛西雅就好。」

「喔，對。抱歉。」我鬆口氣，話題終於變了。「辛西雅。」我對她微笑。

「我在場，」柔依說：「我都看見了。他推你一把。非常用力。」

一滴汗水從我的腋窩流下身側，滲進我牛仔褲的腰際。看來就連改變話題我也無法脫身了。

「喔，我現在想起來了，」我說：「事情的經過。都是一場誤會。因為，是這樣的，他不希望我們在學校說話，結果我找他講話。我在學校找上他。說真的，這沒什麼大不了的。全是我的錯。」

「為什麼他不想在學校跟你說話？」柔依問。

真的沒完沒了。我回答得越多，他們就問得越多。我必須阻止這一點。該怎麼做呢？

「他不想讓任何人知道我們是朋友，」我告訴他們，「他大概覺得很尷尬吧，我想。」

「他為什麼要尷尬？」墨菲太太──辛西雅──問。

我拿起餐巾擦擦額頭，動作儘管笨拙，卻非常有必要。「我猜因為他覺得我……」

「是廢柴嗎？」柔依問。

「柔依！」她的父親丟給她一個白眼，但柔依不理他，她不準備放過我。「這就不是你要說的嗎？」她說道。

「我是要說魯蛇，但廢柴也可以啦。」

辛西雅將她的手放在我的手臂上。「真的很不好聽。」

「是喔，」柔依回答：「反正康納本來就很難搞，這很正常。」

辛西雅嘆氣了。「康納……很複雜。」

「錯，康納就是個壞東西。這不一樣。」

「柔依，夠了。」墨菲先生開口。

「爸，不要假裝你不同意這一點。」

「真的很悶。」辛西雅說。我也覺得。

「我來調冷氣。」墨菲先生重複，但他沒有離開餐桌。

我終於可以慶幸父母離婚了，其中一個好處，就是不用真正坐下來，跟我媽在家吃飯——忍受這一切。

辛西雅按摩眉心。「你們就是拒絕記得他的好。你們兩個都是，你們不願意看到正面的東西。」

「因為沒有什麼正面的。」柔依說：「他哪裡好了？」

「我不想在客人面前講這些。」辛西雅說。

我繼續喝水，喝到杯子都空了，還在假裝喝。

「是什麼嘛？媽？」

「真的有啊。」辛西雅堅持。

「好啊，是什麼？妳說嘛？說啊。」

「妳一直在說有，到底是什麼？」

辛西雅沒有回答。墨菲先生低頭看著餐盤。

柔依的問題懸在餐桌上方，猶如一股濃稠灼熱的霧靄，纏著底下所有人掙脫不得。我看著他們掙扎著想要呼吸，奮力想活下來。不斷掙扎。

「我記得很多關於康納的好。」

眾人的眼睛全轉到我這裡。剛才是我在說話。我說的。我為什麼說這種話？那些話是如何從我口中跑出去的？

「像什麼？」柔依想知道。

「算了，」我說：「我不應該……對不起。」

「你又在抱歉了。」柔依說，她完全否認我的存在。

「說啊，艾文。你剛說了些什麼？」辛西雅說。

「不重要了，真的。」

「我們想聽你想說的話，拜託你，艾文。」

我不知道該怎麼做，這位女士才剛經歷了那麼多，我不願讓她失望。她的心就握在我手中。就是這種感覺。連她的丈夫也在一旁警覺戒慎，他的叉子低垂，等待期盼。我朝餐桌上的第三個人瞥了一眼，柔依。她的表情柔和多了，好奇心似乎暫時壓倒了疑慮。他們需要一點東西，這一家人。他們需要我說點什麼，讓他們心情好一點。「呃，」我開口：「康納和我真的很開心，就那一天，那是最近的事。我心目中的康納，就屬那一次最為美好。我一直沒有忘記那一天。」

我已經知道這些話還不夠，他們會想聽到更多。我一直將自己逼到死角。他們會想知道細節、詳情，他們需要它們。我腦海不斷搜尋下一個步驟，從頭到尾緊盯著餐桌中間的大碗。

「蘋果。」我還沒想通，便脫口而出。「我們去了那個蘋果……地方。」我抬起頭。「總之，我知道這很蠢，不知道我為什麼提到這件事。我要走了。」我得離開了。現在。立刻。馬上。我握緊放在大腿上的拳頭，指甲陷入手心。我該如何不冒犯任何人，離開這個地方？

「他帶你去果園？」辛西雅問。

我掃視她的表情，看起來我觸動了某條線索。每一個人的眼中閃耀全新的光芒。他們的臉鼓勵著我，我現在還不能離開。「對，是的。」

「什麼時候？」辛西雅問。

「一次。就那麼一次。」

「我以為那裡關起來了，」墨菲先生說：「而且關了好幾年了。」

「沒錯，所以我們才覺得掃興，因為它關閉了，康納說那裡的蘋果最好吃了。」

辛西雅在微笑，卻也快哭了。「我們以前常去果園。在那裡野餐。記得嗎，柔依？」

「嗯。」柔依回答，她的表情介於不情願的訝異與刻意裝出來的漠然之間。

辛西雅望著坐在對面的丈夫。「你會跟康納一起玩那架玩具小飛機，結果你把它丟進小溪了。」

墨菲先生幾乎笑了。「是緊急迫降。」

「喔，艾文，我真不敢相信康納會帶你去那裡，」辛西雅說：「一定很好玩吧？我敢說，你們一定玩得很開心。」

「賴瑞，那附近有間我們很愛的冰淇淋店，叫什麼名字的？」辛西雅問。

「真的。那一天……真的太棒了。春天的時候吧，我記得。」

「『就是潮』。」他回答。

「對，」她真心表示，「『就是潮』。」

「沒錯，那裡我們也去了，」我回答，我的滿腔熱血已經開始占上風。「我們去了『就是潮』吃冰淇淋。」

「他們有自製的熱巧克力糊。」墨菲先生回憶。

「我們坐在草地上，身邊的大梧桐樹望著我們，」辛西雅對柔依微笑，「妳和妳哥忙著找四葉幸運草。」

「我真的完全忘記果園了。」墨菲先生說。

「嗯，我想康納沒有忘記。」辛西雅說：「對不對？艾文？」

我看著她，然後是墨菲先生，接著望著柔依，我從胸口釋放所有的空氣，告訴他們正渴望聽到的：「沒錯。」

空氣也從他們的胸口釋放了。至少我認為如此。室內有種解脫感，真正的解脫，儘管細微，卻很有感。我在這裡的一言一行，已經發揮了成效，幫助了這一家人。我要的就是這個：提供協助。

「其實我們常常這樣，」我說，我已經不知道要如何閉上嘴了。「就找地方聊天。」就像兄弟，就像朋友。「我們會討論電影和學校同學、討論女生。你們懂的……就那些話題。康納很好聊。」

我看得出來這些話對他們有多重要。安慰他們，讓他們放心，我也隨著輕鬆愉快了。我覺得這樣很好，在我看來，能夠抹去他們的傷痛，這就是對的事情，哪怕是暫時也無所謂。

「那一天，」我說：「在果園裡，我記得，我們發現了這塊草地，我們躺下來，仰望天空，就只是……閒聊。」

討論人生。我們的現在。我們的未來。畢業後何去何從。我們毫無概念，但我們只知道，最終我們會想通的。我們一定會彼此扶持，無論不管遇到任何困境，

「……都是可以克服的。」

我在此停住，還以為他們早就沒有在聽，因為我已經不知所云，不過，來不及了，我滔滔不絕，沒經大腦思考，我那些話彷彿已經在我心裡等了一輩子，才終於等到這個解放的機會。

「那天的陽光，讓我至今難忘，它光明燦爛。我們躺在那裡，仰望藍天，它看起來無窮無盡，沒有起點，也看不到終點。」

然後，該大樹上場了。

「我們看見了那棵樹，一棵高得不得了的大橡樹，遠遠高過其他大樹。我們站起來跑過去，開始爬樹，想都沒有多想。」

墨菲一家跟著我的一字一句，繼續往上爬。

「我們手腳並用，越爬越高。」一直往上，幾乎到了樹頂，但結果……「樹枝撐不住了。」

我摔下去了。

「我倒在地上。我的手臂麻了。我在原地等待。」

快要有人來了。下一秒就會有人來了。

「我左右張望，我看見了……」

我看見了……

「……康納。他過來救我了。」

我終於不再說下去了，他們全都看著我，似乎想等我說更多。但連我自己都不知道剛才究竟說了些什麼。我感覺像是大夢初醒。我坐在這裡，描述那一天，那夢魘般的一天，只不過，我不是在說那一天，不完全是。這一次，康納在場。當然他不是真的在場，但在我心裡，他彷彿就在，而且突然之間，那一天已經不大像噩夢。它不一樣了。

我從眼角瞄見辛西雅伸出手，接著，我感覺她的雙臂環繞著我。

「謝謝你，艾文。」她說：「謝謝你。」

這感覺真的超棒。但也太糟了。

*

柔依跟著我走出屋子。「我帶你回家。」她說。

我從未想過自己會有拒絕柔依・墨菲的一天，但此時此刻我只想獨處。「不用麻煩了。」

「我需要開車兜風。進來吧。」

她繞著馬蹄形車道轉圈，飛馳上街。我原以為過了幾小時後，我終於繼續自在呼吸了，結果沒有。我坐進柔依・墨菲的藍色沃爾沃後，它活生生變成上了膛的行動獵槍。

我真的夢過與她獨處的這一刻，離她幾公分遠。但現在的我完全無法開心，拜託，誰，快來把我關機。

我們之間的沉默乞求我打破僵局。「車子很酷，德國車嗎？」

「這是一塊廢鐵，」柔依說：「毛病一堆。」

柔依加速，引擎開始咆哮。回家的路上，她一句話都沒跟我說，我告訴她該走哪條街回我家時，她也沒回答。安靜的路途讓我有機會回顧今晚，審慎評估，最後認定這是一次徹底扎實的大挫敗。車速超過一百公里時，我想像自己解開安全帶，打開車門，滾落繁忙的道路。這也太悲劇了。

我們停在黑漆漆的我家門前時，柔依終於轉身打量我。「你可能認為我只是個高一生，什麼都搞不清楚，但我很清楚究竟發生了什麼事。」

她的表情犀利得讓我害怕。「我不知道妳在說什麼。」

「你跟康納根本不是因為是朋友，才寫那些神祕的電子郵件。」

剛才我一有機會時，真就該跳車的。「什麼？」

「我整晚都在絞盡腦汁，想搞懂你們怎麼可能會交談，」柔依說：「我來猜，是不是跟毒品有關？」

「毒品？」

「所以那天午餐時，他才那麼火大，推了你一把，對不對？拜託老實告訴我。我只想知道真相。」

「沒有，妳瘋了嗎？我？我永遠不會跟毒品扯上關係，我發誓。」這是真的，這是我的真心話。

「喔，是嗎？你發誓？」

柔依的媽媽總是送給我一堆擁抱，但柔依只丟給我一堆問號。「我發誓。」

她端詳我好一會兒，轉過頭看前方，我知道我可以下車了。

我想開車門，可是它是鎖上的。她按下一個按鈕，但同一時間，我正用力拉著把手。我鬆開自己的笨手笨腳，讓她替我開門。當我終於聽見有如天籟的咔答聲時，我馬上開門，讓胸口充斥新鮮空氣。我輕輕關上車門，望著她加速消逝在黑夜。一開始我就搞砸了。最糟糕的情況依舊可能發生，而且如今已經成了現在進行式。

第九章

我不確定為什麼每次出現全新的大災難，我就覺得有必要向杰德回報。就算跟他聊過之後，我的心情也沒有好轉。杰德很能強調我的各種錯誤，讓它們聽起來比我自己的認知還要嚴重。

但現在的我非常迷惘，獨自坐在客廳沙發，我沒有開燈。杰德是世界上唯一對我的存在有那麼一丁點兒在乎的人。我彷彿飄浮在太空，而他就是那個來自中控室的聲音，對著我的耳機發號施令。或許我不能贊同他的策略，但沒了他，我可能永遠回不了家。我讓杰德加速趕上我今天去墨菲家晚餐的所有進度。跟平常一樣，我就是無法預期他評論的重點會放在哪裡。

他爸媽覺得你們是一對。

你知道，對吧？

什麼？為什麼他們會這麼想？

嗯。你們這麼好，

可是他又不讓你在學校跟他說話？

你一這麼做，他就修理你？

這就是高中同志情侶的基本配備啊。

靠，真假？

我早就告訴你了。

我是怎麼說的？

點頭說好。這樣就夠了啊。

我盡力了。你不懂。

他們望著你時，感覺真的不同。

我很緊張。結果一開口就沒完沒了。

你停不下來。

他們不要我停！

真的。我大概到現在才意識到這一點，但他們彷彿一路鼓勵我，在我不知道如何繼續時，他們甚至自動填補缺口。我不是在責怪他們。我很清楚其實一切都是我的問題，但我從他們的表情知道，他們想要我繼續。他們需要我繼續。

確實，我設法告訴他們真相。我說的都是真正發生的事實：我告訴康納父母，寫信的人不是他。我已經直接表明，他們卻聽不進去。

所以你還搞砸了什麼？

呃，我很確定柔依開始討厭我了。
她覺得我跟康納一起吸毒。

你真是太屌了。
我是說真的。
還有呢？

沒了。

沒了？

我還告訴他們我們會寫電子郵件。

電郵？

是啊，我跟他們說，康納會寫信給我。
他有祕密帳號。

喔，對，那些「祕密」帳號。
當然啦，拿來讓你們把雞雞照片寄給彼此。
他大概覺得這一切都是超級大笑話。真不知為什麼我總是會找上杰德聽他的建議。

沒有，我只說他有祕密帳號
我們還會寫信給對方。

真假啦？

沒有最糟，只有更糟。

這麼嚴重嗎？

他們會想看那些信。

喔，不。

喔，是的。

喔，幹。

他們當然會想看我們的信啊。我在想什麼？真的。為什麼我一直自欺欺人，認定最糟的情況已經過了？事情本來就會越來越棘手。絕對如此。這就是人生。你出生之後，便步步走向終點，頭髮逐漸灰白，渾身病痛，無論如何努力扭轉，最終仍舊逃不了死亡，週而復始：糟，很糟，更糟，然後，掛了。現在，離我走到最壞的結局前，我還有漫長的一段路得走。這才是剛開始而已。

我死定了。媽的接下來要怎麼辦啊？

我可以寫信。

什麼意思？

我可以編一些東西出來。

可以嗎？怎麼做？

很簡單啊。先設一個帳號
把日期調回去。
所以我才是今年電腦營
唯一有磁卡的培訓員：
因為我有本事，寶貝。

我能給他們他們想要的——他們需要的。我這是在幫他們。

這很吸引我。真的。但這也很……病態？我不能繼續欺騙這群可憐人了。我沒那本領。今晚我一度感覺自己連雙眼都在流汗——我就是這麼焦慮，沒錯。如果我再多流一滴汗，我大概就會當場成為乾癟的木乃伊。我玩不來。我已經沒力了。

我將手機面朝下。螢幕亮光映照我的石膏。我在墨菲一家面前編造的那段故事再次浮上我心頭。他們提到果園，我想，可能是因為他們形容它的語氣，讓我聯想到艾利森公園。每次一講到它，我就不得不想起那棵大橡樹與我的墜落。康納那天當然不在場。但我想……當時他如果在，也不錯吧。

我離開漆黑客廳上了樓。躺上床後，我戴起耳機，開始播放我取為「菜鳥爵士」的歌單。我不能說我完全聽得懂爵士樂，但我在努力了。我等著音樂將我帶走，但一直沒等到。我的心思過度專注於自己在聽的音樂，反而無法讓它逃離。老實說，我只對其中一種樂器感興趣。我一直在等吉他和絃出現。

媽出現在房門口，我不得不從枕頭抬眼看她。我把耳機拿下來聽她說話。

「你吃了沒？」她問。

「呃。有。」我早就知道她的下一個問題會是什麼，於是我迅速思考自己可能說出來的答案：自製三明治、冷凍披薩、中國菜。

結果她說的是：「唉喲。」這聽起來幾乎像是她原本希望我還沒吃。

「那天很開心，對吧？」她說：「一起去吃早餐。」

那頓早餐後發生太多事，感覺像是好幾世紀前了。「呃。對。是。」

「我在想，還是我這星期輪休一天？上一次我們吃塔可是什麼時候？」

我不記得，但我很確定冰箱冷凍庫的塔可餅皮應該已經發霉了。「不用這樣啦。」

「我想啊。我們還可以一起腦力激盪，想那些文章該怎麼寫。」

喔。徵文比賽。當然囉。她的表情充滿期待。「好，」我說：「也好。」

「太好了，」她以勝利者之姿說道：「我好興奮，很期待耶。」

「嗯啊。」

*

第二天，我看見柔依走過餐廳，與朋友們坐下來。就算我還沒找到位子，我也得趕緊找地方坐下來。我就是這麼焦慮。從開學日後，這是我第一次在學校看見她。

一星期內竟然能發生這麼多事。我與柔依的互動遠超過以往——守靈夜、她家、她車上——但當下的情境都很不理想。今天，看見她在這裡，坐在學校餐廳，感覺合理正常多了。我習慣在這種時空背景看見她。這樣才對。

在餐廳另一端的柔依必然也感受到我的目光，畢竟她回視著我。眼神灼熱認真，幾乎像是在挑釁，看我會不會別過頭。我不行。我不想。我不知道自己該怎麼辦。我微笑了，期盼她也報以同樣的笑容。她沒有。感覺就算她努力嘗試，也辦不到。

她拿起托盤，丟下桌邊的朋友們，將午餐倒進垃圾桶，看都沒看我一眼，走出餐廳。

我比較擅長詮釋小說情節，對於活生生的人類則完全一竅不通。不過，這一次，我可以輕易將奇莎老師的文本分析手法運用在剛才我目睹的行為上。美麗又正氣凜然的女主角柔依・墨菲將食物扔進垃圾桶的動作——其實隱喻了她對敘事者的感覺。在柔依・墨菲的眼中，艾文・漢森就是垃圾。

我又來了，高估自己的重要。我為什麼不記得自己只算是個「沒」？為什麼我又要假設她的任何動作與我有關？她哥死了，可能她只是沒胃口。我懂。只是，看見她如此心煩意亂，也讓我難受。那天晚餐時，我說的話似乎讓她放鬆許多。一開始討論康納時，看得出來她的心情起伏很大。等我提到那些她與她爸媽不知道的事時，在我一一填補那些缺角的當下，我自覺已經讓他們忘卻自己沉重的包袱。我撫慰了他們。

我在餐廳尋找杰德，我的胃只裝了早上吃的藥，我拿起午餐，走到他的桌子旁。

「你說的電子郵件是怎樣？」

「嗯，電子郵件也稱『電郵』。」杰德說：「據稱雷恩・湯林森在一九七一年發明了這項技術，但大家都知道，發想者是西瓦艾・尤杜拉。」

「我是認真的啦。」我盡可能壓低音量。杰德意有所指往後一靠。「你得花一筆錢。」

「多少？」

「兩千。」杰德說。

「兩千？你瘋了嗎？」

「五百。」

「我可以給你二十。」

「可以。但你是個智障。」杰德說：「四點放學後見。我會發簡訊告訴你哪裡見面。」

第十章

杰德的休旅車轉進「鍛鍊天堂」的停車場，衝進第一個停車位。他走過我身邊，穿過健身房的旋轉門。

我跟他進去。「我們來這裡幹嘛？」

杰德對櫃台後面肌肉發達的小哥閃了一下會員卡，說我是他帶來的朋友。填完基本資料後，我跟著他走進一處分成很多小房間的空間。

「鍛鍊天堂」的一切都讓我焦躁不已。明亮的日光燈、激動的音樂、過度暴露的肌肉。我真不知道我們是在做什麼。

「你在這裡健身？」我問。

「不，但我爸媽以為我是，」杰德說：「相信我，這裡是寫功課的好地方，你有沒有看過女生在跑步機上的樣子？」

「我不是——我沒有——」

「欸，做這種事，我不能冒險在我家上網。就把它當作是額外的預防措施。使用公共網路會讓別人更難追蹤我們。」

他真的要讓我們整個搞得很鬼鬼祟祟。「不知道耶，萬一有同學看見我們怎麼辦？」

「我絕對不會讓這種情況發生。我可是做口碑的。而且，又不會有人來這裡。你看看這裡，全都是家長什麼的。」

我環顧四周。雖然背景音樂很吵，但這裡其實很空。我想大概是因為音樂太大聲，天花板又太高。「還是我們乾脆算了？應該還有別的方式吧？如果康納爸媽問我電子郵件的事，我不要回答就好了。他們又不可能窮追不捨，對不對？」

「如果你現在退出，還是得給我二十塊喔。」杰德坐上一張長椅。

我想起柔依那張臉，午餐時的表情。她的爸媽此時此刻可能也有同樣的神情，沉重頹喪。

「我們先寫一封信吧，然後再看狀況。」我說。

杰德打開筆電，開始打字。

嘿，艾文：

抱歉晚了一分鐘，我快抓狂，他媽有夠廢。你瞭嗎？

「為什麼你要讓他用這種口氣說話？」

「什麼口氣？」杰德問。

「就那樣啊。正常一點啦。」

杰德把全部刪掉，重新開始。

最親愛的漢森先生：

吾因故無法與您保持聯繫，謹此致上深刻歉意。近來生命待吾甚苛。

「現在他聽起來像古時候的王子了，夠了。就讓他跟你我一樣說話。而且要跟我寫的內容相互呼應。就寫，『親愛的艾文・漢森』。」

「你們兩個人怎麼會用全名稱呼彼此呢？」

「不知道啦，反正就這樣，可以嗎？」

「你覺得好就好。」

親愛的艾文・漢森：

抱歉我最近失聯。我過得滿慘的。

「這很完美。」我說。

我希望你知道，我一直想著你。每天晚上想像你那張可愛的小臉時，我就會忍不住搓自己的奶頭。

「你幹嘛寫成這樣啦？」我問。

「我只是實話實說啊。」

「你聽好，如果你不打算認真對待這件事，那就算了。這些電子郵件必須證明我們真的是朋友。一定要百分之一百寫實。」

「男人之間表達對彼此的愛也不能說不寫實啊。」

「我說什麼你就寫什麼。『沒有你的日子很艱苦。』」

杰德笑得喘不過氣。「『姦？』」

「好啦好啦，改成『難過』。」

「肉麻。」

「我來打字好了。」

沒有你的日子很難過。我真的很想念與你暢談人生以及其他計畫的時刻。

「好細節喔。」杰德說。

「閉嘴啦。」

我喜歡我爸媽。

「誰會講這種話啦？」杰德問。

我愛我爸媽，但我討厭我們常常吵架。我真該戒了抽毒品的習慣。

「『抽』毒品？」杰德假裝對我失望搖頭。

「不然你來改。」

「根本一點都不寫實。」

「你懂什麼？你根本不認識康納。」

他白了我一眼。

「我們的目的，是要讓他們知道我是個好朋友。我真心想幫助他。」

「我靠。」他把筆電搶回去。

我真該聽你的忠告，不要再碰快克。

「快克?!」我說：「有點太扯了吧？不會嗎？我們學校真的有人在吸快克？」

我真該聽你的忠告，不要再吸大麻。或許這麼做，一切都會好轉。我也要努力變好。祝我好運吧。

「這樣還不錯，真的，」我說：「在最底下署名，『最誠摯的，我。』」

「我連問都不想問，」杰德說：「寫完了嗎？」

「我不能只給他們看一封信啊。我們還需要寫我的回信。」

一名刺青猛男不小心把槓鈴摔回地上，發出一聲巨響。即便地板鋪了厚厚的襯墊，撞擊餘波仍在我們腳下迴盪。此人四處踱步，長得就像隨時待戰的綜合格鬥手。如果他想要，可以輕易扭斷任何人的脖子。

我完全感同身受，但不是在講我滿腔怒火、蠢蠢欲動，而是那種蓄勢待發、隨時準備爆發的待戰心情。我其實很羨慕這位先生，因為他找到發洩自己精力情緒的管道。我不運動，向來不擅長，從來沒有養成任何消耗體力的嗜好。暑假時我走了很多路，如此而已。我想謝爾曼醫師要我寫信，也是希望我能藉此從內心最深層抒發自己。當然，結果並不如預期。

「好了。」我說：「你準備好了嗎？」

杰德出了神看著室內的某一個方向。「你看那屁股。」

我抗拒想看的誘惑。「好了啦，寫下我說的。『親愛的康納・墨菲：我剛從健身房回來。』」

「健身房？」杰德問：「真假？」

「我剛健走回來。」

「這還比較可信。」

「我拍了幾張壯觀的大樹相片。」

「不行。」杰德說。

「但這是真的啊。」

「有時你真的讓我心碎耶。」

親愛的康納．墨菲：

我真為你成功度過這段困難時光感到驕傲。你似乎已經開始扭轉現狀了。你知道，只要你需要我，我隨時都在。

最誠摯的，我

「我不得不說，你們的友誼真是可貴啊。」杰德說。

「就是啊，真的不錯，對吧？」

杰德的獰笑讓我知道他不是認真的。我只知道，若真有此般友誼存在，可能的確很棒。有人一起談天說地，有人願意傾聽。

對了，你妹超正。

「搞屁啊？」

「是我不好。」杰德說，把最後一句刪了。

「好了，下一封。」

我們開始有所規律。親愛的艾文．漢森：我真幸運能有你當朋友。親愛的康納．墨菲：我隨時都在，兄弟。親愛的艾文．漢森：我欠你太多。親愛的康納．墨菲：不用客氣。親愛的艾文．漢森：你知道我一定挺你。

就這樣，我們順利捏造了十二封電子郵件，六封來自康納，六封是我寫的。我感覺自己跟那位在飲水機前面快喘不過氣來的禿頭大哥一樣興奮。我們替康納弄了一個假的電子郵件地址，接著杰德施展他的科技魔法，標記電子郵件的時間，回溯到今年春天。

「我需要把這些印出來。」我說。

杰德闔上他的筆電。「附近商場有家辦公用品店。」

「太棒了，」我站起來，「印完之後，我還需要你幫我一個忙。」

「很抱歉，二十美元這樣不夠喔。」

「你確定？我還以為你說你想知道墨菲家在哪裡。」

那天晚上，杰德開車到墨菲家車道盡頭。我放下車窗，將那些印出來的電子郵件放進磚砌的信箱開口。杰德開車離去時，伸出拳頭，等著我與他相碰。他想慶祝我們剛剛的成就，但我讓他的手懸在半空中。我望著墨菲家在後照鏡緩緩消失，完全沒有心情慶祝。

「停車。」我說。

「幹嘛？」

「真的，停下來，我要吐了。」

iii

我家人全在客廳，看起來整個就像洛克威爾的畫中人物（我本來是不打算回家的。我之所以要離開這裡，有我的理由，不是嗎？結果，我反倒是離不開了）。

賴瑞在品嘗威士忌，辛西雅與柔依在研究同一疊紙。

「我還不知道康納原來對樹這麼有興趣。」辛西雅說。

還真巧。我對自己成為話題焦點其實完全不訝異。就連我活著的時候，他們也喜歡背著我討論我的事。

「我很確定他們講的是大麻。」柔依說。

「哪有？我看不出來。」辛西雅說。

哪些「樹」啊？

「喔，」辛西雅說：「原來。」

我從我媽肩膀往下看，發現我名字出現在紙上，我還看見艾文．漢森的名字。

「你一定要來看一下，賴瑞。」

賴瑞點頭，啜了一口拉弗格威士忌（喝威士忌不能算是習慣，你知道嗎？這是工作的一部分。媽的，這老子的公司每年耶誕節都送他一瓶。我也偷偷喝過。我不愛，酒精向來是我最討厭的東西）。

「他似乎，嗯，我不知道，很不一樣。」辛西雅說。

他們在看電子郵件。我寫給艾文的，艾文回給我的。這是什麼鬼？「我喜歡你跟我提過的那部紀錄片，讓人充滿喜悅。」誰會這樣說話？「暑假時，我也很開心可以常常跟你散步很長一段路。」這簡直就像鬼故事。「我認真考慮你說過的話。家庭絕對是最重要的。」

我曾經很不錯，後來變了調，日子久到我都記不得了。我也曾經熬夜沒睡，心情低落，寫過怪裡怪氣的垃圾。但我從來就寫不出這些莫名其妙的白痴東西。

「親愛的艾文．漢森，你真有種。」

酷。

「人生就是抬頭挺胸，一路向前。」

收回我剛才的話。這些蠢話還滿屌的。

「我已經準備好改變自己。全都歸功於你。」

艾文這是在幹嘛？他故意搞了一封信讓我看見。現在還把我家人扯進來，餵這堆謊言給他們看？媽，妳知道嗎？我之所以似乎「不大一樣」，是因為這根本他媽的不是「我」！

我媽摘下她的老花眼鏡，她最討厭戴眼鏡時被拍到。「真想不到去蘋果園玩對他這麼珍貴。」

蘋果園。好幾年沒想起那裡了。現在想一想，我必須說，那裡倒沒有什麼可怕的回憶。從未出現全面性的爭吵或令人傷痕累累的片段。通常我回憶自己的過往時，便會出現上述片段，而且它們總是突如其來地爆發。不過幾次果園之旅倒是異常平靜，而且是美好的那一種。我們就像正常家庭：我媽準備午餐，柔依與我一起滾下崎嶇不平的小山丘。我爸將工作放在一旁，專心陪伴我們。為什麼我們沒有更常這麼做呢？為什麼我們不能將那美好的感覺帶回家呢？

「他在這裡說，果園關閉後，他感覺自己的童年也隨之結束。想起來，滿有道理的。後來，他就變了。」

呃，錯了。如果這就是妳想知道的答案，媽，妳找錯地方了。我媽就是這樣。我爸呢，深信所有的問題都只有一個正確答案。但我媽永遠都在搜尋，她一直在找，到處找。聽起來很高尚吧？——或許真是如此——但久而久之，這成了酷刑，尤其是我本人被當成實驗室白老鼠的時候。

「我看不下去了。」柔依說。她將那疊紙丟在一旁，從沙發站起來。還好，我家至少還有一個人的偵測器還算靈光。

但她逃不了。賴瑞用他慣用的問題轟炸她：「學校怎麼了嗎？」

「很不錯喔。」柔依回答：「突然間，大家都來找我當朋友。我就是那個自殺學生的妹妹。」

自殺學生。就是我。

「康德老師一定很高興妳又回去練習了。」我媽說。

「你們真的不用這樣。」柔依說。

「怎樣？」

「只因為康納不在了，沒人會用蠻力打開我的房門，扯高音量大吼大叫，莫名其妙說要殺了我，就表示我們突然間得當他媽的模範家庭啊。」

聽到自己的妹妹說出這種話或許非常令人不舒服，但事實上，我想這字裡行間也多少是讚美我吧。因為這證明了一點：畢竟我常說，也許我不是壞了那一鍋粥的老鼠屎，情況可能正好相反啊。

她如暴風般離開客廳。其實沒有那麼激烈啦。如果是我，我甚至還會亂摔東西（接著，事後的我會懊惱悔恨，但不至於開口道歉，也不可能不會再犯）。

「她沒事的，」我媽說：「我們都用自己的方式在哀悼。」

賴瑞回頭找上他的威士忌。

我媽繼續看信。「我感覺自己看見了全新的他。在這裡，他似乎比較自在快活。我連上一次聽見他的笑聲都不記得是什麼時候了。」

我常常大笑，真的，我經常大笑。我嘲笑自己周遭的一切是如此荒謬糟糕。我常常嘲笑自己無力挽救一切。一個人若是不笑，就只能哭。因此，我總是笑中帶淚，悲喜參半。可是，你們知道嗎？每次媽看見我赤裸裸地表達情緒，她就受不了了。她的眼神恐懼慌亂。當然，那其中也帶著愛——我知道。但那種恐慌……一直如影隨形跟著我，揮之不去。只要一瞥見她的眼神，你絕對不可能敞開心胸，真的，你只可能立刻封閉自己。

「我要去睡了。」我爸宣布。

「過來陪我。」

「我好累。」

「你知道，賴瑞，遲早，你都得開始——」

「今天晚上不要再提了，拜託妳。」

我猜這就是我為何將自己的牆築得這麼高的原因：我的家人從來不認識真正的我。偶爾，我會提到自己有「朋友」（和朋友出去、朋友給我的）。但我不認為他們相信我，尤其是我從未確切說出對方的名字。

（即使現在，我也不想說出他的名字。我納悶：他會注意到我離開了嗎？）

我晃上樓，到了柔依房間。我發現她在刷沒插電的吉他。剛才她說的那些關於我的言語，只有部分正確。我是對她尖叫過幾次、用力敲她的門。不過，我從未威脅要殺她。她真以為我會這麼做？我當然不可能真正傷害她。就像那句話：「喧鬧憤恨，卻毫無意義。」那就是我（那也是莎士比亞。只因為我沒交出《馬克白》的作業，不表示我不關注它。或許我就是太在意它了）。

她坐在地毯上，背靠著床。她停止手的動作，將彈片咬在牙齒間，在一本筆記上寫東西。

我不記得自己上一次進她臥室是什麼時候，我們算是隔壁鄰居，平日只會跟彼此打聲招呼。我以為她很愛乾淨，但這裡一片混亂。衣服丟得滿地都是，拍立得相片、一堆凌亂的吉他絃。盤子裡有一片沒吃的烤土司，旁邊還有一把髒髒的奶油刀。

（馬克白夫人是另一位自殺名人。她有一句話我特別記得。好像是什麼毀滅無法讓人得到永久的滿足，因此，到頭來，唯一真正的解決辦法，就是毀滅自己。）

新的聲音出現了，柔依在說話。不，不是說話，她在輕聲吟唱：

我可以蜷曲起來，
躲在我的房間
躺在我的床上
到明天仍然抽泣

她停下和絃，在她的筆記匆匆寫字。她清唱了另一句：

我可以屈服於所有的陰霾
但告訴我，告訴我，是為了什麼？

她一面寫一面哼，一首旋律正在萌芽。她拿起彈片，將吉他當成那隻她曾經隨身攜帶的泰迪熊，捧在胸前。

早年我們相處得不錯：最親密的汽車後座夥伴，出門度假時睡在同一張床（在賴瑞的名字被印上公司信封前，我們總是全家擠一個旅館房間）。我們會在門廊下餵貓咪（那是我們的舊家，辛西雅不喜歡我們讓牠們進屋。「有傳染病。」她說）。我們會交換萬聖節糖果（柔依喜歡巧克力。我對有酸味的東西特別喜愛）。我做什麼，她都想跟著做。跟我一起玩小汽車與X戰警，把自己當作我軍隊的士兵。

然而，在某一個點，她突然不再為我而戰了。忠誠呢？前幾天在學校餐廳，我和艾文吵架時，她跑過去看他是否安好。那我呢？誰來關心我？

我為何心情沉重？
我為何化成碎片？
我為何因你崩潰？

我都不知道她會在房間唱歌。既然我聽了，就無法不繼續聽下去。她細細訴說每個音節，引我專注傾聽。這是無意間，她與我分享的私密時刻。她的聲音只有傷痛挫敗，歌詞更是如此。

我為何假裝自己是悲傷的女孩，不斷撒謊？
說我想念你，說我的
世界落入黑暗，沒了你的光，
今晚我就不唱安魂曲了

但我也不會說它是搖籃曲。

第十一章

藍希老師收走我們的考卷，答應我們剛才的小考成績不會算進學期總成績。還好，因為我完全無法專心。老師只想確定我們每一個人對各種不同物質狀態的理解程度，但我比較在乎我自己究竟能夠掌握哪些人事物。

我所知道的是：星期二，我與杰德送了一疊電子郵件到墨菲家，現在已經星期四了。

我不知道的是：墨菲夫婦是否已經拿到東西。看了沒有，有什麼心得，讀了這些郵件是否足以幫助他們。以及，他們還想從我這裡得到什麼。

我甚至不記得杰德和我寫了什麼。那些文字全都是天外飛來的瘋狂發想。我將唯一的副本送到墨菲家。原本我想請杰德把檔案寄給我，因為他大概還沒有刪掉原文，後來我又決定自己不想看了。我要努力忘記它們的存在。我不願再去想我們做過的事。

下課鈴響，該吃午餐了。我落後在同學後面。急什麼？在這一切之前，我向來獨來獨往，但我對人生仍抱持一線希望。康納・墨菲不屬於我的日常。他和我一樣，都只是背景邊緣人，我們從來沒有交集，就算有，我與他也未曾注意彼此。我原本能坐在餐廳最後面，偷偷望著柔依，想像各種遙不可及的可能，想像或許有一天，我跟她可能會交往。如今吃午餐時，我連頭都不敢抬起來——我好害怕她會從餐廳的另一邊丟來冰冷無情的目光。

我走進大門，食物的香氣與環境的吵鬧馬上包圍了我。看來，我是最後一個進餐廳的人。這樣很好，因為我不需要太多時間吃東西，反正我也吃不下。我平常坐的桌子還有很多空位。我坐下來。此時，有人說道：「嘿，艾文。」

坐在我對面的男生很眼熟，但我不知道他的名字。

「山姆，」他說：「我們一起上英文。」

「喔，對。你好。」

山姆繼續吃，我凝視他茂密的頭髮。他是哪裡冒出來的？他一直都在坐這裡嗎？基本上，我進了高中之後，一點存在感都沒有。現在竟然被打了招呼，讓我一時坐立難安，不知所措。

畢竟我的眼睛已經抬了起來，乾脆趁機檢視四周環境。正如我所擔心的，有人在看我。但不是來自柔依，那些眼神來自餐廳的各個角落，這裡一眼，那裡一瞥，不算是瞪視凝視，比較像是簡短的目光交會。左邊有人轉頭，右邊有人偷看。

我低頭開始拆三明治包裝。光看到我的奶油三明治就讓我害怕。暑假我在艾利森公園受訓時，我的老闆葛思巡守員和我會到附近餐車買午餐。我最愛的就是韓式塔可餅，現在想起那些塔可還讓我流口水。那才叫生命，那才叫人生。我也開始期待起晚餐了。今晚是我與媽的塔可餅之夜。

我咬了一口。有人坐進我旁邊，長凳晃動。

「我的天哪，你還好嗎？」艾拉娜．拜克說：「最近怎麼樣？」

我在社交場合的反應時間向來遲緩，但面對艾拉娜時，它變得更慢了。她的明亮猶如從雪地反射映照的燦爛陽光。

我不大確定她為何對我最近的人生突然這麼感興趣，但她人真好，還會來問我。「還好吧，我想。」

她瑟縮了一下，好像哪裡突然刺痛起來。「你真的太棒了。」

「我？」

「杰德告訴大家你和康納的事，你們非常親近，你們是最好的兄弟。」

現在輪到我痛苦畏縮了。潰瘍能瞬間成形嗎？

「每個人都在說你這星期有多勇敢。」艾拉娜說道，掌心交握，彷彿安慰臥床病人的修女。

「是嗎？」我的回答有點不成調，我本人也快碎成一地了。

我掃視室內。所以大家才一直在看我？山姆也還在此刻適時點頭。

「因為，只要跟你同病相憐的人，應該都會崩潰吧。」艾拉娜說：「皮戴娜昨天在午餐時哭得太厲害，臉上肌肉拉傷，還得去醫院急診。」

「皮戴娜不是今年才轉來的嗎？她根本不認識康納。」

「所以她才哭，因為她再也沒有機會認識他了。康納真的讓全校同學團結起來。不可思議吧？以前從來沒找我說話的人，現在突然想找我聊天，因為他們知道康納對我有多重要。這也太激勵人心了吧？我開了一個部落格，有點類似是要紀念他的專頁。」

我張開嘴想說話，卻出不了聲音。我的心跳加快了三倍，喝一大口水也沒有用。「我沒想到妳跟康納也是朋友。」

「算不上朋友，真的。比較像是，點頭之交。比較熟悉的點頭之交。」

我的心跳降到本來的兩倍速度。

「他可能從沒提過我什麼的。」她補充。

我看不出來她是在問問題或只是陳述事實。總而言之，我是不會說什麼的。

「你要聽實話嗎？」她問：「我想我內心深處有某個部分知道你們兩個一定是朋友。但你們掩飾得非常好，不過我完全理解。」她湊近我。「跟我說啦。」

「說什麼？」

「大家在傳的那張相片？康納旁邊那個男生被裁掉了，那個人就是你，對不對？」

她認真打量我。我嚇得連呼吸都不敢。

她微笑了。「我就知道。」

山姆也笑了。

我什麼都沒說，什麼都沒做——點頭、眨眼或抽搐，啥也沒有。

「繼續加油喔，艾文。」離開前她說。

我要找別的地方去，什麼地方都好。我收拾午餐，朝大門走。

杰德擋住我的去路，他的手臂張開歡迎我。我走過去讓他抱。

「你幹嘛啦。」他說，一手把我推開。

「對不起，我還以為……」

「我是要給你看一個東西啦，白痴。」他指著胸口。在他的心上有個別針，上面是康納・

墨菲的笑臉。就是那張相片中的康納。杰德伸手到肩上的帆布袋，拿出另一個同樣的別針，將它別在我的襯衫上。「我一個賣五塊錢，但我算你四塊。」

「你拿這種事賺錢？康納的……」我連說都說不出口。

「又不是只有我。」杰德說：「你沒看到莎賓娜・派特爾在自習課時，賣上面印了康納名字的腕帶嗎？麥特・霍策還請他媽做了T恤呢。」

「我沒看到，太誇張了，怎麼會有人這麼做啊。」

「這不過是簡單的供需問題，兄弟。現在我們可夯的呢。」他拍拍鼓鼓的帆布包。「我得在康納・墨菲紀念品熱度消退之前，趕緊出清這些別針。」

他準備走開，我叫住他。「我不要戴這個。」我拆下別針的速度不夠快。我把它丟給他。就在那一剎那，越過他的肩頭，我看見了柔依・墨菲正在怒視我。她看見的是我扯下康納的別針，輕蔑地將它丟遠。

杰德晃開了，柔依代替了他的位置，站在我面前。「怎樣？」她說：「你不想在胸口別上我哥的臉嗎？」

如果我拿別針刺進我的眼睛呢？這樣就理所當然了嗎？

柔依掃視室內。「他一定會超討厭現在這樣，」然後，她轉向我，「你不覺得嗎？」

這話聽起來很誠懇，她似乎真的想尋求我的觀察。但話又說回來，她也可能是在測試我。

「也許吧。」我說。

她的眼睛承載了太多的重量。我無法全然解讀它的意義，或它確切的形狀。但總而言之，它過於龐然，讓我無法挪開視線。

她準備走開，正準備退一步時，她突然打住。我低頭看她在看什麼。是我的石膏，以及上面寫的那幾個字。當我抬頭想看她的表情時，已經太遲了。她走到餐廳中間，被群眾吞噬了。

*

我回到電腦教室，這感覺很詭異，上星期康納才拿走我的信。當時我甚至不知道他在場。現在的我還在東張西望，檢查有沒有人在。是有幾個人。沒有康納。當然沒有啊，他已經死了。怎麼可能還看得見死人呢？

若不是因為我印了那封蠢信，也許他現在還活著。我按下列印鍵後，一場悲劇性的連鎖反應從此開始。若不是那天網路臨時斷了，印表機沒收到指令，康納現在可能還活蹦亂跳。若不是因為我媽跟謝爾曼醫師約好，康納可能還在。若不是我手臂斷了，康納就不會在我石膏簽名。所以，我真希望可以在這段傳奇如石膏凝固之前，就勇敢揭穿事實真相。

我從那麼高的大樹摔下來，我摔斷的有可能不只是手臂。我運氣很好。大家都這麼告訴我。但我躺在那裡，承受這輩子最劇烈難耐的疼痛時，可不這麼認為。不過，我猜我是幸運的。我的背可能折斷，腦漿灑滿一地。或更嚴重的下場也有可能。

葛思巡守員開車送我去醫院，他一直問我在那棵樹上做什麼。我不知道該如何解釋明明是上班時間，自己為何臨時想爬上大樹。我當場編了個故事，希望它聽起來比較合理，我說我掃地時看見一隻流浪狗。牠一直亂跑，我追在後面想把牠逮住。我以為自己爬高一點，就能看得比較清楚。

「你要用無線電通知我啊，」葛思巡守員一面開著公園卡車，一面說道：「我是要交代你幾次？任何不尋常的狀況，你就要用無線電通知我。」他很生氣。

今年暑假曾經發生好幾次事件，讓葛思巡守員突然改變跟我說話的語氣，令我措手不及，總我不得不提醒自己，雖然他有點像是我朋友，但說到底，他仍然算是我的上司。其中一個例子便是我每次叫他葛思，想省掉「巡守員」三個字時，他會立刻糾正我。

「規矩就是用來確保安全的，」葛思巡守員說：「確保人人安全，包括公園本身。我感覺你全把這一切扔出窗外了是吧？」

他說對了。其實，那一刻，我一點也不在乎安全，根本沒有考慮到它。

「好，我知道你很痛。」葛思巡守員說：「但是，如果你不從中學到教訓，那麼這一切的痛苦都不值得。」

我不介意葛思巡守員狠狠訓話。其實，我有點感激。

「你打電話通知爸媽了嗎？」

葛思巡守員的反應遠比我爸好多了。第二天我跟我爸說話時，他開始告訴我他繼女海莉去年也摔斷手腕。他還說，她的傷勢好得很快，不久後又開始運動了。如果他是想讓我好過一些，那他失敗了。我寧可他有其他反應，他可以笑我笨拙，或者同情地說怎麼會這樣，不然簡單分享他小時候骨折的往事也行。我就是不會想聽到任何有關海莉的事。

「我留話給我媽了，」我告訴葛思巡守員，「我想她應該還在上課。」剛好那天我們到醫院時，我媽不在。我記得自己當時有多麼放心。

實習結束後，我就沒有再跟葛思巡守員聯絡了。長達兩個月的時間，我星期一到星期五都跟他在一起，現在我們卻彷彿斷了線。不知道。一想到這些，其實還滿煩的。前一分鐘，我們還是密不可分的團隊，如今他卻可能正忙著教另一個新手。

我叫醒電腦。我可以寫一封信給葛思巡守員，問問他的近況。但他很少上網，我的電子郵件會等上好幾星期才被他看到。我原本打算替他與公園設一個網站，但進行得並不順利。葛思巡守員就是那種與社會脫節的典型，認定科技會毀滅地球。而且，萬一我寫信問他過得如何，我還得交代我自己的人生。

*

那天晚上，當我忙著在晚餐前解決一些作業時，我注意到收件匣出現一封新郵件。主旨是：「謝謝你」。我點開它，發現那是辛西雅・墨菲寄來的郵件。看見她的名字讓我當場目瞪口呆。我為什麼把自己的郵箱地址放在交給她的那些電子郵件裡面？我也該弄個假帳號的。

我開始讀信：

親愛的艾文：

我們收到了你留下的東西。我們非常感謝你能將這些私人信件與我們分享。它們真的讓我們看見了康納不為我們所知的另一面。你的康納跟我們所認識的康納非常不同。

你提到還有其他郵件。你若隨時想與我們分享它們，我們會心存感激，閱讀這些信讓我感覺康納又活了回來，部分的我真希望這經驗能永遠延續。

在此我有件事想請你幫忙。不知道康納是否曾經在任何郵件中提過他想克服毒癮的心情？特別是，他有沒有提過任何提供他毒品的人名？可以請你回頭再看看嗎？當然，我丈夫認為我在浪費時間，但若知道你替我看過，確定它們與毒品毫無相關，我就可以睡得更安穩了。

最後，我們什麼時候能再見到你？你明天晚上有空嗎？我們很期待你有空再過來用晚餐。

辛西雅　敬上

那些電子郵件沒有讓她滿意。她想要更多。這下沒完沒了。

名字？她為什麼問我名字？所以可將它們交給警方？當然不是她要送禮吧？不，她想要伸張正義。這就是我對這封信的詮釋，只要講到英文，那可是我唯一有自信的科目。以下是其他我還有自信的事：辛西雅．墨菲要通報警方，這可是最糟糕的情況。

我的床頭櫃上，除了等我處理的大學徵文獎學金申請表外，還有兩個瓶子。一個裡面裝滿了水，另一個是安定文。我吃了一顆後者，用前者將它沖下肚。我閉上雙眼，命令藥物通過我的全身，然後等著讓自己重新設定，肩膀鬆垮，呼吸緩慢。

夠了。一切到此為止。我得喊停了。我只需要告訴辛西雅，沒有名字。這是事實（我把真相當麵包屑一路跟蹤，讓它們領我走出迷宮）。但如果對她還不夠呢？萬一她不接受呢？我們應付的可是一位悲傷母親。這個女人失去了她的兒子，對她而言，這不是一場遊戲。對我來說，同樣不是。

就這樣。我不能繼續了。該說出真相了。全部的真相。我從一開始就試圖這麼做，但我說得不夠大聲，也不夠清楚。我會處理好的。我要回他們家，望著他們的眼睛，我做得到：我要坦承一切。

「你沒事吧？」

是我媽，她站在門口。我發誓她一定有超能力，總能隨時出現在我房門口。

「是啊。我當然沒事。」安定文的藥效不夠快。

「你的表情非常專注。」她斜眼看我，盡最大的努力模仿我。「我來猜。」她走近我，「是數學嗎？我數學最爛了。」

在她來不及看見之前，我闔上筆電。她停下腳步。我們互望彼此。

「我只是……在寫電郵給杰德，」我的手發抖，「他要問我一件事。」

我避開她的眼睛，注意她穿著刷手服。

「所以你最近常跟杰德混。」她似乎鬆了一口氣，「我就告訴你他可以當你的好麻吉。」

「是啊，真的不錯。」她的包包掛在肩上，手裡拿著車鑰。

「我覺得你很棒。能表現自己。」

「是啊。」我不帶情感地回答。

「呃，我要出門了，我把錢放在桌上。」她轉身要走，「想吃什麼就吃什麼，好嗎？」

一股強烈的反胃感融入我原本已經在糾結的情緒迷霧。真希望我不在乎。「我以為今天晚上要弄塔可餅，討論徵文題目。」

她的眼睛睜大了。「是今晚嗎？喔，天啊，喔，寶貝，我完全忘了。幹。」她用鑰匙敲頭。

「沒關係。」我說，因為，呃，不然我還能說什麼？她坐在我床上，看著我床頭櫃的東西。「不然這樣吧？你自己先看看那些問題，如果有任何想法，再寫電子郵件給我，我想到什麼就會回你。這樣比較好，對不對？讓你有時間慢慢想一想？」

我點頭，準備完成這段談話。「好啊，可以。」

「我們改天再來做塔可餅，艾文。明天晚上。明天晚上怎麼樣？」

「明天我不行，我要……我要忙。」

我媽沒聽見我說話。她看看手機時間。「討厭，我要遲到了。」

我下床。「妳該出門了。」那些尿壺不會自己倒乾淨的。

「不要啦，我們先討論好。」

「沒事啦。」

「艾文……」

我向門口走去。「我會自己做晚餐。」我說，讓已經遲到的她獨自留在我的房間。

第十二章

這是康納睡的雙人床。被他皮靴刮傷的木頭地板。他用盡全力扼殺的白色牆壁。在電影、樂團海報、美術作業與寫著「我今天穿了褲子」講笑話大賽獎章之間，有一張特寫照片特別突出，那是一隻比了中指的手，中指塗成黑色，上面還有一排白色小字，把臉靠近才看得出來寫著：「嚇到你了！」

好吧，我真的嚇到了。可是我在走進康納房間前，就已經很害怕了。辛西雅要我上樓到這裡等，她在廚房準備晚餐。我大概是太緊張了，竟然提前一小時抵達。我主動提議要在樓下陪她，幫她擺盤，因為她好像想自己忙，她堅持要我上樓，「與康納獨處」。

外面至少有二十六度，我在墨菲家卻不停顫抖。樓下的那位女人就要心碎第二次，而我就是那個一手讓它再度破碎的加害者。她今天又說，我與康納之間的信件往來對她有多重要，它們讓她感覺康納彷彿仍在人世。今晚，我在她身上看見了全新的光芒，然而，我準備再次將康納從她身上撕扯拋遠，揭露自己是個可怕糟糕的垃圾人渣。我不想這麼對她，但我哪有什麼選擇？繼續餵養她關於我與她兒子的謊言更不可取啊。

身處康納的私密空間非常折騰，但它或有可能是我最能認識他的絕佳機會。除了他的臥室與我房間的明顯區別——我的床只有他的一半大小，我房間有地毯，牆壁是淺綠色——另外還有一些驚人的相似處。這裡找不到任何與運動有關的東西。我一直認為自己與同年齡的同學格格不入，正因為我對運動或運動節目一點興趣也沒有。

而且，跟我一樣，康納的書架放滿了書。我看見《銀河便車指南》、《麥田捕手》、《大亨小傳》以及《匹茲堡奧祕》。有些我從來沒聽過，有些書我也有。我還看見我們國中時，學校給我們讀的《馬克白》劇本。而且他至少有六本馮內果的小說，其中有幾本書還貼了圖書館標籤。這畫面非常違和：坐在圖書館的康納・墨菲。

我也有強克拉・庫爾的《阿拉斯加之死》。我是先看電影，又回頭去看了原著。主角是個二十出頭的年輕人，企圖獨自在阿拉斯加荒野求生。他很了解大自然，原本有可能成為最優秀傑出的公園巡守員，可惜，後來他犯了一個嚴重的錯誤，在野地中不幸身亡。

知道康納和我都看了同一本書感覺很怪。可能我跟他之間的共通點，遠比我跟多數同學之間還要多得多。要是我們午餐曾經同桌，或許原本還有可能討論一起看過的書，如《第五號屠宰場》。誰知道呢？也許我們本來就會成為好麻吉。就這樣吧。

康納書架上有一本精裝書的書封不見了，也不知道是什麼書名。我把它拿下來。原來是畫滿素描的筆記。內容怪誕聳動，但筆觸細膩精湛：有個男人穿著雨靴撐了一把傘。還有從天而降的大老鼠與蜘蛛，覆滿了地面與大樹。下面標題寫著：畜蟲主義。這還滿搞笑的。

「你為什麼在我哥房間？」

我幾乎直接將素描本扔回架上，才敢面對柔依。「我來早了，妳媽叫我來這裡。」

「你爸媽不會因為你常常跑來這裡生氣嗎？」她問。

我又沒有常常來這裡，我才來第二次。但我不打算在柔依・墨菲的家裡跟她槓上（或在任何地方啦）。

「我家只有我跟我媽，」我說：「她晚上都得工作，要不就是去上課。」

她靠在門上。「什麼課？」

「法律之類的。」

「是嗎？我爸是律師。」

「喔。」我抓抓耳朵。其實我不覺得癢，但我突然有想抓的強烈衝動。

「你爸人呢？」

現在我開始清喉嚨。清喉嚨加抓耳朵。一點也不怪吧？「他住在科羅拉多。我七歲時他離開了。所以，他不會介意我在這裡的。」

她的眉毛挑高。「科羅拉多不近。」

「沒錯，不近。其實有兩千九百公里之類的。隨便啦，我沒算過。」（我當然算過了。）

她走進來，我往後退，不小心踢翻了一個金屬垃圾桶。或者那是一面鈸？總之我們之間迴盪的聲音就是這麼響亮。

我們尷尬地站在康納房間的兩端。這裡只有床和椅子可以坐。我沒有移動。

「對了，妳爸媽人真的很好。」

「嗯哼，」柔依似乎覺得好笑，「他們完全無法忍受彼此，每天吵架。」她離我越來越近，坐在康納床上。她的鐵鏽色燈芯絨褲褲管捲了起來，正好露出光溜溜的腳踝。

我還想往後站，但我後面有一堵牆，差點把東西撞到地上。

「哎呀，誰家爸媽不吵架，對吧？這很正常。」

「我爸還在否認整件事，葬禮上他一滴眼淚也沒流。」我不知道該如何回應這句話。但這絕對不是你會對討厭的人透露的事。但儘管她現在不討厭我，她等一下就要痛恨我了。「妳媽說我們晚餐要吃無麩質義大利麵，」我說：「聽起來很……」

「難吃？」

我努力克制不要笑出聲。「不會啦。妳真幸福，妳媽都自己煮。我媽和我晚餐多半叫披薩來吃。」

「你才幸福，可以吃披薩。」柔依說。

「妳家不能吃披薩？」

她翻了個白眼。「現在可以了吧，我想。我媽去年是佛教徒，所以我們不能吃動物。」

「她去年是佛教徒，但今年就不是了？」

「她就是這樣。她真的很喜歡搞東搞西。一下子是皮拉提斯，接著又迷《祕密》系列，接著是佛教。現在又開始研究自然放養，看《雜食者的兩難》之類的東西。很難跟得上她。」

我媽除了迷星座運勢及搖滾樂，還真的沒有其他興趣嗜好。我曾經想要她陪我去健行，但她說她討厭蟲。

柔依抓抓她滿是雀斑的肩膀，雙手撐住自己往後靠。她對我微笑，我的身體將它解讀成邀請。我低下頭，設法回想剛才我們在討論什麼。「我覺得妳媽對各方面都感興趣，這樣很酷啊。」

她好像覺得我沒抓到她問題的重點。「才不是。有錢有閒的貴婦才會這樣，什麼事都一窩蜂盲從。」

「我媽總是說，有錢總比當窮光蛋好。」

「你媽可能從來沒當過有錢人。」

「妳可能不知道當窮光蛋是什麼感覺。」

這是我脫口而出的話？我感覺臉頰開始發燙。

「對不起，」我說：「我不是故意——我太沒禮貌了。」

她大笑。「我沒想過你居然說得出這種不中聽的話耶。」

「我不是這樣的啦，我從來不會說這種難聽的話。想都不敢想。真的，真的非常抱歉。」

「我很欣賞啊，你幹嘛要毀了自己的美好形象。」

喔，靠。「對不起。」幹。

「你真的不必一直道歉啦。」

我想要嘛。超想的。

她坐起來，從康納的床頭櫃拿起一個轉好六面顏色的魔術方塊。「你還想再道歉一次，對不對？」

「非常想，是的，沒錯。」

她對我微笑，一個真誠的微笑，這是她鮮少向外人展示的笑容，而我深深陶醉其中。我心裡想著：它是我創造的。

她轉亂立方體的一面，接著又將它轉回來，不想破壞它的完美。她把它放回剛才的位置。

「我大概應該為我媽寫電子郵件給你道歉。我早就勸她不要這樣。」柔依抬頭，「我不認為你找到她想要的。」

我搖搖頭。

「我也覺得。我媽對這種東西根本沒概念。她都不知道我哥什麼時候在嗑藥。他說話的速度會很慢，她只會說：『他是累了。』」她停頓一下，凝視魔術方塊。「他為什麼這麼說？」

這句話幾乎像是耳語。我不知道她在說什麼。

「在他的遺書中，」她說：「『還有柔依。我所有的希望都繫在柔依一個人身上。我根本不認識她，她也不了解我。』他為什麼要這樣寫？到底是什麼意思？」

「喔……呃……」那封信，她全背起來了。

她瞪著我，等我回應。在我沒有答案後，她低下頭，交疊雙腿。我知道那種感覺，把身體收成一團，不希望被看見。

我不忍心看她這樣——急切、渴望。

「也許，」我回答：「我並不是百分之百確定，但現在回頭想想，康納一直認為，如果你們可以更親密——」

「我們一點也不親，」柔依接著說：「完全不親。」

「我知道。但他常說，他希望可以——他想要跟妳更親近。」

她的下巴揚起，就這樣，她彷彿復甦了。「所以，你和康納，你們會討論我？」

「喔，是啊，當然，有時候會。只有在他想講的時候。我自己從來不會先問。沒必要啊。但是，沒錯，他覺得妳超棒的。」

她彷彿聞到什麼噁心味道。「他認為我很棒？我哥？」

「是啊。當然啦，也許他沒有確切用這幾個字，但是——」

「怎麼會？」

「他怎麼會認為妳很棒？」

「對。」她說，彎起膝蓋，雙腿交疊坐在床。我嚥下一口口水，希望她沒聽見。

「欸，好喔，我回想一下，喔，對了。」柔依哪裡很棒，正是我非常了解的題目。「每次妳在爵士樂團獨奏時，妳會閉上雙眼——妳可能是無意識這麼做——但妳還會有若隱若現的微笑，彷彿才剛聽說一件世上最有趣的事情，但它又是一個不能告訴任何人的祕密。可是妳的微笑，多少透露了妳知道的祕密。」

「我會這樣？」

「超會。至少康納是這麼告訴我的。」

「我不知道他在我的演唱會是清醒的。我爸媽每次都逼他一起去。」

我大笑，拜託，當然是清醒的！妳是在說笑吧！

她低頭用手指搔搔康納被子的縫線。我又來了，我扯得太遠。我不應該這麼做，替自己將陷阱越掘越深，但我今天到這裡，原意是打算掙脫，尋求自由。告訴她吧。就是。現在。

「你知道嗎？他唯一說我的好話，就是寫在遺書上。」柔依說道：「而且是寫給你的。他連當著我的面告訴我都做不到。」

「喔。嗯，因為，他想要……他只是……他辦不到。」

這個答案她消化了許久。接著，她怯怯地問：「他還說過我什麼嗎？」

我又該如何回答這個問題？

在我能回應之前，她又插嘴。「算了。我根本不在乎。」

「不，不是這樣的。只是，他說了很多關於妳的東西。」

她抬頭瞄了我一眼。上下打量我。我到底在幹嘛？

「我知道他覺得妳漂——嗯，不是，抱歉，我是要說，妳上次把頭髮染成藍色時，他覺得很酷。」

「真的嗎？」她眼神有些茫然，似乎在回想高二時，她的頭髮挑染了一些藍色髮絲那一次。「那就怪了，因為他一天到晚取笑我。」

「哎，他就喜歡霸凌妳，妳也知道啊。」

「真的。」她點頭稱是。

「他注意各種關於妳的細節。他常常看著妳，只是想知道妳在做什麼吧，我想。」

又一次，她的注意力全都在我身上了。

「他注意到妳閒得發慌時，會在牛仔褲管塗鴉。」

她羞怯微笑。我終於跨過我們之間的鴻溝，坐到床上面對她。
「還有妳會咬筆蓋，生氣時眉頭會皺起來。」
「我還不知道他會在乎我。」
「喔，他非常在乎妳，他無法不注意你。」
這似乎令她心煩意亂。「真希望我早點知道。」
我深深吸一口氣。「我懂。只是，他不知道該怎麼將這一切告訴妳。他不知道自己該如何跟妳說……他是妳最大的粉絲。沒有人比他更崇拜妳，他知道妳有多麼厲害。」
她的雙眼，它們凝視著我。
「妳真的很棒，柔依。」
布滿雀斑的鼻子。
「我甚至無法用言語形容。」
輕柔的髮絲。
「真的。」
粉紅色枕頭般的雙唇，對我微笑。
「妳是他的一切。」
我感覺到它們了，比我想像中還要柔軟。
她的手放在我的胸口，把我推開。
「你在幹什麼？」

「我不……我沒有……我真的對……」

我不知道能說什麼。我究竟做了什麼？

她跳起來，皺眉怒視，消化眼前的一切。

「對不起，我不是故意——」

「吃晚餐囉。」辛西雅從樓下喊道。

我看見柔依的憤怒、困惑與受傷，所有的情緒一次出現，全因為我。

「告訴他們不用等我了。」

在我阻止她之前，她已經跑出去了，我還來不及收拾我最新製造的混亂局面。

*

你什麼？

有那麼糟嗎？

你企圖親柔依・墨菲。

而且是在她死去哥哥的床上。

現在看你寫出來，真的滿糟的。

葡萄柚。

你的蛋蛋就跟葡萄柚一樣大。

你這樣怎麼可能走路啊？

我不是故意的。
就這麼發生了。

我只是太陶醉於那一剎那。感覺她、我、我們之間，彷彿出現了某種情愫。在我俯身靠近她時，我的身體主宰了一切，大腦停止運作，我們就這麼自然而然被吸引了。

我不知道自己坐在康納床上多久，後來辛西雅出現在門口，第二次宣布晚餐就緒。我想可能是兩秒鐘或二十分鐘吧。我想過跳出窗戶。反正才一層樓，我辦得到。更高的高度我都活下來了。我可以消失在夜色中，再也不回頭。

但我終究還是命令自己離開那張床，下樓坐在餐桌旁。柔依沒有現身，我對她的父母說她可能不大舒服。

不出所料，在這頓我家從未出現過的家常晚餐結束時，辛西雅問我是否在電子郵件發現了任何蛛絲馬跡。賴瑞顯然很不高興她真的請我做了這件事。他們開始爭吵，我提醒自己，現在就是我澄清的絕佳時機。至少我不必在柔依面前坦白，這至少讓我放鬆了一些，而且至關重要。我急著想開口。我的胃攪成一團熱乎乎的神經，一星期以來，它都是這種狀況。我再也受不了了。但是，若我要一勞永逸擺脫，我便必須勇敢面對。計畫就在這裡失敗了。我辦不到。我不勇敢。我非常、超級不勇敢。

不勇敢就像呼吸一樣容易。我是這麼做的：首先，我搖搖頭。然後我說：「我什麼也沒找到。」就是這樣。時機過去了。康納爸媽樂意進行下一個話題，我也是。我不記得新話題是什麼。不重要了。最後，我們又回到康納身上。他們問我一些問題，我說了他們想聽的答案。我認為會讓他們開心的答案。

真希望也有人會為我做同樣的事。

第十三章

搭校車上學時，我因為要去見謝爾曼醫師，又寫了一封信：

親愛的艾文．漢森：

今天會是美好的一天，原因如下，因為今天不會像昨天一樣下雨，這很好，因為我不用帶傘，背包就可以輕一點了。

最誠摯的，我

內容簡短平凡，但很真實。假如今天會面時，謝爾曼醫師問我它的內容，至少我能因為它的坦誠，抬頭挺胸。

我受夠了野心勃勃。杰德錯了——我的蛋蛋不是葡萄柚。如果蛋蛋的大小等同於自信，那麼我的蛋蛋是男人中最小的。它們跟罌粟籽差不了多少。

四天前，我嘗試親柔依．墨菲。或我應該說，我是真的吻了她。非常短暫，她也沒有回吻，但它確實發生了。我希望沒有，但它發生了。

這是我人生第三次吻女生，前兩個幾乎不算。想到我年紀已經大到可以拿駕照、捐血、辦護照，這確實是滿可悲的。我的初吻對象是蘿蘋，她是我家對面的鄰居，事情發生在她家泳池。那是如閃電般的快吻輕啄，好笑的程度居多，只因為我們都想知道它是什麼感覺。我的第二個吻來自愛美・布羅德，那時我才十歲。有一天，她下課時就這麼靠了過來，我立刻愛上了她，直到我發現那一星期她還找上另外兩個男孩做同樣的事。

親過柔依後，我就不大一樣了。我吃不下、睡不著、無法思考。我設法要看書，但書上的字字句句開始擺動，模糊不清。我想看電影，卻無法專注在情節上。我媽下班回家時，我假裝自己睡著了，但其實我只是清醒地躺在黑暗中。我甚至無法忍受用電腦，因為我怕墨菲太太又會寄新的電子郵件給我，要我過去吃另一頓晚餐，或者繼續傳電郵給他們什麼的。自從我那天晚上見到他們後，他們一直沒有再找我。或許他們終於得到他們需要的。或許他們跟我已經玩完了。

這就是我想要的，不是嗎？我一直這麼告訴自己。那為什麼我坐在這裡，感受到的是類似失望的心情呢？我原本的計畫（假如真的曾經有的話），是打算在我能力範圍內，盡可能提供我的任何協助，安慰墨菲夫婦，然後讓我好好回去過自己的人生。但如今發生了這麼多事情後，我又覺得不大對勁了。

校車一路顛簸。有那麼一剎那，我想像司機帶我們掉下懸崖。可惜，我們這裡沒什麼懸崖。要不她也可以帶著我們從賽維爾橋上往下掉，或載著我們開過一處過低的公路涵洞。這樣，所有的麻煩就煙消雲散了。

我從這短暫的死亡幻想得到的些許安慰，被我強大的罪惡感蓋過了。我不應該挑釁死亡。康納．墨菲死了，而我人竟在這裡，想像自己想尋死。我不想死，我終於確定了。我只是希望我的人生，就那麼一次，就那麼一天，甚至幾個小時，可以平平順順，穩穩當當。我向來就不能順水行舟，悠閒享受。洛斯那些人總是可以抬起二郎腿，隨著水流帶著他們前進。我不行。我一直都是瀕臨溺水的狀態。

校車猛地煞車停下，大家魚貫下車。謝天謝地，我還沒在學校遇到柔依。我試著避開她，我想她也在躲我。但我一直憂心哪天轉過一個彎就會碰上她。你想知道真正好笑的是什麼嗎？當你神經緊繃時，手汗就開始滴到筆尖跟紙上，等到你準備要寫字，只消一筆就會不小心把紙劃破。真是好棒棒。

我完全沉浸在自己的思緒，沒注意到前面的騷動。同學閃到一邊，讓路給貨運列車斜槓柏特老師經過。她抓著一個寫字板，強壯手臂夾了一個紙箱。霍華德校長追在後面。「妳這樣只會讓事情更難看，邦妮。這是學校的財產。」

「這是我的東西。」

「邦妮，拜託妳。」

柏特老師轉身面對霍華德校長。「約翰，你等著瞧吧，我會告到你脫褲子。」

全體同學看得下巴都掉了。柏特老師大步走進停車場，上了她的黑色跑車。

霍華德校長立刻擺上專業微笑，要我們繼續移動。但是我們不能忘記剛剛看見的那一幕。

我們究竟看到了什麼？

*

昨天，我已經注意到午餐時盯著我看的人，已經不如一開始我與康納的新聞爆出來時那麼多了。現在只剩下路人偶然的一瞥，甚至有可能也不是在看我，這很難說。

我偷偷環視室內，發現了我的孤獨同伴山姆。但他坐在餐廳對面的一張桌子。前幾天他還坐在我那一桌，我們甚至聊了一會。我是說，我們對彼此說了幾聲「嗨」。我想我們是在同溫層互相取暖：從家裡帶午餐來學校。寧可跟自己相處。在餐廳找不到沒有其他地方可坐。最後這句我錯了。看來就連山姆也有得選。

我回到我的三明治。又一次，失望出現了。我應該已經習以為常了，如此這般的存在，被人忽視。我不想在午餐時被人盯著看，所以，現在的我算是解脫了，不是嗎？可能時時被人監視讓我不大舒服，但其實那也是好事，真正被人看見。

不知道康納・墨菲的午休時間都怎麼過的？他坐哪裡？跟誰一起？吃了些什麼？我從沒注意過他，就像沒人注意我一樣。

我拿出手機，只是為了有事可做。我很快滑了一下：大部分的新聞都跟某位名人的性醜聞有關，要不就是在討論將臨的大選。這週末有一部很紅的電影上映，我很想看，但它是三部曲的最後一部電影，前兩部我還沒時間看。

我被各種聲音包圍，數以百計的聲音，它們形成了一堵我無法突破的牆。這支我拿著的手機，是讓我探索內心世界的唯一途徑。

根據我的手機，學校的主要新聞，不意外，全都圍繞著一個名字。只不過不是我最近習慣看到的那個名字罷了。

＊

我關上置物櫃，艾拉娜．拜克就等在門後面。我的肋骨努力壓抑我那顆膽怯的心。「幹！妳嚇到我了。」我說。

「快，我要給你看個東西。」

艾拉娜每次說話，我都覺得自己在被她責罵。她的穿著打扮就像個小型文學院的院長，有可能喔，她不僅熱愛遵守規則，她更是唯一清楚規則是什麼的人。

她倏地向後轉，背包重重打上我，我跟著她走到走廊，我們停在垃圾桶前，艾拉娜指著裡面。在一堆垃圾上面，有一個杰德賣的康納．墨菲別針。

「這是我發現的第三個。」艾拉娜說：「第一個是在停車場的地上，應該是被輾過了。還有一個在女生廁所的馬桶。」

這樣可能會塞住水管。

「為什麼要給我看這個？」我問。

「我已經注意到，大家越來越少提到康納了。結果又出現這些，大家都不在乎了。這幾天同學都在討論柏特老師，有人說她跟學生上床，但我也聽說她可能和霍華德校長有一腿。」

「屁啦。」

她搖了搖頭，深表遺憾。「大家已經全忘了康納．墨菲。你不能讓這種事發生，艾文，你是康納最好的朋友。」

聽艾拉娜說出口，聽起來並不那麼瘋狂了。當然，這都不是真的，我知道，可是，再多想一下，或許，也算有點真實性吧。很有可能我是康納死的那一天，最後一個跟他說話的人類。我們進行了真正的對話。對康納和我這種人而言，那種互動非常罕見，而這絕對讓我倆產生了某種連結。我或許還是世上唯一知道知道他當天真實感受的人。最近除了我（也許還有艾拉娜），還有誰在過去這一星期曾經想過康納一秒鐘？一個人都沒有。說真的，儘管聽起來有些荒謬，但整間學校有誰比我跟康納更親近？

「也許你可以請柔依做點什麼。」艾拉娜提議。好吧，剛才我說親近時，沒把柔依算進來。

「柔依是重新引起人們對康納產生興趣的最佳人選。」艾拉娜說：「她是他妹啊。」

「對不起。我不能——我只是不覺得那是我們讓人們記住他的最好方式。」

艾拉娜丟給我一個眼神，那足以讓我的身形縮小一半。「是嗎？我告訴你，如果你不做點什麼，就沒有人會記得康納了。這就是你想要的嗎？」

她匆匆離去，不等我回答。我低頭看著垃圾箱裡的康納臉龐。我也不想要這樣，但我又該怎麼辦呢？

*

謝爾曼醫師讀我的信時，我認真咬著指甲。他頭頂上僅存的幾縷頭髮就像牆壁裂縫。我媽媽選擇謝爾曼醫師的原因，除了他收我們的醫療保險之外，還因為他很年輕。我覺得他看起來滿老的，但我媽說他「只有」三十歲。

謝爾曼醫師把筆電還給我。我用力闔上它，等他說點什麼。通常，這可能需要一段時間。謝爾曼醫師比較喜歡讓我開口說話。但我不這麼認為。有時候我覺得我們在玩膽小鬼遊戲，彼此都在等對方說出第一個字。在正常的社交場合，我無法忍受沉默，但在這裡，我有點期待看看我們能撐多久。我最理想的會面只能有「你好」和「再見」。我不想浪費謝爾曼醫師的時間。也不是針對他。但有時我只是覺得，就算是全世界最厲害的心理醫生也沒辦法把我修好了。

幾分鐘後，謝爾曼醫師屈服了。「你今天過得如何？」

我想想……不美好？不好？不算太糟糕？就某些方面而言，它就跟我生命其他日子沒什麼兩樣，但話說回來，它又大大不同。這麼短時間內發生了這麼多事。我只希望自己多少能讓一切放慢速度。因為這真的好不公平：無論好壞，地球照樣運轉，康納這種人就被人們遠遠拋在腦後。前一天，他才被刺上某人的胸口，第二天，卻被扔進了垃圾箱。怎麼會這樣啊？

我感覺自己彷彿被捲進龍捲風，怪不得一些思緒開始飛出我的嘴。「就是不對。」

我抬頭，也被自己的聲音嚇到了。我突然寬心，還好我只說了這幾個字。

我還想釋放更多，雖然無法全部分享，但我仍然有很多話可說。我屈服誘惑了。我告訴謝爾曼醫師康納·墨菲的一切，他的自殺，以及大家短暫關注他後，又對他毫不在乎，只因為出現了其他新鮮事物。

「這讓你很困擾嗎？」謝爾曼醫師問。

「嗯，是的。」我回答：「真的。我認為將某人擱在一旁是不對的。前一分鐘，他們很關心他，下一分鐘，他們就不在乎了，好像他……被……被遺忘了。」

謝爾曼醫師在椅子轉換姿勢。我注意到，每次他這麼做，正是他感覺我們終於正中紅心，碰觸了某些值得探索的話題。我抬頭看時間是否到了。「我想起來了，艾文，剛才你在說那些事情的時候，你父親近況如何？」

現在輪我移動身體了。

「你第一次發現他妻子懷孕，你父親要再生一個兒子時，你心情似乎非常低落。那時，你認為那反映了你父親對你的感情。」

謝爾曼醫師翻閱自己的筆記。

「大約過一個月了。」他說：「你後來也不提了。所以，我想知道，關於那件事，你應付得怎麼樣？」

*

我在床上看一部我已經看過的電影。電腦底部溫暖我的大腿，想來一定會讓我得癌症。我的眼睛固定在螢幕上，但我完全沒有在看，我忙著想謝爾曼醫師在我們會面時提到的那件事。

我試圖不去想它或談它，但謝爾曼醫師就是喜歡挖掘這類話題。

好嘛，特蕾莎懷孕了。我爸要有個新兒子了。提出來又有什麼意義？謝爾曼醫師又想要我說什麼？他還有好幾個月才會出生，就算生出來了，他也會在科羅拉多。他不會認識我，我也不會認識他。小時候我常常哀求我爸媽生弟弟妹妹給我，我一直夢想會有手足。但現在呢？不了，謝了。

床墊往下陷，我媽突然現身，豎起一顆枕頭，坐在我身邊。我沒聽到她回家。她將注意力集中在電腦螢幕，彷彿它透露了生命的奧祕。

她發現懷孕這件事時，非常不開心，還假裝自己不在乎，但後來我聽到她在電話裡跟一個朋友說：如果我想要的話，我也可以馬上生出小孩啊！立刻！就是現在！接著她又說：他現在還當爸爸，難道不會嫌太老了嗎？

「你在看什麼？」

這是一部關於薇薇安・邁爾的紀錄片，在她死後，人們才發現這位保母原來也是一位出色的攝影師。

「講話的這個小孩是誰？」

「就是他在她過世後發現她的攝影作品。於是拍了她的紀錄片。他利用公共募資平台籌錢拍攝。」

「很有想法耶。」

「他還好啦。是她比較厲害。薇薇安・邁爾是女人。」

「我知道啊。拜託喔，我沒那麼笨啦，這個孩子也不錯，拍紀錄片紀念她。」

喔。對。那位製片人。他的名字是約翰．馬魯夫，電影也與他本人有關。我想我媽是對的。他也很有心，沒有他，沒有人會認識薇薇安．邁爾。

我細看螢幕上的傢伙。他不是明星。差遠了，他看起來就是宅男，戴著眼鏡，皮膚很差，而且年紀很輕。他只是很在乎這件事，努力想把它做好，使它成為自己的使命，確保世人能有機會欣賞薇薇安．邁爾的作品。薇薇安．邁爾原是無名小卒，但約翰改變了這一點。他不願讓她被世人忽視，他引起人們注意。他拯救了她。

我從毯子下抬起手臂，再次看著我石膏上的名字。

第十四章

我媽踏著膠鞋走進廚房，瞬間凍住了。「你早起了。」她說。

我在筆電按了一個鍵，「砰」的一聲將它闔上。印表機在客廳嘎嘎作響，慢慢甦醒。我從桌邊站起來。「我有東西要弄完。」

我媽將一個咖啡膠囊盒放進咖啡機。「不會是那些申請獎學金的文章吧？」

「嗯。還沒有。但是，我一直在集思廣益，有很多靈感與想法。」我根本就忘記要寫那些東西了。

「太好了。」她說，將我家唯一乾淨的馬克杯放進壺嘴下方。「你確定你不想找一天晚上一起討論嗎？我告訴你，這次我會告訴我老闆我不存在。那天晚上就當作沒我這個人。專門只陪你。我保證。」

她已經針對塔可餅之夜放我鴿子道歉快五十次了，我很感激她的努力，但是現在那些文章完全不是我的首要考量。「大概吧，我會告訴妳的。」

「等一下，你要去哪裡？」

我不能拖，我需要馬上拿走印表機的文件。上次我印出那些私人的東西後，它落入不該拿到的人手上。

「都還好嗎？」

我在門口轉身。「是啊，就只是學校的東西。」

「不，我是指全部。你去見謝爾曼醫師，一切都順利吧？在你回答前，我要你知道，昨天晚上我就想問了，但我想你也許需要時間消化。怎麼樣，夠格當年度模範媽媽吧？」她尷尬地笑了。

「非你莫屬了，」我說，刮掉牆壁剝落的油漆。「而且，我想我跟醫師的見面有點突破了。」看她那樣，你會認為我才剛遞給她一張中大獎的樂透。她豎起兩根大拇指，在空中揮動拳頭，手舞足蹈。「這樣才對嘛。」

一位開心得意的顧客無誤。

*

我在艾拉娜要走進大教室前叫住她。今天上學時，我將印好的紙摺了兩次，所以每一張都平均分成三等分。我是打算讓它們變成小冊子。艾拉娜拿走我的小冊子，讀了最前面。

「『康納專案』？」艾拉娜說。

「我首先想到的就是這四個字，」我說：「不用一定要——」

「我超愛的。這是什麼？」

「呃，這會等同一個學生團體，致力維繫關於康納的回憶，不讓它消逝，彰顯他的……重要。強調人人都很重要。」

艾拉娜安靜了下來。我重複一次自己剛才大聲說出口的話。現在再聽一次，連我自己都覺得荒謬。我的背包至少還有十幾本小冊子原型。我想知道學校會不會借我碎紙機。「這只是很初步的想法。當然也不用一定這麼做。」

「我會很榮幸。」艾拉娜說：「我很樂意擔任『康納專案』的副總召。」

「副總召？」

「你是對的。我們應該一起當總召。」

我猜這表示她贊成我的想法了。「所以妳認為我們可以將它付諸實現？」

「你是在開玩笑嗎？艾文？一定可以的啊。就像你說的，這不僅是為了康納，還為了每一位同學。」她將我的小冊子放在臉頰旁。「請原諒我說髒話，但柏特老師去死啦。」

我為未來制定的計畫從來沒有真正成功過。我不確定我下一步該做什麼。「我在想我們可能需要設立一個厲害的網站。我知道有個人可以幫忙，但可能得花點代價。」

*

「技術顧問。」當我和艾拉娜在午餐時找上杰德時，他這麼回答。

「那是什麼？」艾拉娜問。

「《教父》裡面也有這個職位，對吧？」我說。

「猜對了。」杰德回答：「我可以不收費，但我要當『康納專案』的技術顧問。」

「喔，好，隨便啦，」我說：「你甚至可以在網站上把它列出來。」

「不只如此，平常你也得這樣叫我。」

「杰德，你夠了喔。」

「我們再額外給你當財務長如何？」艾拉娜建議，「將它列入你的大學申請表，會有很大的加分效果喔。」

杰德凝視艾拉娜，艾拉娜也不客氣地回視。

「這會讓我爸媽很爽。」杰德說道。

「一定會的。」艾拉娜說。

「很好。那我現在可以吃午餐了嗎？」

「等等，」艾拉娜說：「在我們進行之前，難道不該先得到墨菲一家人的祝福嗎？」

我也想過。「我只是覺得現在可能有點太早，畢竟我們還只是在草創階段。」

「除非我們得到墨菲家的全力支持，否則我們投入過多精力也不會有意義。」艾拉娜堅持，「我們應該馬上告知他們。比方說，今天晚上。」

「妳的意思是，我們三個人全都去嗎？」我問。

杰德點頭。「好啊，我們就去他們家吧。」

「好吧，大概可以。」我有點訝異，卻也很期待。

「團遊，」艾拉娜原本打算捏捏我的手臂，看到我的石膏，又打消念頭了。「我喜歡這樣。振奮士氣。」

「我會開車。」杰德說：「幾點接你們再傳訊給我。」

「還有一件事，」艾拉娜在杰德離開前說：「要不要在全校朝會宣布專案啟動？」

我就知道艾拉娜一定會是最正確的搭檔，她可以準確接住球，一路帶著它往前衝。「可以啦。這樣也……很棒。」

「太好了。我去找霍華德校長討論，晚上見囉。」她走開了，杰德也閃人了。

昨晚，我心中只是出現一個模糊不確定的想法。如今它已然萌芽成形，感覺真有可能實現。看著它的演化，真正令人激動萬分，我突然必須找個地方坐下，因為我的雙腿已經麻了。

*

儘管我堅持要杰德將車子停在街上，但他仍然把那輛破破爛爛的休旅車開上墨菲家C字形的車道。我們靠近大門時，艾拉娜翻出一個資料夾，炫耀兩疊用橡皮筋綁好的彩色小冊子。我的「康納專案」標題已改頭換面，一開始我用的中規中矩小型字體成了風格大膽的粗體字。

「我放學後正好有空檔。」艾拉娜發現我在看小冊子時解釋。

「我們不是該先聽聽他們的想法嗎？」

「我們進去之後，必須讓對方有種感覺，就是，主宰權在我們手上。」

「但這又不是在採訪人物。」

艾拉娜拉下襯衫袖口，讓它們蓋住手腕。「人生就是採訪，艾文。」

誰會懂這麼多啊？我打賭艾拉娜的爸媽一定是人生勝利組。也許一位是法官，另一位是外科醫師。因此從她出生的那一刻起，她不斷接受訓練，好在日後狠狠踢人生一腳。

「會有傭人開門嗎？」杰德按電鈴時問。
「他家沒有請傭人。」我說。
「哇，你們看這根柱子的大小。我敢打賭，墨菲夫婦一定在外面胡搞男女關係。」
「什麼啊？沒有啦，他們很正常。」
杰德假裝想笑。我注意到他今天別了他賣的康納別針。在我叫他拿下來之前，門打開了。是康納的媽媽。「艾文，怎麼會是你？」
「嗨，墨菲——辛西雅，有一件事很棒，我們特別過來跟你們分享。」我說。
「喔。」她對杰德與艾拉娜微笑。她瞄見杰德襯衫的別針。我還來不及看見她的表情，她就邀請我們進屋了。
她請我們坐在餐桌旁，拿了小瓶礦泉水給我們，然後先行告退。艾拉娜將所有的資料夾與小冊子藏在桌下，放在她的大腿上。杰德則吵著要從客廳角落的落地櫃偷點有意思的小東西。他還向我們保證，天花板一定裝有伸縮螢幕，可以用來播放電影。我坐著等，不斷在牛仔褲擦手汗，我很緊張，但也很期待。
辛西雅跟賴瑞回到廚房。我甚至不確定賴瑞已經下班回家，但他穿著POLO衫，還帶著球帽，搞不好今天他翹班去打高爾夫球。
柔依就跟在她父親的後面，直接坐進我身旁的椅子。她沒有開口歡迎我，只是丟給我一個眼神，跟往常一樣，我無法理解那眼神的意義。
大家都坐定後，我喝了一口水，開始發表剛才路上匆匆討論的大綱。「最近我想了很多。

我一直問自己，有沒有任何方式，能夠確保康納永遠不被遺忘？讓大家永遠記得他？再進一步幫助需要的人們？」

我環顧聽眾，大家全都專心看著我。「康納離開了，」我輕柔地說：「但他的傳奇長存。它不需要消失。」

我提醒自己要呼吸。今天我有好多事情要講。

「好的，」我說：「我們先想像一下，一個內容充實豐富的網站，由這邊這位杰德同學設計，我們的技術顧問。」

杰德點頭，「沒錯，我很快就可以完成。」

「這個網站會放上許多連結，教育人們正視相關問題，採取必要行動。」艾拉娜幾乎無法遏抑她的得意。

「對，而且，這才只是開始，」我開始提出我們腦力激盪過的清單。「我們會按部就班，透過社群網站對外拓展……舉辦相關的社區活動……」

艾拉娜繼續接下去。「與贊助廠商策略聯盟……大規模募款……提供自殺諮商預防資源……促進心理教育的養成。」

「透過這一切，我們可以設法幫助康納這種人。」我說。

「對。」艾拉娜說：「這是全新提案，我們在此鄭重向您們報告。我們要稱它為——」

「康納專案。」我說。

我很看重艾拉娜的滿腔熱忱，但整件事是我的主意。還有，我沒有打算這麼大聲宣示。

「康納專案。」辛西雅重複，轉頭看她的丈夫。

「是的。」我說。我看辛西雅一眼，示意是時候了。

她打開資料夾，遞給每個人一本小冊。我拿到我那一本時，很驚訝它的質感。

「我們想用最恰當的方式啟動『康納專案』，」艾拉娜說：「我已經和霍華德校長談過，這星期五，學校會舉行追思會。每位同學、老師，只要想上台，都可以分享。」

「告訴人們這件事對他們的影響。」我說。

「沒錯，抒發感受。」

「關於康納的一切。」

「是的。他對我們所有人的意義。」

我們都覺得在這裡暫時打住似乎很合適。我轉頭看艾拉娜與杰德，覺得自己很驕傲，也非常有成就感。室內的寂靜令人不安，直到冰箱製冰機咔啦發出聲響打破沉默。我們喝了好幾口水，又翻了小冊子許久，才等到康納父母開口。

「我還不知道康納影響了這麼多人。」賴瑞說。

「真的嗎？」艾拉娜說：「他是我最親近的點頭之交之一耶。化學課時，他是我的實驗夥伴。英文課我們一起報告《頑童歷險記》。他很好笑。他不叫它『頑童』，他把它改成『傻娃』，還有……」她說得上次不接下氣，「沒人想過這個綽號呢。」

柔依拿到小冊子後，還沒看它一眼。萬一她不贊同我們的計畫，我也不確定自己能否繼續下去。「我在想，」我說：「追思會時，也許爵士團也可以上台表演。」

柔依抬頭。「喔，對，可能可以。我可以問康德老師。」

杰德用力拍了我的背。「不錯喔，艾文。」

「謝了，杰德。」我咬牙切齒回答。

「親愛的？」賴瑞碰碰辛西雅的肩膀，「妳覺得呢？」

通常，辛西雅是墨菲一家的發言人，但今天她異常安靜。她直視著我，卻沒有望著我的眼睛，彷彿中間有一道她跨越不了的鴻溝。

接著她似乎大夢初醒。「喔，艾文，這真是……太美好了。謝謝。」她從桌子對面抓住我的手，用力捏捏它。它感覺好溫暖，讓我幾乎忘記要害羞了。

*

我又在康納房間了，只不過這一次是和他媽在一起。艾拉娜與杰德已經離開。我們剛準備一起回家時，辛西雅將我拉到一旁，問我是否可以再多待一會兒。我不介意搭公車回家。

她正在看康納衣櫥。我聽見有個聲音搭配吉他樂音從牆壁的那一端傳了過來——它停了幾次，然後又繼續，我這才發現那不是機器在播放音樂。

辛西雅轉過來，手裡拿著一條領帶。研究領帶一會兒後，她將它拿給我。「讓你在追思會戴的。」

「喔。」

「康納剛上七年級時，我所有的朋友都說：『成年禮的季節快到了。他可能每星期六都會去參加派對。』我帶他去買了一套西裝，幾件襯衫……還有一條領帶。」她卡住了。「結果他一場成年禮也沒獲邀參加。」

我跟她都低頭望著她手中的領帶。康納的領帶。他唯一的領帶。他從沒戴過。沒機會戴。

「我想你可以戴著它上台說話。」她說。

我的舌尖嘗起來非常慌亂。「我──什麼？」

「剛才，艾拉娜說想上台說話的人都歡迎。我想，大家都會認定第一個上台的人，一定會是你。」

「我不……」

恐慌的味道是鹹的。我好像在一個小玻璃缸裡，水正緩緩灌進來，我猜那是海水，因為很鹹。海水沖進我的缸內，已經淹到我嘴邊，不久後，它就要整個淹沒我，把我溺死。我逃不了，只能坐待讓海水吞噬。我伸長脖子想要吸最後一口空氣。我用力喘氣。然後，在我快要不能呼吸時，水停了，它退了，後來，我沒有淹死，但這不重要了。瀕臨死亡的絕望遠超過真正的溺水。其實，假如真的死了，那麼一切便歸於平靜；幾近溺水才是純然的折磨。

「問題是，我真的……呃……對於公開演說不大在行。我很不擅長。妳不會希望我上台的。相信我。」

「我當然希望你上台，」辛西雅說：「我確定全校都想聽你說話。至少，我知道賴瑞和我就是如此，還有柔依……」

她將領帶交到我手裡。

「考慮看看。」

她把我一個人留在房間。我站在原地，癱軟無力，等著海水緩緩退卻。

我低頭瞪著康納的領帶。布料厚實粗糙，海軍藍底配襯淺藍色對角條紋，就像暗夜洶湧海洋中的翻騰巨浪。康納也遇上了這片怒海。在他再也不想奮戰之前，想必也曾經為了那一口氣努力掙扎。他的這種心情，我完全感同身受。

門口有點動靜。柔依雙臂交叉站在那裡。

「抱歉，」我告訴她：「我要離開了。你媽和我只是在說話。」

她走進房間，繞著我轉了一圈，最後坐在床上。上次我們像這樣在康納房間獨處時，我忘我了。這一次，我會好好保持理智。

在我們發表專案內容後，柔依沒多說什麼。然後她就上樓消失了。我等她開口，但她沒說話，於是我小心試探。「妳剛才在彈吉他？」

她點頭。

「我還不知道妳也會唱歌。」我說。

「我不唱的。我唱得不是很好。最近才開始嘗試。其實，上星期天，我才在『首都咖啡』第一次參加開放麥克風之夜，唱了幾首歌。」

「哇，真假？是翻唱別人的還是……」

「我自己的東西，」她的語氣有些遲疑，但慢慢穩住。「很怪，感覺這些歌一直都在我體內等待，如今它們終於準備掙脫現身了。」

我懂。我很嫉妒——真希望我也能釋放困在我體內那些翻來攪去的思緒。

我坐在床上，盡可能遠離她，小心不要掉下床。「太厲害了。」

她轉向我。「你那天晚上不應該吻我的。真的很煩。」

幹。直接踩進窟窿。「我知道。對不起。」

「但是，」她說：「我也不應該那麼慌張，我反應過度了。我也不知道自己怎麼會那樣。」

她凝視地板，她的鞋子皺巴巴的，似乎曾經努力穿越茂密叢林。「大概，悲傷會讓人做出奇怪的舉動。做一些平常不會做的事。」

我給了自己唯一能給的答案。「大概吧。」

她站起來踱步。我目光跟著她的動作，直到她停下腳步，迎面看我。「那天他為什麼推你？」

「什麼？喔。妳是說……我是說……」海水又回來了。我才剛要晒乾了。「我不是告訴妳了嗎？」

她搖搖頭。「我不相信你。」

我的心裂了一道。我別開視線，研究康納房間的牆壁，彷彿那裡貼了提醒我的大字報，但我的心中只是更為困惑。我閉上雙眼，朝內心搜尋。「有時候……我害怕與人交談，真的，有點怕。」說出真相能讓我平靜。我緩緩睜開眼睛。「康納總是想讓我更外向。他會生我的氣，特別如果他覺得我努力不夠的時候。大概就是這樣。」

她緩緩吸收我的話。「反正，我媽愛上你了。特別是這個『專案』，把她搞得神魂顛倒。」

我感覺我的心又修復了。「她真的超讚的。」

柔依看了一眼敞開的房門，好像看出了我沒看見的什麼。「她喜歡你來家裡。從某種意義上說，你讓她覺得康納還活著。你好像把他帶回家了。而且，那不是她記憶中的康納。他比她印象中更美好。」

「我想人們離開後，就會發生這樣的情況。他們不在時，你不需要回憶那些不好的一面。他們就這麼永遠完美地留在你的心中。」

我不確定自己這段話有什麼意義。我望著柔依——等待某種反應。她站在那裡許久，什麼也沒說，最後，她點頭，轉個身就離開了。

iv

電線桿釘了一張傳單：康納專案啟動儀式暨追思大會。

所以，我來了。我怎麼會錯過呢？一場紀念我的追思會。同學、老師、地方媒體，就連我爸媽都要出席。

有人會上台演說，加上幻燈片展示。柔依與爵士團要上台表演。搞得很盛大，讓我幾乎受寵若驚了。然而，我看我是一朝被蛇咬吧，我總覺得他們只是在耍我。

我為什麼要這麼認為？你看，大家站在這裡，談論我對他們有多重要。什麼感同身受、了解我的感覺：疏離、一文不值、孤單。但幹，他媽的他們哪知道我的感受？我還得先把自己搞死了，才讓他們注意到我曾經活著。

我原本準備離開了，但有個新講者被叫上台——他被稱為「康納最好的朋友」。

我顫抖了。是他嗎？也許我的消失終究讓他注意到了。我走近一點，東張西望。但講者一上台，我就知道不對。那僵硬膽怯的步伐——根本就不是他（我真傻，還痴心認為他會出現）。

相反地，那是我另一位閨蜜：艾文．漢森。這傢伙是怎樣？為什麼他……靠，他繫我的領帶幹嘛啊？

我確定那是我的領帶，好幾年前我自己挑的。那次我媽帶我去買西裝，她說，它很適合參加聚會場合。我媽一天到晚做白日夢。我寧可不戳破她的夢幻泡沫，就順她的意。我讓她相信專屬我的時刻終將到來。

好奇心使我更接近講台。站在這裡，視野完全不同，有點太近了。我甚至看得見他額頭上的汗珠。他的雙手在摸索那疊小卡，甚至不敢看向人群，已經上台一分鐘了，連一聲都不敢吭。

終於，他移動嘴唇。聲音如此虛弱，對著麥克風也沒用。你還得靠近才聽得見，而且我才離他幾公尺遠。沒有最弱，只有更弱，老實說，就算他突然在燈光下自燃，我也不會太震驚。

他一面發抖，一面遲疑不確定地開口，唸出兩張小卡的內容：

早安，各位老師同學。今天在此，我只想說幾句關於……我最好的朋友……康納．墨菲的事情。

我想跟大家分享，我們到秋顏老蘋果園的那一天。康納跟我站在一棵大橡樹下，康納說，他想知道從大樹上方鳥瞰的世界會是什麼模樣。於是，我們決心找出答案。我們開始慢慢往上爬，一次踩一根樹枝。當我終於回頭時，我們已經離地面九公尺遠了。但康納只是微笑看著我，他總是這樣。然後……呃……然後……我……

他在襯衫上擦手。

我掉了下去。

他還在擦手，一直擦手。

我躺在地上，然後……

他換了下一張卡。

早安，各位老師同學，我要……

整疊卡片不小心掉到地上，撒得到處都是。我轉身觀察群眾，大家都失去耐性了。此起彼落的耳語成了穩定的隆隆聲。手機螢幕開始發光，台上的窘況被錄了下來，永久保存。這可憐的傢伙，雖然意識到這一切，卻也顧不了那麼多，只能跪下來收拾那些他想說的話。我能看見他就快哭了。因為我知道那種表情。你的五臟六腑彷彿準備從體內傾瀉而出，阻止它也為時已晚。你赤身裸體，任憑人們檢視。大家看見你站在上面，而你無力抵抗，接下來，他們便會猛撲向前，毫不留情。

第十五章

死寂籠罩會場。我不大確定它何時出現，也許一直如此。我瞇眼對著強光，確定是否這裡只剩下我一個人。沒有。大家都在。數以百計的觀眾，瞪視我，等待我。期待我做點什麼，說點什麼。讓我不要再繼續溺水了。

我趴在地上，止不住靠著講台的顫抖膝蓋，卡片散落一地，順序都亂了。一切全都亂了，失序。我忍著眼淚，讓它不要掉下來。

我讓目光落到胸前：領帶。

我的手指滑過它，感受它的重量，汲取它的力量。我一定要完成這項任務。

我的雙腿搖搖晃晃，全身仍抽搐抖動，我站起來。使出自己渾身的氣力與腎上腺素。提振奮起。

卡片還在地板上。我不需要它們了。同一個故事我已經講過很多次，做夢時都能背出來。我只需開口說話就行了。

我緩緩抬起下巴，靠近麥克風。

「我掉了下來。」我說，聲音朝遠處傳遞。

「我躺在那裡……躺在地上……」我閉上雙眼。下一秒就有人來了。

「可是，結果，當我抬起頭時……康納正看著我。」

他一直都在。不知為什麼。日復一日，他總會出現，我一直會想起他。那一晚的幻覺。我手臂上的簽名。無論我做什麼，去了哪裡，他的身影不斷提醒了我。提醒什麼？提醒我，現在的我，未來的我，我該有的模樣。

我睜開眼睛。「這就是他送我的禮物……讓我知道，我並不孤單，知道我很重要。」真的，不是嗎？而且不只是我。

「每一個人，都很重要──這就是他送給我們大家的禮物。我只是寧可……」

接下來，是最讓人難受的。這一切真的太不公平。

「我只是希望，我們原本也可以送給他同樣的厚禮。」

我的心糾成一團，悲傷領悟排山倒海而來。我聽見一聲啜泣。

然後，恐慌回來了。我頓時意識到自己身在何處，察覺自己做了些什麼，又說出哪些話。我在說什麼啊？

我聆聽自己的聲音在禮堂迴盪不去，努力想釐清我剛才說的話，想要跟上它的內容。但我的聲音已然消逝，留下一片靜默。

我剛才說話了嗎？或那只是我的想像？

我抬起頭，聚光燈讓我一時看不清楚。我究竟做了什麼？

離開。現在。

我慌亂轉身，立刻離開，再也沒有回頭。

V

他離開麥克風，匆匆下了講台。

現場全都愣住：剛才是在幹嘛？

當然，我的預設反應是：這絕對是個笑話。我被糟蹋了。但我的直覺告訴我，事實不然。因為，他說的全非真相。根本沒這回事。但是，他話中要傳達的意義，他講述的方式——就某種奇特角度看來，卻再真實也不過。一切彷彿發自肺腑，真心誠意。

這幾年從來沒人鼓勵過我。偶爾，我會得到一些讚美（「你好有藝術天分，康納；人又幽默，充滿熱情」），但我從來就不相信那些鬼話。畢竟我收過那麼多負面批評，這些好話一點也無法打入我心底。而且，話是誰說出口的也很重要。要是來自我媽，那就根本不算個屁（她根本說到爛了）；來自我爸，會讓我比較高興（因為他惜字如金），最棒的就是來自……

所以剛才那段話最靠北的就是這一點，假如它來自一位真正的朋友，它確實意義非凡。那個人本該站在那裡說話的。因為對他來說，我確實出現了。為了他，我甘冒一切風險。

我身旁開始出現一些騷動。

（一如往昔，我最終只傷害了自己。）

一開始很稀疏。

（這有什麼區別？）

然後穩定。

（我的存在是否毫無意義？）

我彷彿被什麼慢慢擊中了。我聽見了，它就是在回答我的問題。

掌聲。

第十六章

即使我拿了枕頭蓋住臉，也摀住我的耳朵，我仍然能聽見手機在床頭櫃震動。這已經是今天早上它第三次跳這種舞了。如果我知道今天會有人找我，我早該將它塞進襪子抽屜。但從來就不會有人想找我啊。總之，如果有任何我不希望讓世界找到我的清晨，絕對就是今天了。

我想宇宙已經給了我一些小憐憫，讓追思會安排在昨天，星期五，表示今天我就不必在學校露臉。讓我那些窘困惶恐的畫面不斷閃過腦海。我的小卡到處亂飛。我跪在地上。難以打破的死寂。但有一件事我不記得，就是我究竟在台上說了些什麼。

我甚至沒等到追思會，想到得直接面對群眾，特別是墨菲家族，就讓我急著想逃跑。在盲目的恐慌中，我步出學校，最後幾節課也翹掉了。我無法忍受搭校車回家，因為還得跟同學困在車廂，聽他們七嘴八舌批評剛才目睹的演講鬧劇，我知道它稱不上喜劇，但我覺得部分的它還滿搞笑的。艾文・漢森這個名字此後就會被拿來當動詞，意指「破局、搞砸、帶來災難」。不搭車了，謝謝。

我選擇走路回家。一進家門，我就鑽進被窩。我把球鞋脫在床邊，鞋帶沒綁，免得大半夜需要摸黑逃跑。幾星期以來，我一直在等待最糟糕的情況。認定它絕對會在意料之外，超乎我能控制，結果，反倒是我自己找它上門。我戴著康納的領帶，一頭栽進最糟糕的情況。

手機還在震動。我將枕頭拿下來。是艾拉娜。要不是因為我忙著討厭自己，我絕對會轉而怨恨她。是她提議要開追思會。我一開始告訴她「康納專案」的想法時，她就不該鼓勵我，她早該直言。**抱歉，艾文。你該立刻放棄。這根本超出你身為人類的能力所及**。

「你去哪裡了？」我終於接聽時，艾拉娜說：「你不回我的電子郵件，也沒看訊息。」

我不知如何回應。

「哈囉？」艾拉娜問道。

我丟了一顆安定文到嘴裡，用放了兩天的水把它沖到胃裡。「我在聽。」

我的演講大概持續了十二個小時吧，當時我的感覺就是有這麼久，站在講台上，在熾熱的燈光下。我根本看不清聽眾的臉龐，但我知道他們全都在。我從來沒有瀕臨溺死這麼長的時間。我好累。我大概再也下不了床了。

「你看了嗎？」艾拉娜說。

又來了，我幹嘛要接電話？「看什麼？」

「你的演講。」

太遲了。我也想知道。「我的演講怎麼了？」

「有人把影片放上網。」她說。

「我的演講？」我整個人都醒了。我身體的每一個細胞完全甦醒。在此正式宣告，本人完蛋了。

「艾文，真的太誇張了。大家開始分享，它現在無所不在。康納無所不在。」

「妳說『無所不在』是什麼意思？」

「今天早上，『康納專案』的粉專有五十六個人追蹤。」

其實還不錯。我之前看時只有十幾個人。「現在——」

「現在已經有四千多人了。」

「妳說四……」

「……千多。」

這簡直超過我們全校的人數。

我坐起來，打開筆電。艾拉娜還在說話，但我幾乎沒在聽。我重新整理網頁。她不是在胡說。事實上，現在追蹤者幾乎快到六千人了。這到底怎麼回事？

我看見杰德傳訊給我，等我回覆。

兄弟，到處都看得到你的演講。

「我再打給妳的。」我告訴艾拉娜。

我的收件匣被新郵件塞爆了。我找到艾拉娜最早發給我的那封信，點開影片連結，在它開始播放之前，我按了停止。我不需要看自己的演說。

但在影片下方，則是一長串的留言，我卻不能忍住不看。有些來自我認識的人名，但大部分都是陌生人。某些留言甚至還貼了其他連結。我點出那些網站，瀏覽它們，讀了陌生人的留言。我感覺自己彷彿在太空中穿梭，從這顆星星到下一顆星星，讓這些點形成了線條圖案，再仔細端詳圖案的模樣，我不知道它是什麼，或會成為什麼樣子。這一切完全超乎我的預期。

喔，我的天啊，我建議大家都要看。

我忍不住自己，看了一次又一次

才十七歲

只花五分鐘，卻能讓你一整天充滿省思

分享給你愛的人

借分享

世人需要聽見這一切

美麗的追思會

我的最愛

我知道有人真正需要好好看一下這影片

謝謝你，艾文．漢森，謝謝你做的一切

太棒，太棒，太棒

我不認識你，康納。但在這裡，看大家的貼文，我秒懂

人很容易陷入淒涼寂寥的情緒，但艾文是對的，我們並不孤單

誰都不孤單

我們並不孤單

人人都不孤單

喜歡

已轉傳

已分享

特別是這年頭，看那些新聞事件。為什麼不能有更多像這種的美好事情發生？

已分享

從密西根祝福你

里奇蒙

維蒙特

坦帕

沙加緬度

堪薩斯城

已轉傳

艾文・漢森

謝謝你　艾文・漢森

愛你

史上最棒

我整個無法自己
為什麼我眼睛有淚？
我感覺自己被找到了
謝謝你，艾文
一定要看到最後
謝謝你，艾文‧漢森
這部影片，解釋了一切
謝謝你，艾文
友情的真諦
謝謝你，艾文‧漢森，讓我們能有懷念康納的機會
能夠站在一起。能夠找到彼此。能讓自己被找到
謝謝你

是真的，我的演講無處不在。不僅如此，大家都很喜歡，而且真的很喜歡。

鈴聲讓我嚇了一大跳。是前門。門鈴聲。

我媽會去開門。我回頭看收件匣。裡面塞滿了有血有肉的人類來信，而非公司廣告。其中一封是我英文老師寫來的。還有，午休時間的山姆不知為何也拿到了我的電郵地址。

門鈴又響了。我下了床。我聽到淋浴聲，媽喊：「艾文，門口好像有人。」我從她臥室窗

戶往外看，看見車道有一輛車。一輛藍色沃爾沃。

我很快瞄一眼鏡子。我的頭髮天理難容，但我不知道要怎麼修理它。有一次我塗一些乳液在上面，結果整個乾掉了，還好我衣著整齊。

柔依為什麼來了？她不能現在來，我媽不知道我跟她以及墨菲夫婦之間發生的種種。我並不打算保守祕密，但是一切都得保持原狀。

我已經下了樓，打開門，才突然發現我至少得先用漱口水漱口。

陽光在她背後熱力全開。

「嗨。」我說。

「嘿。」她說。

她看起來跟我一樣疲憊，但她卻可愛依舊。

「我應該請妳進來的，但我媽得了重感冒，我在照顧她。抱歉。妳為什麼來了？」

她低下雙眼。

「我聽起來很沒禮貌。」我說：「我沒有那個意思。」

太好了，我又來了。她甚至沒看我，我又「艾文．漢森」了。

她揉著雙眼。

「等一下。妳在哭嗎？」

柔依點頭。

「為什麼？妳為什麼哭？」

她搖搖頭，因為她開不了口。或也有可能她不知道自己為什麼哭，也許它根本不重要。

「你在追思會上說的話，你為我們所做的一切。為我的家人。為了我。」

「沒有……我……」我想說什麼？我甚至不知道。我的大腦已經關上了。我需要道歉嗎？我想告訴她真相嗎？我想要立刻被地面吞噬嗎？

她抬起頭。她邁出一步。然後，我的嘴唇和她的嘴唇再次相遇。只是這一次，不是我主動的。

她抽回身子，呼了一大口氣。

「謝謝你，艾文．漢森。」她說。

她轉身走開，把我一個人留在門口，準備爆炸。

Part II

第十七章

「嘿，大家好，是我，艾拉娜，我是『康納專案』的共同總召兼副財務長兼媒體顧問兼首席技術長兼助理創意總監斜槓創意公關政策活動總監。」

「嗨，我是艾文，我是『康納專案』的共同總召。」

我看見我與艾拉娜的臉分別出現在螢幕兩邊。我假設艾拉娜在家裡也是看到一樣的畫面，這也是觀眾在螢幕看到的我們，但這是我們第一次直播，我不怎麼看好。

「真希望我能親眼看到大家。」艾拉娜說。

「希望大家都有美好的一天。」我補充。

想到此時有多少人在等著聽我們說話，真是太誇張了。我們的觀眾人數持續攀升，現在已經快到一千人。在我的人生中，這可是史無前例的大斬獲，但艾拉娜向我保證；這與多少人看我直播沒有關係，而是之後的效應。我們今天早上登出之後，就會將影片上傳到我們的粉專，在各大社群媒體全都看得到。這全都得歸功杰德，我們甚至會知道哪些社群媒體轉發了我們的影片，用來參考。

「我知道大家都看了我們網站上許多啟發人心的影片。」艾拉娜說。

「也謝謝大家觀看上星期康納爸媽與康納妹妹柔依的感人回應——」

「還有來自康納的好友，我的共同總召，艾文．漢森的鼓勵。」

我微笑了（我看起來一定很怪）。

我拍影片時，絕對不可能允許有人在我房間，所以我設法自拍，在真正拍出我想分享的影片內容之前，我已經重拍了十七次。艾拉娜希望我們每一個人都能分享一些自己從康納那裡學來的心得。辛西雅是耐心。賴瑞是同理心。我的回答是希望。這是我唯一能想到的，而且，真真切切。

柔依拍片時可能比我還緊張。她說她知道自己想說什麼，但每次我開始錄時，她就會結巴，最後什麼話也說不出口。總算，她提到獨立與自給自足的重要。我不知道這是不是她原本的答案，或可能是她臨時改變心意的回答。我沒多問。她似乎也不希望我問。

「你們都知道，全世界康納最喜愛的地方，就是美麗的『秋顏蘋果園』。」我說。

「可惜的是，」艾拉娜說：「果園七年前關閉了。這是它現在的模樣。」

螢幕跳出一張只剩下枯老樹樁與荒煙漫草的空蕩原野，腐朽的竹籬上掛了「待售」二字。

我從未真正注意過那座果園。我知道它在哪裡，但我沒去過，也沒有跟康納（這是當然）或任何人去過。我沒想到它現狀這麼破舊淒涼。在我的腦海中，它該是翠綠盎然、生機勃勃，種滿了一排排點綴著紅蘋果的大樹。

照片消失，我們的臉重新出現。我擠出勉強的微笑，補充了另一句。「康納很愛樹。」

「康納對樹很著迷，」艾拉娜說：「他和艾文過去常常花好幾個小時坐在果園望著蘋果樹，讓大樹圍繞，分享樹木的冷知識。」

「真的。例如，你們知道嗎？如果將鳥屋掛在樹枝上，它不會隨著樹木的生長往上移動喔。」

「這我都不知道耶，」艾拉娜說：「太有意思了吧。」

根據艾拉娜傳給我的腳本，現在輪到我發布重大消息了。過去幾星期來，我們都在邊做邊學，認識「康納專案」的內容，立定它的目標與方向。一開始，我們手上只有幾本小冊子、對方家長的允許以及追思會，但一切進行得比我們想像中順利。我們沒預料到我的演講會得到如此熱烈的迴響，實際面（我們的網站當機兩次，杰德覺得很糗）或是心理層面皆然。

杰德與我則是徹底震驚不信，想必他人完全無法理解我們的心情，我們到後來才開始認真思考，哪些是我們沒說出口的事實。最後我們達成共識：外人將永遠不會知道真相。畢竟是我倆起的頭，但已經有人開始得到支援安慰，萬一真相大白，造成的傷害將難以想像。

我的演說整整過了一星期後，我們才發現，我們沒有善用粉絲關注的影響力。當然，我們仍然有新的粉絲加入，但也有不少人失去原有的興趣，開始退追社團。有些人持續出現在我們的網站，被我們激發的信念鼓舞，知道自己並不孤單，再也無需獨自忍受所有的心理負擔，他們將可與其他擁有同樣困擾的朋友分享，減輕內心包袱。我們當然張開手臂熱烈歡迎他們進入我們的新家，只是我們很快意識到，就算他們成為我們的一員，我們也無法提供任何有形的協助。我們無法讓他們全心參與。

於是，我們做了一些調整。杰德在我們網站首頁放了會員註冊連結，我們可以固定寄送電子報給會員，艾拉娜也要求我們拍「康納教我的一二事」影片。接下來，我們則準備發起最具理想抱負的大型活動。

「康納對某件事的期盼遠超過其他，」我說：「他希望有一天，蘋果園終將重生。」

「這是各位可以提供協助的機會。」

艾拉娜放上一張美麗新果園的數位相片：結實纍纍的果樹與寧靜優雅的長凳座落在一處悠閒的公園綠地，畫面中甚至還有一隻鳥飛過太陽。杰德先讓艾拉娜去找出這個免費的3D模型程式，艾拉娜只花一個週末就自己摸索學會了。

「今天，我們宣布在此啟動一個大型線上集資活動。」我說。

「這是網際網路問世以來，最具雄心的大眾募資計畫之一。」

「我們希望在三星期內，募得五萬美元。」

「我知道，這是一大筆錢，但它的遠景將無限美好。」

「這筆錢要用來重建果園，」我說：「它會是一個人人可以盡情享受的綠意空間。」

當我告訴辛西雅我們決定善用民眾對「康納專案」的關注，籌集資金重建果園時，她緊緊擁抱我，過去從來沒有人這麼對我。當我告訴她我想把果園叫什麼名字後，我還以為她再也不會鬆開我了。

「一切敦請各位，來自各界有信念理想的優秀人士，一起讓『康納・墨菲紀念園區』超越夢想……」艾拉娜說。

她好像在等什麼，先清清嗓子，再次重複：「超越夢想。」

喔喔。該我說話了。「付諸實現。」我說。

我們感謝觀眾，結束影片。艾拉娜的臉填滿我整個螢幕。

「一切順利。」我告訴她，同時也鬆了一口氣，自己也有點得意。

「是啊，不過下次我們上線前要先排練一下。」艾拉娜說。

有時候，我感覺自己比較像個副總召，而非共同總召。但沒關係，一切都是為了實現一個很棒的目標。

「好了，」艾拉娜說：「現在，我們可以討論一下地方活動了。」

我移動游標顯示時間。已經快中午了。「妳是說，現在嗎？」

「擇日不如撞日。」

「可是，我現在沒空。抱歉，我另外有計畫。」

我曾經讚嘆艾拉娜維持臉上笑容的耐力，如今我知道，她其實還有許多其他表情。事實上她微笑出現的機率並不如我想像中那麼頻繁。例如，現在這一秒她丟給我的神情，就令我不寒而慄。

「很好。」她說：「那麼我來印明信片，宣傳果園募款活動。」

「這很好。」我說。

「如果你能幫我在大街小巷發明信片，那就更好了。」

「當然。一定的，隨時讓我知道時間就好。」

「好，呃，我還有很多事情得忙，你就去玩得開心吧，晚點再說。」

她登出了，顯然對我很不爽。但我決定接受她的建議，我會玩得很開心的。畢竟現在我終於明白這句話的意思了。

*

我往後看。「不要偷看。」

「我沒有。」柔依說。

她的眼睛似乎是閉起來的，但蒙上眼睛比較保險。

「我們快到了，」我說：「小心腳下。這段路石頭比較多。」

她抓著我背包的帶子，讓我帶著她走過艾利森公園。

又走了幾公尺，我便發現了最完美的地點。柔依聽話地閉上雙眼，我從背包拿出點心。

「我很緊張。」她說。

「我也是。」

我指示她該坐在哪裡（當然是用說的；過了這麼一段時間，我碰到她時，仍然會很緊張）。

「我摸到的是毯子嗎？」柔依問。

「妳可以睜開眼睛了。」

她低頭一看，再望望四周，然後看我。「野餐！」

我打開我一路拿著的白色紙袋——我見到柔依前，最後記得的東西。

「妳說過妳從沒吃過韓國人餐車的塔可餅，所以……」我遞給她用鋁箔紙裹好的塔可餅。

我們的手指輕輕刷過，相視而笑。

「最後的驚喜。」我舉起手臂晃晃，但她沒看懂。我繼續搖動手臂，想要暗示她：「不是在彈爵士樂喔。」

她看了很久，終於恍然大悟。「石膏拆了！我都忘了！」

我放下手臂，將袖子放下。我不想讓她看得太仔細。沒什麼好看的，蒼白細瘦，手毛濃黑茂密。我一直等著想把石膏拆了，如今沒了它，我卻開始想念了。我感覺自己彷彿重心不太穩，也像是沒穿衣服，更像身上某個部分消失了。

「我有一個奇怪的問題想問。」柔依說。

每次她問我問題，我總做好準備，等著我與她之間即將結束。

「石膏呢？」

還好這問題並不怪。醫生鋸掉石膏後，他問我想如何處理。直覺要我說把它給丟了——從一開始，它就給我帶來各種麻煩，留下它只會提醒所有的痛苦。

「我收起來了，」我回答：「不知道為什麼。」

真的：我確實把它留了下來，而且我真不知道為什麼。

我的回答似乎令她滿意。她也喜歡塔可餅。泡菜掉得到處都是，她在紙袋找餐巾紙。「所以，你暑假就是在這裡工作？」

「是的。回來感覺滿怪的。」

「我覺得自己這樣問很蠢，但公園實習巡守員到底都做些什麼啊？」

「妳一點也不蠢。相信我，我一開始也不知道那是在幹嘛，我還以為我可以走很多路，妳知道吧？有大自然陪伴，但其實不只如此。你必須了解公園的一切，它的生態系、地理環境、自然資源、歷史背景，因為只要一名遊客問你一個問題，你就必須要說出答案。另外，還有各種維護工作：清掃洗手間、補充導覽圖、更換燈泡。還必須要有基本急救知識，就怕臨時出狀況。最後，也是最重要的是，你也算是公園警察，所以你必須學習法律常識，確保大家都能遵守。」

「聽起來你滿喜歡的。」

「我是啊，沒錯。」

在公園，我忘記了自己平常的煩擾，心靈有所寄託，也有喘一口氣，遠離人生的時間。我有地方可去，有事情可做。很多時候，我忘記自己是來工作的。我只需要停下腳步，環顧四周，用心感受，就會有一股……平靜吧，我想。

「所以，當你和康納在電郵中談論樹時，你們真的在談論樹嗎？」

「當然，不然妳覺得我們在討論什麼？」

「沒什麼。」

在我進一步探尋之前，她改變話題了：「你一直這麼喜愛大自然嗎？」

「大概吧。」我喝了一口水，吞下我的塔可餅。「大概是遺傳我爸。」

所以他才搬到科羅拉多。他覺得東岸太擠了。我媽則認定我爸那些關於綠地的鬼話全都是藉口，他只是跟著特蕾莎搬過去，但至少我記得爸是在意空間問題。不過話又說回來，那是很久以前的事了，也許我完全搞錯了。

「我爸媽離婚前，我爸帶我去釣過幾次魚，有一次我們在公園露營，過週末。」

我吃塔可餅時，記憶就占了上風。我記得爸在兩棵樹之間掛起吊床，好讓自己可以睡在星空下。我問他怎麼知道大樹會把他撐好。「相信我，」他說：「就算颶風毀了這裡，這些樹仍然會屹立不搖。」

我相信他，但我仍然無法停止擔憂。我不斷想像大樹倒下，我爸受傷的畫面。但他是對的。第二天早上，當我和媽從帳篷出來時，他仍然躺在那裡。他說這是他這輩子睡得最熟的一夜。在我們離開營地之前，他幫我在一棵樹上刻了我的名字，他說這樣下一次我們就找得到這裡了。但是，後來也沒有下一次了。

我暑假到這裡實習時，第一件事就是努力想找到那棵樹。每次我走上一條新的小路，我就一直找，但怎麼樣也找不到。最後我放棄了。公園太大了，而且，時間已經過太久了。

「關於你的演講，他說了什麼嗎？」柔依問。

好吧，偏選在這個時間點提到我爸，他當然不知道我的演講。上一次我想與他分享心情點滴時，並不順利。

柔依從我的沉默中收集到足夠的資訊了。「你沒有給他看嗎？」

「塔可餅如何？好吃吧？」

「艾文。」

我喜歡聽她叫我的名字。她耐心坐著，等我信任她。我覺得我可以。

「我是打算給他看，」我謹慎開口，「但我大概再找合適的時機吧。他最近很忙，要工作，特蕾莎也懷孕了。而且，他們一直在找新房子，我知道他們很想在孩子出生前搬進新家。」

「等一下。你沒說過小孩的事。男孩或女孩？」

「男生。」

柔依的臉亮了起來。「真假？太棒了。你要有弟弟了。」

「隨便。」我只說得出這兩個字。因為，儘管我信任她，我卻不信任自己能心平氣和談論這一切。

柔依變得很安靜，才讓我意識到：她失去了哥哥，但我就要迎接新手足。也許我沒有權利為此怨懟。

「我還沒有認真想過新弟弟的事情。」我說。我沒說出口的是：我好希望我爸會想知道我過得如何，而不要總是我在向他報告。

「嗯，」柔依說：「你一定會是很棒的大哥。我相信你爸不會忙得不為你的作為感到驕傲。」

儘管我告訴她這麼多了，她知道的卻只有一半的真相。

*

「這一片過去全是私人土地，」我指著我們附近，「在一九二〇年代，有一家人落戶在此，大家以為他姓艾利森，但其實是休伊特。艾利森是組合起來的名字。」

我轉頭看柔依是否跟上了，我們走了一段很長的時間，我的話一直沒停，柔依打開了我的話匣子，我就關不上了。「抱歉，我不知道為什麼我講個不停。」

「不會啊，我很喜歡，請繼續。」

「好的，然後呢，約翰．休伊特家中發生了大火，摧毀了一切，妻兒也葬身火窟，這裡他住不下去了。於是他與州政府達成了某種協定，讓土地變成公園，紀念他的家人。他要求叫艾利森，因為那是他妻子與孩子名字的組合：艾倫、利菈與尼爾森。」

「真假？」柔依說：「我渾身起雞皮疙瘩耶。」

「真的。這是我主管告訴我的。」

我認為這個故事最引人入勝的部分是，那人原本可用他的姓氏休伊特傳世，但我想，他不願把自己放進來，而甘願讓妻兒永遠讓世人懷念。可惜，已經越來越多人忘記公園名稱的由來了。

「你知道房子在哪裡嗎？」柔依問：「那一家人居住的……」

我搖搖頭，很抱歉讓她失望了。我應該去問葛思巡守員知不知道房子的事。

柔依停下腳步，認真看了附近。「老實說，我總是忘記這裡的存在。即使它就在我的鼻子底下。」

而且是很完美的鼻子。她的美遠遠超過公園了。「所以。」我說：「暑假時我在這裡，那妳呢？」

「我白天在河濱地的夏令營打工。有幾個晚上到大路新開的優格店上班。」

我點點頭，假裝自己暑假聽說她在那裡工作後，從未經過那間優格店。「聽起來很忙。」

「大概吧，」柔依回答：「我盡量不待在家。」

我正好相反。一直如此。

柔依往前走，我建議她今天穿運動鞋，但我沒有想到她會穿Converse帆布鞋。它們不是專為健行打造的。我們即將沿著陡峭的斜坡往下走。

「小心石頭，」我說：「它們很滑。」我想牽她的手，領著她前進，但她眼睛睜開時，是不需要我的，我也不確定她是否想要我牽她。

「我十二歲時……」

「怎樣？」

「我試圖逃家。」柔依說。

我加快步伐，以便能聽得更清楚。

「我爸媽忙著應付康納，幾乎是全天候不眠不休。我本來計畫帶睡袋偷偷溜進公園，直到他們過來找我。」

葛思巡守員說遊民會睡在公園，巡守員早上例行清理時，他們會打包離開。巡守員不會見到任何人，只會發現他們留下的東西。

「我裝了一整袋補給品，」柔依說：「你看過電影《月昇冒險王國》嗎？就像那樣，只是我沒帶錄放音機。」

她在小徑叉路停下腳步。

「反正呢？後來也沒成功。」柔依說：「我走到公園外圍，天色很黑，我就打消念頭回家了。我睡在床底下，以為我媽早上來叫我時不會發現我。但是，她根本沒注意我。」

我無法想像與康納同住一個屋簷下會是什麼模樣。有點像是拿龍捲風當室友吧。大家跟他一起上課、搭校車，甚至在走廊打照面時，就已經夠難捱了。每一天生活在那種混亂中，怪不得逃到森林裡會讓人感覺相對自在。

我帶著她走左邊的小路，柔依沒得選。往右會走到幸運草田與那棵大橡樹。

「嘿。」她說：「我不是跟你說，那天我去『首都咖啡』參加開放麥克風之夜嗎？下週末我可能會再去一次喔。」

「妳可能？」

「是啊，可能。」

「哇，我想去耶。」

「我可能會很高興喔。」

一隻鳥兒倏地飛過我們身旁，衝向天際。那就是我，憑風翱翔。我從來沒這麼嗨過。

我們聽到一聲鳥鳴，但那是柔依的手機鈴聲。「是我媽，」她說：「她想要我問你還有沒有其他電郵可以給她看。抱歉，我知道她很煩。」

「喔，不會。沒關係。她是現在想看嗎？」

「不是立刻現在啦。只要你那裡還有就好了。」

是啊，只要我這裡還有就好了。

我突然摔倒在地。我就是無法挺身站立太久，對吧。特別是當有個醜陋沉重的真相一直往後拖著我，企圖要我不支倒地的時候。

第十八章

今天，我經過學生餐廳的「熱區」，聽見了我的名字。我不確定是誰開始稱它「熱區」，總之那就是餐廳正中央的幾排桌子，學校的夯哥夯姊全都坐在那裡。也就是說，萬一有一輛十八輪的超長聯結車突然從天而降，掉在這一區，那麼本校的上流階層會被瞬間殲滅（是的，上學期讀完《馬克白》後，我終於知道「殲滅」二字的出處了）。

目前坐在「熱區」最前面的中間區域是本校新出爐的強力發電情侶組「洛斯安娜」。「洛斯安娜」就是指洛斯與新女友安娜・貝爾。可憐的克絲汀早已被放生到外圍餐桌某處。這就是物競天擇的不變法則吧。我經過「洛斯安娜」時，洛斯對我點點頭，說道：「嘿，漢森。」安娜・貝爾看著我的眼睛，我們同學三年，她從來沒有像這樣正眼瞧過我一次。

我唯一做得到的就是愣愣地回視他們，什麼話也說不出口。我仍然在習慣這種無所遁形的狀態。從我發表那篇演說後，我的地位產生很大的變化。我終於擺脫了冷漠的「沒」。現在的我有專屬的「欸」。我是艾文・漢森了。

我終於穿越「熱區」，走近杰德的桌子。他正在大口吃一個跟計算機大小差不多（形狀也很像）的薯餅。我蹲在他旁邊。

「我們需要更多電子郵件，」我說：「放學後你能跟我約嗎？」

「今天不行，」杰德說：「我要看牙齒。」

「好吧。那明天呢？」

「可能喔。」

我沒時間瞎扯了。作為一名剛嶄露頭角的資本家，杰德深知供需不平衡的致命危機。「除非你可以教我怎麼做，」我說：「我已經看過你操作，我敢打賭，我應該可以自己弄懂。」

「喔，是嗎？」杰德戲謔回答：「真的？好喔，隨便你，兄弟。」

他臉上有種邪獰的喜悅。「別忘記格林威治標準時間喔，不然時區轉換會整個亂掉。」

呃，大概沒辦法。「好啦，你明天到底可不可以約嘛？」

杰德挺直身軀。「可以，沒問題，長官，一七〇〇整點格林威治時間減四向您報到。」

「我不知道你在說什麼啦。」

杰德翻了白眼。「五點。」

「不然約四點好了，我晚上還有事。」

我留下杰德品嘗最後一口薯餅，終於抵達我的新總部：柔依的桌子。這裡綜合了各色奇特人種：幾名爵士團的樂手，一位高爾夫校隊隊員（我連學校有高爾夫球隊都不知道），一位崇尚哥德風、打扮不怎麼完全正統的女孩，女子足球隊的候補守門員。現在柏特老師已經不再擔任校隊教練與體育老師了（顯然有人側錄到她殘酷譏笑幾位身材肥胖的同學）。最後則是柔依的朋友小蜜，就我看來，她們兩人應該是閨蜜。但我又不大確定，我總感覺小蜜也不知道如何定義自己與柔依的關係。原來，柔依霧裡看花般的人際關係不只是完全針對我。

首先注意到我出現的是小蜜。「你會打扮嗎，艾文？」

我檢查自己今天穿了什麼。我很確定，除非我漏了什麼，不然我今天應該跟平常的裝扮一模一樣。

「萬聖節。」小蜜澄清。

喔，對，我完全忘記萬聖節就要到了。「我還沒決定。」

我從來不打扮的，沒必要。我太老了，一點都不想玩「不給糖就搗蛋」，而且學校嚴禁奇裝異服。

柔依靠過來。「我們可以打扮成一對啊，鴛鴦大盜邦妮和克萊德，還是馬力歐跟碧姬公主。」

我低頭看她的盤子。「薯條與番茄醬。」

她笑了。我想知道我們哪一個人要當番茄醬，打扮好了又能去哪裡，還有，她剛才說我們打扮成「一對」，到底是什麼意思。我們穿什麼並不重要，什麼都無所謂。奶油配果醬。Netflix與廝混。《美國哥德式》的老夫婦。不管是什麼，我鄭重聲明，我都會參一腳的。

＊

第二天下午，杰德跟我又到了「鍛鍊天堂」。我們一坐下來，杰德就撕開一條糖果棒，慢條斯理地吃了起來，感覺刻意想要引誘我們身旁這群汗臭沖天的可悲混蛋。

「這樣如何？」杰德問。

親愛的艾文．漢森：

他們要逼我勒戒，但我說不了，不了，不了。

「這是一首歌的歌詞吧？」我問。

「超好聽的。」

「把它改掉。」

親愛的艾文．漢森：

我不想回勒戒所。我不介意上瑜伽，團體治療也可以，但大家都會分享很可怕的經驗，像是為了買冰毒替人吸屌。

「真的啦。我在電視上看到的。」

「把它拿掉啦。」

親愛的艾文．漢森：

我已經找到戒毒的方法。我不想再被送回勒戒所，那裡非常不好玩。

「這樣可以。」我說：「下一段。」

「你的手臂怎麼了？」杰德問。

「我把石膏拆了。」

「我知道啦，白痴。我是說，你幹嘛一直掐它？很變態耶，我傻眼。」

我往下看。是真的，我的右手一直抓著我的左臂。「我不知道，隨便啦。我們可以繼續了嗎？」

我們一直到這封電郵的最後都在鬥嘴，最終得到的回應就是，我是大家期待中的好友——正面、支持、慷慨。這是我必須忠於的角色。當康納需要目標時，我會告訴他。在他搖搖欲墜時，我能拉他一把。他受不了家人時，我提醒他，他們很愛他，只是想幫他罷了。我們總共編了十封電郵。我們行雲流水，我幾乎沒發現杰德又天外來了一筆。

親愛的艾文・漢森：

你認識學校那個超酷的杰德・可萊曼嗎？我在說什麼？你當然知道他是誰。大家都認識他。你想，邀他參加我們了不起的兄弟群如何，讓我們成為所向無敵的三人組。

「不行，杰德，當然不行。」

「為什麼？哪裡不行了？」

「你不是他的朋友。故事不是這樣編的。」

「呃，也許我們可以再加油添醋，」杰德說：「否則越來越無趣了，你不覺得嗎？」

「不會，我不覺得。一點也不。我是他唯一的朋友，你知道的。你不能隨便亂加人物進來。」

杰德拿下眼鏡，用襯衫擦它，健身房所有人都看見他蒼白的腹部肥肉。「你說得對。艾文。對嘛，我究竟在想什麼？我們都已經隨意捏造電郵了，怎麼可以再加進虛構的東西？不是嗎？」

這簡直像在跟小孩討價還價。「拜託你，杰德，麻煩不要再更改故事情節了，這樣可以嗎？」

他把眼鏡戴回去，擺上公事公辦的表情。「好吧，如果你想讓我重寫這封電子郵件，你就要等到下星期，因為我這星期都很忙，週末我還要跟夏令營的朋友出去。或者，我喜歡說他們是：我真正的朋友。」

「其實，」我轉動螢幕，「我覺得寫得差不多了。我們今天就這樣吧。」

我們收拾好東西，穿梭在健身器材中。走出大門的路上，杰德逼我看一位在跑步機上的媽媽。我拒絕了，但他不肯放棄。

「真的啦，」杰德說：「她在向我們揮手。」

他不是胡說。那女人要我們到她的跑步機前。

我違背自己比較正確的直覺，一路跟著杰德走向她。她放慢跑步機速度，讓她能喘口氣，跟我們說話。「你是影片的那個小孩，」她說：「『康納專案』的艾文，對不對？」

我點頭。

「我就知道是你。我好愛你的演講，超欣賞。我家小孩也是。」

成千上萬的人都知道「康納專案」，這真的太狂了。我每天都收到世界各地的人們發來的電子郵件與訊息，告訴我他們的生命因為我們打造的活動深受影響。我們開始了一場運動，觸動集體人類的某處神經。如今，我真正看到了證據，它讓這女人對我燦爛微笑。

我向她道謝，我們終於離開「鍛鍊天堂」。

「哇，老兄，你在熟女界是很紅的小鮮肉喔。」

「閉嘴啦。」

「我是亂講的啦。不過，說真的，我也想上螢幕，這樣才公平。不然，果園募資運動找我現場直播如何？我生日時收到了一台新相機。」

「籌款只需要我跟艾拉娜就夠了。如果我想到什麼，我會讓你知道的。一定。」

「知道了，」杰德說，低頭望著人行道，「嘿，我打賭柔依一定很高興你拆石膏了。」

「大概吧。」

「不然，一定很殺風景，對吧？一天到晚看到自己哥哥的名字寫在男友的手臂上。」

「我不是她男友。我不知道我們算什麼。」當然，我也納悶過我們的關係，無時無刻都在想這件事，但現在，我心裡只能有各種猜測。

「別擔心了啦，兄弟，」杰德說，從口袋掏出車鑰。「現在你唯一該煩惱的，就是要如何替康納打造新的果園。對康納來說，最愛的就是樹。欸，可是，喜歡樹的人，是你耶。這好怪喔。不怪嗎？」

我已經習慣杰德直言不諱的幽默，但他送上的這一刀比之前感覺更野蠻。看見他匆匆上車沒有等我，更證明了這一點。我猜，今天他不會送我回家。

我離開「鍛鍊天堂」，朝公車站走去，努力不去多想杰德話中的含義，但我自覺悲慘極了。醜陋的沉重感再度蔓延我全身，我再也無法拖著腳沿著人行道前進。

還有，在這種天旋地轉的狀態下，我突然感到一股寒意——似乎有人在跟蹤我。我倏地回頭，但只發現空虛的黑夜罷了。

vi

我一直在暗地觀察他。我忍不住。一開始只是好奇，現在是別的東西，就某種瘋狂的角度來看，我幾乎覺得艾文跟我真的是朋友。我聽到大家都在說，讓我也開始真的相信了。誰知道呢？也許在某個平行宇宙中，我們本來就是朋友。

當然不是說我在這方面有很多經驗。基本上，我這輩子都是獨來獨往。直到我遇見了米格爾。那是他的名字。有時我叫他M。從來不會叫他麥克什麼的。

（我一直好想找他，但我阻止了自己。再次經歷那一切又有什麼意義？）

我們高二那年在漢諾威認識。那是一所男校。我原以為自己會很討厭那裡，但其實，生活相對簡單多了（我會說，我與女孩相處的經驗介於「非常不滿意」與「沒意見」之間）。我需要在漢諾威重新開始。在公立學校，我永遠無法跳脫人們對我的看法。到了漢諾威，我又重生了。一張白紙，沒有污點。

讓我深信這一點的人，唯米格爾莫屬。開學的第一個星期，我們在生物課成為一組，我喃喃說了個笑話，結果他竟放聲大笑。「如何判斷染色體的性別？把它的基因（雞陰）拉開看就知道啦。」我們之間的互動彷彿渾然天成。原來，自在輕鬆就是這樣。

他什麼事都知道一點皮毛。常常提到我從沒想過的話題：加密貨幣與鹼性食品。引述一些我不認識的名人名言：尼采與大衛．塞德瑞斯。也聽那些我錯過的樂團：「香水天才」與「毒品戰爭」。問我不知道該問的問題：九一一當天，美國政府是不是毀了七號大樓？海洋酸化能讓人類繼續生存嗎？幼鴿都在哪裡長大？他可以理出正確劑量，讓你夠嗨，卻又不至於墮落沉淪。

他說我很天真，這與我對自己的看法正好相反，但在我內心深處，我知道這是真的。在我看懂自己之前，他已經先了解我了。

他是我認識的第一位公開出櫃並引以為傲的同志（我則處於灰暗地帶，很隨興，我對男孩與女孩的看法也是如此。後來我才開始將一些想法付諸行動）。

我們在學校時沒怎麼走在一起，但放學後，我們永遠密不可分。我們會去城裡玩，在書店取暖，到尤恩中心看人家玩滑板。我會在他打工的麵包店外面等他下班，陪他一起把沒賣出去的長棍麵包給他表弟。最後我們會一起坐在長凳，餵小鳥吃麵包，討論世上有多少東西都浪費了。有時，這些對話也會出現在我們一起搭公車的時候。其他夜晚，我們會在他家客廳沙發廝混。他媽回家後會煮一頓美味大餐給我們吃。我大概會在就寢時間前離開，身心都滿足了。

然後在第二學期的某一天，他陷入恐慌。他們發現他身上藏了大麻。我第一次看見他未能泰然自若，我設法淡化事情的嚴重性。

「不過是一點大麻。被退學又如何？你很幸運能離開這裡耶。」

「你覺得我這麼容易就能進這間學校？大概只有你家的實力才可以吧。」

我開始有最壞的打算。萬一他真的被退學呢？我該何去何從？沒有他，我要怎麼辦？我靈機一動。

我去找校長，告訴他那是我的東西。我不知道後果會這麼嚴重，一切都只憑直覺行事。進學校前，我們都簽了同一紙入學須知——毒品零容忍。唯一處罰：退學。我父母還打算爭論，但沒有用。米格爾全身而退，紀錄一乾二淨。我則被送去勒戒。我爸前一年就威脅要把我送進去了。我媽說服他轉而把我送去參加什麼夏日荒野計畫，最後，我才輾轉到了漢諾威。沒什麼大不了，我平常就在抽大麻，無所謂。反正我的履歷未來也沒什麼用，我的前途都沒了（最諷刺的是：是因為進了勒戒所才讓我養成全新的壞習慣呦）。

與勒戒相比，荒野營隊簡直像是在公園散步。跟我同組的小孩全都狠狠上了癮，有些人看起來完全沒有青春模樣，粗糙蒼老的皮膚、牙齒與雙眼。他們幾乎不是人類，比較像是殭屍。工作人員也是如此對待他們。對待我們。但，我不屬於那裡。我表現得很融入，裝作自己抽得很兇，但一切都為了生存。可是，我內心不斷發抖。我好想家（總算，家鄉有人可以讓我思念了）。

勒戒結束後，我們見面的時間少了。上了不同的學校。他忙打工，也參加國際特赦組織。而且，他媽不想要他與我繼續來往（我從來沒見過他爸，我也懷疑他是否知道我的存在）。不過我們仍然不斷傳訊給彼此，我會向他抱怨公立學校，人們如何對待我的方式。只要大家知道你曾經勒戒，就把你當毒藥看。到最後，連你自己也開始相信了。「管他們去死，」米格爾會說。簡單有力。「管他們去死。」聽了我就爽。

每當我停下來思考我的人生，它後來的轉折，滿腔憤怒就耗盡了我的氣力（我還想知道：如果我繼續待在漢諾威會如何？也許生命會有不同的出路）。

然後：有一天，今年春天。米格爾來我家。他很慎重看待此事：「感覺我是第一個進你家，又沒領薪水的墨西哥人。」我說不是。我沒有告訴他：他是我第一個邀請進家門的人（我當然也跟這裡的人勾搭上了。但是，我並不打算帶任何人回家見父母）。

家裡沒人，我們在我房間混。他取笑我的一本書：「《小王子》？真假？怪不得你會這樣。」他說我是穿了大人衣服的小男孩（他介紹我看一大堆書，認識一群作家。我一直沒把《匹茲堡之謎》還給他）。

我們之間流動著一種全新的能量（我們長了幾歲，更有經驗了，思想變成了行動）。

我們磕了藥，躺在地板上。「你的頭髮長長了，」他說。我立刻想找剪刀。但他接著說：

「我喜歡。」

他放一首歌給我聽，當它結束時，我請他再放一次。有一句話特別深刻：「不要退縮。我想掙脫。」（幾個月來，我每天都在聽那首歌。直到它變得太痛苦，讓我聽不下去。）

躺在那裡時，我看到他脖子上有個胎記，之前我從沒注意過。我伸手用手指摸摸它。我們雙眼交會。

那胎記：神奇的按鈕。一旦按了下去，世界頓時發光。

第十九章

了解粉絲動態已經成為我最近的例行公事。「粉絲」是個令人討厭的詞，我懂，但說實話，我不知道還能叫他們什麼。「追蹤者」更怪（在所有平台上，從我上一次登入之後，我已經多了一百多個追蹤者）。我想他們只是孤單，在我們這個小社群找到了希望，正巧，我是社群的代言人。

但我確實知道，這些人都渴望能與外界有所連結。如今有機會能分享自己獨特的個人經歷，他們深感鼓舞。其中有人或許無法達到外界期望，或有人跟人借錢卻還不起，也有人擔心自己可能永遠無法離開寄養家庭，或有人孩子早夭，還有人欺騙了唯一支持自己的好友，或是工作丟了，或遇上濫用權力的主管。或再也沒有努力的目標，覺得一切都不值得了。也有人每天連起床、外出或上班都使不上力。甚至有人不知如何發洩憤怒，或該如何忍受孤單，或扭轉錯誤。或者，不知道該如何不放棄生命。

這一切錯綜複雜的心情，我全都認得，但它們遠超過我的能力所及。

他們留言給我時，其實不只是想說話；他們更想聽我說話。他們想知道我對許多事情的看法。一開始，他們只想知道更多關於康納的事，但現在他們也想認識我，我的人生，不需要提供誇張或戲劇化的事件，而是日常瑣碎，例如我用什麼洗髮精，在哪裡買衣服（我沒告訴他們，這些都是我媽負責的）。

很多人問我同樣的問題：為什麼你從不貼自己的照片？在鏡頭前，我向來害羞，我知道康納也是如此。我們也沒有找到太多他的照片。

讓人訝異的是，薇薇安・邁爾替自己拍了好幾百張自己的照片。很奇特，畢竟她非常重視隱私，她到處使用別名，從不分享自己的過去。她似乎喜歡匿名，但是也大量自拍——早年自拍根本還算不上什麼潮流。如果像她如此羞怯特異的人物都可以自拍，我應該也可以自己來一張。

我對著鏡子順順頭髮，坐在床上，拿出手機。我拍了幾張照片，看了結果。我看起來像準備進行性犯罪的怪咖。我重新設定，再試一次。這次我站在窗前，捕捉一些自然光。我意識到自己雜亂的床就在後面，但我的微笑還算可親。我將床遠離焦距，讓自己站在特寫距離，胡亂弄了濾鏡後，我總算找出力量，與世界分享。

我放下手機打開電腦。我應該在傳新電子郵件給墨菲夫婦前，寫完自己的功課。但首先，我點了我上傳的照片，看看是否有回應。已經有十幾個人按讚了。我刷新螢幕，點讚人數越來越多。有人已經發表評論：

超正！☺

即使這裡只有我一個人，我還是臉紅了，有點想笑。

「你在看什麼？」

是我媽（當然又是她）。

「沒什麼。」我說，迅速關上我筆電。

「沒什麼？你坐在那裡，開心得不得了。」

「有嗎？哪有。」

我將電腦塞進書包，旁邊還放了印好的電子郵件。

「我覺得每次我走進你的房間，你就會關電腦，」她說：「我不知道你到底在忙什麼，有什麼事情不想讓我看到。」

我拉上背包拉鍊。「我在做作業，媽。」

「你有空嗎？」她站在門口，看起來就像是阻止犯人越獄的獄警。

「其實我正要去杰德家。」

「你今天下午不是已經看到他了。」

「本來是約好的，但他取消了，所以我們改約晚上。我們要寫完西班牙文的報告。」我已經穿了一隻球鞋，另一隻不見蹤影。「我們可能會弄很晚，所以不用等我回家了，他會開車送我。」

「你不能等五分鐘嗎？」她問。

我假裝考慮。「真的不行耶。」

「我今天在臉書看到很奇怪的東西。」

「喔，是嗎？妳有看到我的球鞋嗎？」
「是一個叫作『康納專案』的影片，你聽過嗎？」
我凍住了。我知道這一刻注定會來，但我不知道我是如何說服自己它永遠找上我的。
她還不打算結束報告自己的最新發現。「網站還說你是總召。」
共同總召。
「我看了影片。」
她，顯然還有鎮上的其他媽媽們。
「你上台演講。關於那個男孩，康納．墨菲。你們一起爬樹。」
我受夠爬樹了，我再也沒有力氣往上爬了。我坐在床上。
「你不是說，你不認識那個男生？」
「我知道。但是……」
「但是，在你的演講中，你說他是你最好的朋友。」她走進來，彎腰看我的臉，「艾文，看著我。」
我逃不了，我只穿了一隻鞋。
「到底怎麼回事？」她追問。
讓我先測試一下，將事情全盤托出的感覺。我告訴她：「那不是真的。」
「什麼不是真的？」
我早已厭倦走這條高空纜索。有時，它逼得我好緊。我一直渴望堅實地面的安全感。讓我現在就結束一切吧。

但到時，我要何去何從？一切就要離我而去，我與墨菲家人擁有的一切也將消失。我媽會逼我告訴他們真相，他們會恨我。他們不明白我的努力，我原本只是想幫忙。不行，這不是我想要的。

「我說我不認識他，是假的。」我終於開口回答。

她將手心按在額頭上，不斷按摩，設法理解。「所以你摔斷手臂時，是跟康納．墨菲在一起？在果園？」

我點點頭。這是杰德最初教我的訣竅。

「你本來說，你工作時摔斷了手臂，」她說：「是在公園。」

我站起來。「不然妳想是誰開車送我去醫院？又是誰陪我在急診室等了三個小時？妳都在上課，記得嗎？妳根本沒有接電話。」

「你告訴我是你主管帶你去醫院的。」

「所以呢？」我聳聳肩，「所以，我說謊了，就是這樣啊。」

「你打算什麼時候才要告訴我這些？或者你根本不說？」

「告訴妳？妳什麼時候才會在家？」

「現在啊。」

「一星期一個晚上？」我繼續找鞋。「讓妳知道一下，大多數父母每星期待在家的時間，會比一天再多一點點。」

「這些爸媽真好命。」

我的鞋到底在哪？「我得去杰德家了。」

「我不確定我會讓你現在出門了。」

我整個人趴在地上，檢查床底。果然，讓我找到了，垂到地上的被子擋住了，我還發現放了我石膏的塑膠袋。我不知道還能把它擺在哪裡，於是我將它塞進床底。我不知道我還會看見它，或甚至想到它。

我站起來穿好球鞋，然後，背上背包。「我十分鐘前就該到杰德家了。」

「好吧，聽著。我今天晚上不去上課，就是要在這裡和你談談，艾文。我拜託你，跟我講講話也好。」

「好吧，可是，要我怎麼樣？只因為配合妳，我本來的安排全都得取消嗎？總不能因為妳決定翹課，我就也不做報告了吧？」

她用最細微的動作深呼吸，試圖保持冷靜。「我不明白你是怎麼回事。」

「我又沒怎樣。」

「你站在全校面前發表演說？還當了組織總召？我都不認識你這個人了。」

「妳開始小題大作了。」

「艾文，」她抓住我的肩膀，強迫我看著她，「你是怎麼了？你需要跟我談談。你需要與我溝通。」

「我沒有怎樣，我告訴妳了——」

「我是你媽！」

這句話撼動了我們兩個。她從不對我大吼大叫。

「我是你媽。」她重複，聲音小了一點，但嘴唇仍然顫抖。

我垂下視線，無法忍受她眼中的傷痛。我已經從她努力喘氣、想平穩呼吸的聲音聽出許多痛苦了。

然後，她坐上床，整個人垮了。「對不起。」

不，該說抱歉的人是我。是我。

「我為你高興，」她說，眼睛都是淚水，「我很高興你有朋友，寶貝。我只是……很抱歉他離開了。」

我的朋友。我將我們真正相處過的那個時刻、那份紀念品，塞進塑膠袋，然後丟到床底下。

「真希望我能認識他。」她擦去眼淚。然後，她注意到某件事。「你的手臂還會痛嗎？」

我才發現我又在用力抓它了，我放手。「沒有。」

「聽我說。只要你想聊一聊，真的，任何事都好……」

真希望我可以聊。我希望我曾經找她談過。但時機已經過了。眼前現在除了繼續走下去，我已經沒有其他出路。此時此刻，所謂的繼續，就是我離開屋子。

「我該走了。」我的聲音空洞。

「喔。」她走離門口。「好吧。」她在我的櫃子上拿起藥瓶。「還要吃藥嗎？」

「我最近沒吃了，我不需要了。」

她研究我的臉。「真的嗎？所以，不再焦慮了？即使發生了這麼多事？」

我搖搖頭。「我很好。」我告訴她。這是真的。

輪到她聳肩了。我們倆都沒有答案了。「這樣太好了。我很驕傲。」

現在是出門的最佳時機，因為她得到了一些好消息，心情大好。但我的速度還不夠快。

「我想那些寫給自己的信很有幫助吧？」

再也沒有其他謊言比那些信更讓人痛苦的了。

嗯。是她堅持要我叫艾文的。我出生後，原本該叫的名字，沒有得到她的認可。十七年後，她仍然試圖一點一滴調整我，想要我配合她的喜好。

「我得走了。」我繞過她。

部分的我希望她追上來，但當我回頭確認時，她沒有移動。她看著我，眼神似乎當我是陌生人。我猜，對她而言，或許我真是如此吧。

第二十章

墨菲家車庫比我家地下室還要大。而且更整齊乾淨，在我的經驗中，車庫就是拿來堆家裡不想放的垃圾。但賴瑞·墨菲似乎是完全無法忍受垃圾的人，他會直接扔了它們。

女士們清理餐桌時，柔依的爸爸請我到這裡來。通常我會幫辛西雅，但今天晚上，我們只想當兩個閒聊的男生。與我媽的爭執只不過是頭上的一片陰霾。賴瑞不會想審問我，他想幫我。

他從高高的架上拿了個塑膠箱，將裡面的東西秀給我看。「布魯克·羅賓遜。」賴瑞說：「吉姆·帕默。」

直到他給我看這些人的護貝棒球卡，我才認出他們是職棒球員。

「還有這個，」賴瑞繼續在箱中挖寶，「這張是一九九六年的全體隊員合影。」

「哇。」我驚嘆，我想此時出現這種反應很恰當。

「只要找合適的買家參加拍賣會，例如死忠球迷，我打賭果園可再輕易募到一千塊。」

「太好了，我一定會跟艾拉娜討論的。」

一開始我們提出要重建果園的想法時，賴瑞沒有特別說什麼。辛西雅連連稱是，而賴瑞就只是靜靜坐著，這大概就是他的風格。就我所知，爸爸們的風格都是如此。

他從箱子裡掏出一隻棒球手套，把它放在旁邊。「我發誓，我應該有一張瑞普肯的卡。」

「你真是太大方了，」我說：「把這些東西全都捐出來。」

連接屋子的門打開，柔依出現。「媽說你的節目要開始了，她不想再幫你錄了。」

「好，跟她說我們在忙。」

「爸，你是在折磨他嗎？」

「什麼？」

「艾文，他在折磨你嗎？」柔依說：「你可以直接跟他說他很無聊，你想離開了。他不會不高興的。」

「他隨時想離開都行。」賴瑞說。

「艾文，你想離開嗎？」

一開始與賴瑞獨處時，我不斷祈禱柔依會來救我。他和我從未有過真正的對話，就我們兩個人。但其實我跟他聊得滿開心的。「沒有。真的，」我說：「完全沒問題。」

「很好。」柔依說：「可別說我沒警告你喔。而且，爸，不要再讓艾文為那些迷妹搞自拍了。」

「我完全聽不懂妳說什麼。」賴瑞說。

「問艾文。他懂的。」柔依對我獰笑，然後關了門。

賴瑞朝我看過來，期待我解釋。我聳聳肩，柔依剛才那樣表現，我確定是嫉妒吧？但我努力不要揭穿她，只是朝她對空尷尬地揮了一拳。

他安靜了一會兒，說道：「所以，你和柔依……」

我大膽假設此時我的臉頰應該是史上最紅最燙。

他凝視我，卻沒有任何敵對意味。

「手套真的很酷。」我拿起一個棒球手套。

「很漂亮吧？」賴瑞大概也很高興我們終於改變話題。「如果你想要，就拿去吧。」

「喔。不，不行啦。」

「為什麼不行？它是全新的。我本來可能是買來想當生日禮物。」

直到現在，我才恍然大悟手套原本可能的主人是誰。但將它歸還又不大對，也非常失禮。生日禮物。康納再也不會拿到生日禮物了，更讓人難受的是，他之前收過的禮物也一一被送走了。

「我爸和我，我們每星期天下午都會在後院玩球，」賴瑞說：「我還以為康納和我也可以這樣。他過去經常抱怨我都沒陪他，一直工作，所以我說，好吧，我們把每星期天下午空出來。結果他又突然不感興趣了。」他輕聲笑著。「只要跟康納有關，就絕對不輕鬆。」

他將手插進口袋。「拿去吧，」他說，彷彿那是薄荷糖錠。「不然只會積灰塵。」

我大概沒得選了。

「不過，首先你得先軟化處理，」賴瑞說：「皮這麼硬，什麼球也接不到。」

太好了。收了禮物，隨之而來的就是責任。「怎麼軟化呢？」

「你爸從來沒教過你怎麼讓手套變軟？」

我不回答。我不需要回答。

「呃，其實，最正確的方法，只有一種，」賴瑞伸手到塑膠箱，「要用刮鬍泡。」

我還以為他在開玩笑，但接著他拿出一罐如假包換的刮鬍泡，開始搖它。

「來，」他說：「它是滿的。」

現在我一手拿棒球手套，另一手拿刮鬍泡。但我不打棒球，也不刮鬍子。

「你先把刮鬍泡均勻抹上手套，按摩五分鐘。用橡皮筋將它綁緊，放在床墊下，睡上一晚。第二天，再重複同樣的動作，這樣至少一星期。」

「一星期？真的？」

「每一天都要。規律進行，不能偷懶。」

賴瑞甚至有一大包橡皮筋。「你們現在這一代，我都不想說了，但大家只追求速成滿足。可以看臉書，有誰還會願意花時間讀一本真正的書？但這樣才能慢工出細活，只是需要一點耐心。」

他將刮鬍泡噴上手套，開始塗抹。

「我不願讓康納走捷徑。是辛西雅一天到晚強調『再給他第二次機會』、『下次努力一點就好』。但我就是那個說『不可以』的黑臉。我說：『康納，你一直想走簡單好走的路，最終你會失去方向，不久後，你只抵達一個自己根本不認識的陌生地方，連回家的路都找不到。』」

他有點語不成聲，他清清嗓子，整理心情，瞪著自己的塑膠箱，裡面都空了。我們已經不是在討論運動或女孩了。

「康納很幸運，」我聽見自己說：「有你這位如此關心他的爸爸。」

賴瑞整理桌子的物品。「你爸也一定覺得自己很幸運，可以有像你這麼棒的兒子。」

「是啊，」我說：「沒錯。」

我又來了，胡扯一些甚至不需要撒謊的事情。

賴瑞微笑。「好了，可能你還想去找柔依……」

「喔，對。」我向門口走去，雙手捧著手套，還有刮鬍泡。

但某件事讓我打住。我回頭。「不知道剛才我為什麼會那樣回答。關於我爸爸，都不是真的。我父母在我七歲時就離婚了。我爸爸搬到科羅拉多，和我繼母有了新的家庭。那才是他目前最看重的一切。」

賴瑞端詳我，那一瞬間，我開始後悔。我不知道自己為什麼全招了。只是，他對我全然敞開心扉，脆弱而真實，我只希望用同樣的態度回報他。感覺再正確也不過，也比較公平，而現在……

他將一隻手放在我肩上。「別忘記拿橡皮筋。」他說，將袋子放進我手裡。

我點點頭，吐了一口氣。「謝謝。」

「你快去吧。」

*

柔依開車帶我回家時，我媽的臥室仍然亮著燈，但等到我上樓後，她的門縫下已經暗了。

我在房間發現一張紙條，寫著：**Te amo hijo mio**。我這才想起來，我告訴她自己要跟杰德寫西班牙文作業。我想像媽在谷歌上面搜尋這句話該怎麼寫的畫面。

已經十一點多了，她原本應該是在等我。我雖然已經跟她說不用了，但我猜她大概也無法不等吧。

辛西雅原本建議我在他們家過夜。「柔依可以跟你一起上學，」辛西雅說。「打電話跟你媽說一聲就好。你可以睡康納的床。」這個建議很棒，但實在是有點過頭了。我沒法在康納床上入睡，儘管本人對很多事情早已麻木，但這點敏銳度我還是有的。

其實，剛才那一段話先刪除好了。說我麻木並不準確。若說我現在跟過去有什麼不一樣，那麼，我是真的對周遭人事物比較有感了。不僅因為我不再吃藥，而且，我真正開始放鬆自己，體驗人生。我終於知道親吻一個人是什麼感覺。真正的親吻，延續好幾秒鐘。現在我們經常這麼做，已經習以為常，而且從來不覺得無聊。今天晚上我還學會如何讓棒球手套變軟。這是我自己的爸爸根本就懶得教我的事。

柔依說我應該要把演講連結寄給我爸，但我不認為他會在乎什麼康納專案跟果園。有一次，他在臉書寫到他不知道如何讓新買的牛仔帽保持原有形狀，我寄給他一篇文章，討論從古至今人們如何維護牛仔帽；他完全沒回我。我也曾寄明信片給他，期待我們能成為筆友，但我唯一收到回覆的那一次是特蕾莎的筆跡。他喜歡健行爬山，我也曾建議我們可以一起挑戰阿帕拉契山徑。他似乎很喜歡這個主意，但當我今年夏天提醒他時，他又藉口他已經計畫春天飛來東岸參加我的畢業典禮，加上寶寶即將出生，他大概沒法負擔兩次機票錢了。所以，接下來我怎麼做呢？我找到一條靠近他在科羅拉多住家的山徑，將所有希望都「釘」著它了（這是很刻意的雙關語，我知道）。

我走到地圖前。我已經厭倦再把自己放在上面了。這一切為了什麼？我又該等多久？他與我之間隔了快三千公里。也許真的太遠了。不久之後，他就會有另外一個孩子，懷中緊抱著嬰兒。這是人與人之間最近的距離了。我怎麼可能比得過寶寶？他把我弄得悲慘至極，我為什麼還會想見他一面？只因為，沒有多久之前的某一天，我還滿心期望他會以我為榮，大加讚賞我讓艾利森公園的褪色標誌重生。畢竟那裡曾是他的最愛，也常常帶我去踏青，就我們兩個，那是我們共享的寶貴回憶。我還以為我的成就、背後的動機，多多少少能觸動他，讓我們再次連結。當然，後來，一如往常，我告訴他的那一天，在我將照片傳給他後……

不重要了，我受夠了。我拆下圖釘，將它丟進一個杯子。等我起床後，我要試戴我的新手套。我要自在運用我的手臂——那再也沒有裂痕的手臂，我學習與它重新共處的手臂——朝僵硬的皮革手套揮拳。我會再度揮拳，一次比一次更用力，逐漸增加力道，直到我的拳頭泛起令我滿意的紅暈。

第二十一章

女服務生問我還要不要續杯，但我想我今天的咖啡量已經夠了。如果我繼續用腳踩地板打拍子，「首都咖啡」的老闆搞不好會開始在我的帳單加上一筆維修費了，我通常不攝取咖啡因（謝爾曼醫師要我避免），但來到這裡，要不就得點咖啡，要不就狂喝免費礦泉水。柔依說了，萬一我真的來了，最好還是要消費，我吃不起這裡的晚餐，好吧，麻煩請一起將奶油球跟糖罐送來。

她正在舞台調整吉他絃。這裡嚴格來說不是舞台，只是在餐廳最後面放了麥克風與兩個擴音箱的小空間。

我比柔依更緊張，可是要表演的人是她。我只希望今晚一切順利。這裡沒什麼人。一對老夫婦在吃晚餐，另一位表演者在旁邊等待，還有幾個人帶著筆電坐在凳子。可是時間還早。

她的聲音響起，「大家好。」每個人都抬起頭來。她離開麥克風遠一點。「喔喔，抱歉。」有人把餐廳原本播放的柔和音樂關了，如今，舞台——或不管它算什麼——全都交給柔依一個人了。她刷了和絃，測試聲音。我克制膝蓋不要發抖，擔心我會發出聲音影響她。柔依深呼吸，閉上眼睛，開始演唱。

她今天的風格與我之前看過的表演截然不同。通常，她的吉他伴隨其他好幾十個人的樂器演奏，樂音豐富多元。在這裡，音樂細膩直接，演奏單純溫柔，樸實無華。

然後，她張開嘴，我的憂慮轉為敬畏。她不老練，甚至算不上優雅。幾乎像在與聽眾對話，而不是唱歌。它實在、脆弱卻又真誠。這是她的全部，毫不保留，沒有防衛。

當我在椅子上放鬆時，台上的柔依也放鬆了。一開始我在她身上看見的膽怯消失了。她的聲音更有節奏感，往上攀高，轉折起伏平順自然，與吉他完美搭配，唱到最後。我記得她唱的這首是一支單曲，但她的詮釋與原唱者不一樣。她獨樹一格。

當她唱完後，我用力拍手，她偷偷看我，她一停止表演，羞怯又回來了。我不在乎我是現場唯一的鼓掌者。兩位老人家微笑，表示讚許。餐廳的其他人則無視她的存在。但柔依不在乎，也沒注意。她在台上，實現自己的心願。這比看她跟著爵士樂團表演更棒，好太多了。

第二首歌也是封面單曲。我的口袋震動。我趁機檢查是誰發簡訊給我。是艾拉娜，但我沒時間看。柔依正在介紹另一首歌。

「下一首歌，是我自己寫的，」她宣布，「這是一首新歌，我可能會搞砸，但沒關係。它的歌名是〈只有我們〉。」

我又開始焦慮了。我總覺得自己像是望著她在高處表演，下面完全沒有安全網，她身上也沒有安全纜索。我想起自己當天走到台上，對全校發表演說的感覺。那段回憶讓我的心跳加速。我設法壓抑各種消極情緒。這裡沒有咄咄逼人的觀眾。柔依將一切掌控得很好。

她開始細細演奏，曲調很耳熟，卻也很陌生，聽起來充滿希望。我已經喜歡它了。等到我聽見歌詞時，更是熱愛。在她唱到最後一段時，我幾乎已經將歌詞銘記於心。

如果是我們呢？
如果是我們，只有我們呢？
往事不再重要
　無需在乎
要不要試試看？
如果是你呢？
或者是我呢？
也許，我們就是需要這樣吧？
彷彿世上其他人都不存在了
你說呢？

我的耳朵沒有受過訓練，但我完全沒注意到瑕疵或贅餘，她超完美。

*

「你媽幾點下班？」柔依在我們走上我家車道時問我。

上次柔依到了我家門口後，我設法要讓她離開，不讓我媽看見。今晚，謝天謝地，我不必擔心。「她星期天晚上有課。」我說：「她還要好幾個小時才會回家。」

「所以你家全都是我們的？」

柔依每次說的話，都足以讓我暫時癱軟，真是不公平。我沒想到我仍然持續為她著迷，結果，我又聽她唱了歌。「接下來三小時。」我確認，將鑰匙插入大門。

「我們應該搞個轟趴。」

「真的，絕對轟趴無誤。」

「直到你媽回家。」

「玩個三小時。」我可能會忘記怎麼說話了。「謝謝妳，欸，妳知道的，過來我家。」

「我已經說要來你家玩，說了好幾個星期了。每次你都馬上拒絕我。」

「我知道。」其實，這次我也想拒絕，但我總不能永遠將她拒之門外。「所以，我很感激妳還肯來。」

我們走進屋內，羞愧立刻排山倒海壓上我。我已經盡量整理乾淨了，但我能力有限。我不能換掉一張布料沒有褪色的新沙發。也無法將布滿水漬的天花板重新粉刷，或是擦掉地毯上的污漬。我家的櫃子也沒有足夠空間塞所有的雜物。一直到我常去柔依家，我才注意我家問題重重。

「歡迎光臨。」我說，我只想立刻請她上樓到我的房間。我不是有非分之想啦，只是，我在自己房間會比較自在。

太遲了。她在走廊徘徊，對著一張相片思考。「這是你小時候嗎？」

「那個小胖子？沒錯，就是我。」

「哪有，超可愛的。」

好吧。可以，如果她想繼續稱讚我，那麼，我們可以在樓下再待個幾秒鐘。她目前欣賞的照片是在我們老家拍的。我對那裡沒什麼印象，只除了在相簿看過幾次。

「抱你的是你爸嗎？」

「不是，是我叔叔班恩。」

馬克的照片再也不可能出現在海蒂．漢森家，它們只屬於盒子與相簿。

我記得老家的後院與一片林地相連，有點像柔依家。我還記得我爸會朝大樹射箭，但我不確定那是否真的曾經發生，或只是我自己的想像。

我開始上樓，柔依除了跟上我，別無選擇。我的手機又在震動了，提醒我還沒有看艾拉娜之前的訊息。上樓後，我看見媽在門上貼了一張紙條，我想要偷偷拿下來，但柔依發現了。

「我媽和我會這樣跟對方留言。」我解釋道。

「用筆和紙，」柔依說：「很老派啊。」

「喔，沒有，我們當然也會傳簡訊、寫電郵，什麼方法都用，只除了面對面交談。」

「面對面？」柔依說：「現在還有誰會這麼做？」

「我就不會，也不會這麼對妳。」

「真是謝囉。」她回答，這贏得了我的微笑，也提醒我為何愛——我是說，特別喜歡她。

「準備好進入完全沒有神奇魔力的世界了嗎？」我問。

「我等不及了。」

我為她又開了一扇門。她現在看到的臥室畫面，全是假造的：我的床已經鋪好，衣櫃與抽屜的門都已經關上，書桌井然有序。藥罐藏在一隻襪子裡。空氣瀰漫著芳香劑的氣息。

但並非一切都是完美的。我不想讓她認為我是瘋子，所以努力打掃之後，我刻意讓一些東西放錯位置，例如，我將一件襯衫掛在椅子上，把一些文件放在五斗櫃上，將最需要用大腦思考的書放在床頭櫃。

柔依調查我的房間時，我讀了媽媽的便條。拜託吃點東西，她說。對她來說，這有點太簡短了。我猜她還在生氣前幾天晚上的事。老實說，我心情也沒有很好。

「我完全明白為什麼這裡不會有魔法。」柔依坐在我的床上說。

「真假？」

「假的。」她摸了摸床。「但是，你床墊下面塞了這個，要怎麼睡啊？」

我就知道我忘了東西。我請她下床，這樣我就能伸手到床墊下方了。我拉出裝在塑膠袋裡，塗滿刮鬍泡的棒球手套。

「你還真的聽我爸的話？」柔依問：「你甚至還很喜歡棒球？」

每個問題都陷阱重重。「沒有，其實沒有。」

我只是想，反正我就順便讓手套軟化，免得有一天派上用場，也許，「康納專案」哪一天要辦慈善棒球賽也不一定。我這麼做，也可以對墨菲先生有交代，我喜歡他，我想讓他開心。

柔依掃視我衣櫃上的文件。「這是什麼？」

「喔。這些只是……我媽很執著她在網路發現的大學獎學金徵文比賽。她列印了一大堆。

把這些都堆在上面。」

「好多喔。」她捧起那堆紙。

我沒特別注意那疊紙的內容。「我知道，因為，我大概得全部得獎，才能負擔自己的大學學費、住宿、課本等等。」

我還沒有開始寫作文，我知道我媽努力要幫我，但是上大學是明天的問題，要解決今天的問題已經夠難了。而且，反正我贏不了什麼大獎。

「所以你爸媽，他們沒辦法……？」她不必完成她的句子。

「大概不大行。」

「對不起。」

現在抱歉的是我了，因為她看起來很難過。我不想讓她傷心。

「喔！我本想早點告訴妳的。我們前幾天開會，艾拉娜想到很棒的方式，可以替果園募集更多資金。艾拉娜以後真的注定會當公司老闆，搞不好還可以管理整個地球。」我的話沒有起作用。不知為什麼，柔依的表情更悲傷了。「不過我們先從果園開始啦。」

她嘆了口氣，看著地板。「我們可以談談嗎？」

「靠。」我終於做到了。我終於搞砸了生命中唯一的美好。

「什麼？」她突然警覺起來。

「沒有。只是——妳要和我分手，對吧？所以妳今天才想過來。」

「和你分手？」

「也不是說我們是一對啦，我不想太自以為是。我不知道我們算什麼，到底算不算正式，或者比較像是……算了。為什麼我還在說話？沒事。可以，妳直接告訴我，我不會哭或開始亂砸東西……」

她盯著我，我感覺我的手又開始冒汗了，我先是在褲子上擦手。這個戰術一點也沒用。

「我沒有要和你分手。」她說。

我停住了，確保自己沒聽錯。「真的？好喔。謝了。」

「不客氣。」她笑了。

等一下。所以，這表示柔依和我在交往？因為，你也知道，我感覺我們像是一對，但我不確定她也有同感。大家都在哪個時間點討論這種事？還是心照不宣，直到彼此很確定關係？還有，什麼時候，才能真正叫作彼此確定關係？

「只是，這個專案，」柔依說：「是很棒。你們的成就無人能及，真的。」

接著，就會有「但是」了。

「但是，也許，我們不用時時討論我哥。也許我們可以聊點……其他的。」

「喔。對，當然。我只是想也許妳會希望了解目前的進度。」

「沒有。我知道你的目的，很感激你們做的一切。」她坐在平整的床上。「但我這輩子所有的一切都是繞著康納轉，現在我需要的只是一點點屬於我自己的東西。如果我們要……」

她暫停了，我幾乎整個人掉進這空檔。

「交往，」她最後說：「我不希望有我哥擋在中間——或是果園，或是那些電子郵件。」

我停止了呼吸。呼吸，艾文，呼吸。

「我只想要……你。」她說。

「真的嗎？」

她嘆了口氣，似乎對我的反應有點沮喪。「你聽到我今晚唱的新歌了嗎？」

「當然。」我說：「太美了。」

「你注意到歌詞嗎？你和我。這就是我們所需要的。」

「妳是在——原來那是——」

她聳肩。「不然呢？」

「喔。」

真希望我當場有錄下來，讓我可以一次次重播那首歌。現在，我的記憶必須填補那空白。有一句歌詞是這樣的：「往事不再重要，無需在乎，要不要試試看？」

「好，」我在心底回答。「好。」我會這麼回答好幾十萬回。

vii

這一次我們到了他家（米格爾仍然會讓我過去，但只能在他媽媽上班時間。我一直很喜歡他媽媽。刀子口豆腐心。廚藝驚人，超級熱情。直到我被退學。那是只有M與我能欣賞的悲傷轉折：我設法讓她兒子留在學校，卻讓她開始恨了我）。

那天在我家後，我們的友誼開花結果，成了別的東西。高一的人生是地獄，但米格爾就是我僅存的一線希望，我生命中唯一有意義的事物。我向來盼望見到他，但近來，這種感覺已經成了一種強迫傾向。某種強烈的引力將我拉向他。我不只想靠近他，我必須靠近他。

那天在他家，他躺在我旁邊。我研究他的肉體，想在它再次藏起來前，記住一切。他的皮膚彷彿吸收了檯燈光芒的能量。他的胸膛中央有一處凹陷，形成一個淺窪。我納悶他的生命中還有誰被授予這種特權，還有誰曾經碰觸那個胎記。我的社交生活就像一條只連接兩點的直線，但米格爾的是個圓圈。他在漢諾威還有其他朋友。家族成員眾多，有許多表兄弟。還有一位還保持聯絡的前任。那麼我呢？我離他的中心點近嗎？或我也只能擺在外圍？

「那是什麼？」他問，打破了沉默。

我隨著他的目光，等到我意識到他看的一切，已經太遲了。我忘記剛才自己取下了手鍊，通常我不會這麼做的。但他的引力讓我這麼做了。

我抽開手腕。「沒什麼啦。」我說。

他凝視我的眼睛，感覺像在挑釁我。

我下床將手鍊戴回去。就只是幾個發慌的夜晚留下的傷疤。真的只是打發時間而已。打火機、火柴、蠟燭。好啦，當然不是沒什麼，但也真的沒什麼大不了的啊。

他坐起來。「你每次都這樣。」他說。

怎樣？我穿上襯衫。

「每次我靠你近一點……」他雙腳踏上地板。

我假裝想笑。「你在說什麼啦？」

「我們總是待在我家，你只找我去過你家一次。你似乎只肯丟給我幾個漫不經心的眼神。」

我表情僵硬，也在藉此挑戰他。「你在乎個屁？我們又不是……」我聳聳肩。「我甚至不知道我們算什麼。」

他搖搖頭，嘆了口氣，雙手放在臀部站了起來。「如果你不接受我，我們又能怎樣？」

（這像一句宣示，最後通牒。我別無選擇，真的。）

米格爾不知道過去一年我是怎麼過的。當然他聽說了，但身歷其境的又不是他。他只知道傳說，不理解現實。日復一日。無止盡地抓牆。我造成的傷害以及對我造成的傷害。好事成了壞事。晚上躺在床上，想像自己只需要……

「你真的不懂耶。」我說。

他看了我好一會兒，然後，他走到我面前。鼻子對鼻子，眼睛對眼睛。不像我們剛才那麼接近，但不知為何，又比剛才更親密。「所以，」他說：「你才要說出來啊。」

我站在他面前，我搖搖頭。我避開他的眼神。

媽的跟我說真話。

要怎麼做？該怎麼做？他看見的只是我的表象，底下的一切早已無法修復了。

我退後一步，緊繃下巴，封閉自己。我盡可能迅速穿回衣服。他試圖阻止我，要我回頭。但我當下決定：快逃命吧。

（到現在我還在逃，我想。）

最近有張我的照片到處轉傳。短頭髮的我，臉上掛著呆呆的微笑。幾星期前的那場追思會，我在每個角落都看到它。我媽一定是在我手機找到的。她可能不知道我編輯了那張照片。那是一張自拍照，米格爾拍的。原來的相片中，他就在我身邊，笑容與我的一樣燦爛。

我只確定一件事：他在我身邊以及沒有他陪著我時，我的內心感受。前者很是令人振奮，後者完全難以忍受。和他在一起就像迷上毒品。我們不再見面後，我不碰毒品了，開始退縮遁世。那年的暑假漫長黑暗。

第二十二章

第二天早上，柔依在學校走廊的眾目睽睽下，送給我一個吻。「我放學後有排練，不能開車送你回家。」她說：「但不要忘記，我七點去接你吃晚餐喔。」

她又迅速啄了我一下，這一次是在臉上，隨即掉頭離開。我望著她走遠，當下只能想到，我就快要再見到她了。

「你昨天晚上在哪裡？」

我轉身看見艾拉娜。

「我大概傳了五十封簡訊給你，」她說，搖搖頭，「別擔心，我自己發了明信片，不用你幫忙。」

「喔，靠，我忘了。真的很抱歉，」我說：「我一定是記錯日期了。」

「你究竟是什麼狀況啊？艾文？」

我環顧四周，我寧願私下討論這件事。

「募款期限只剩下一星期，」艾拉娜說：「但我感覺你離我們千里之外。你也已經很久沒有更新部落格了。」

「我最近很忙。」

「忙什麼？」艾拉娜問。

過日子？設法過好日子？

「我也有其他事情要做啊，」我說：「我們離目標還剩多少錢？」

「喔。不多。一萬七千美元而已。」

一萬。七千。好吧，那可是一大筆錢。「好啦，我相信我們可以達標的，我們只需要，呃，讓人們繼續參與。」

「沒錯。」她回答，似乎鬆了口氣，因為我終於開始講道理了。「所以我才把你跟康納之間的電郵放上網。」

「等一下。什麼？妳在講什麼？」海水沖進我的玻璃缸。「妳怎麼知道電子郵件的事？」

「墨菲太太把它們寄給我。」艾拉娜說：「只有幾封，但她說她那裡還有很多。你會持續給她看其他郵件。」

「妳不可以這樣。」

她戲劇化地往後甩頭。「我不行？」

「因為那些對話內容屬於個人隱私。」

「欸，不算是了，它們現在是公共財了。這才是重點啊，而且內容越私密越好。大家就是想看到這些。我們對社區有責任，將一切公諸於世，告訴大家真相。」

真相？什麼真相？我一一回答他們的電子郵件，並讓這些人知道我的人生。我甚至上傳了自拍照。難道這樣還不夠？這個「社區」究竟還想從我這裡拿走什麼？

她的手錶發出滴滴聲。「我得走了，但我會寄給你一份需要你回答的問題清單。有些電子郵件內容似乎兜不起來。」

「蛤？什麼意思？」

「例如，你說你第一次去果園是你摔斷手臂的那天。但是，在其他郵件中，你們又談到去年第一次去果園，好像是，十一月吧。」

這不難澄清，其實，妳知道嗎？我從來沒去過果園。我不是妳認識的艾文，艾拉娜。

「可能只是打錯字，」我說：「反正只是電子郵件而已。我覺得妳看得太認真了，過度解讀。」

她往日的微笑已經徹底恢復熱力。「到時我把問題傳給你，再請你解釋一下囉。你也知道社群粉絲有多麼喜歡聽到你的聲音。」

她走開了。我檢查四周，衡量剛才我們對話時造成的衝擊。結果根本沒人鳥我們。同學們走路的走路、打字的打字、塞東西的塞東西——人人都有自己的生活要忙，完全不需要理會我的。他們有自己的女友、男友、好友及父母（而且兩個都有），還有報告要做（不是什麼「專案」）。大家多半早就忘記康納．墨菲了。他們或許捐了幾塊錢贊助我們的果園活動，但那可不是因為他們想維持對康納的回憶，那不過是隨著眾人起舞。就像我現在做的：把今天給撐過去。

我走到大教室時，一面發訊給杰德：

我才要告訴你。
我爸媽這週末不在家。上一次他們
打開酒櫃是一九九七年的猶太新年。
我們想喝什麼就喝什麼

記得你告訴我
你不需要我幫忙嗎？

為了康納

兄弟。

這個週末我無法。
我有一萬七千美元要籌。
還記得「專案」吧？
你也得幫一點忙吧？

我沒告訴你什麼都不用做啊。
我知道你覺得整件事都是在開玩笑
但這不是事實。
這很重要。

沒錯，為了康納。

「你說這種話真是太扯了。」

我從手機抬頭一看。是杰德，本人。

「因為，」杰德把手機收進口袋，「只要你真正停下來好好思考——康納掛了，這是發生在你身上最棒的一件事，不是嗎？」

儘管杰德就是會說這種話的人，但聽他將思緒說出口還是極度駭人。「你為什麼這麼說？」

「混得如何啊，艾文？」有人路過跟我打招呼。

「你看嘛，」杰德說：「現在真的有人找你說話了。你甚至算是夯哥，這簡直是奇蹟中的奇蹟。如果康納沒死，你想剛才那傢伙會知道你的名字嗎？不會嘛。根本不會有人認識你。」

這是真的，我無法否認。但整件事與這些無關，從來就不是。「我才不在乎大家知不知道我是誰。我都不管。我從頭到尾只想幫助墨菲夫婦。」

「幫助墨菲夫婦，」杰德重複，彷彿這是公司標語。「你一直這麼說。」

「你少在那裡給我當垃圾。」

「你才不要當垃圾。」他回我，氣沖沖地離開了。

鐘聲響了，第一堂課開始。聽起來卻彷彿拳擊賽就此結束。我感覺自己已經上場打了十二回合了。

第二十三章

柔依將她的沃爾沃停在車道，關掉引擎。她用微笑結束我們這趟車程，我也回之一笑。今晚她顯得格外興奮，我不大明白為什麼。搭柔依的車，通常我們會聽音樂，不大說話，但今天在路上她降低音樂音量，好跟我說團練的事情。顯然脾氣超好的貝斯手賈米森受不了狂妄自大的鼓手，但他們兩人如果沒搭好，節奏整個就會走掉。沒想到爵士樂團也這麼愛搞內心的小劇場。

我們走進屋內，柔依似乎認為值得宣布我們的抵達。「我們回來囉。」她大喊，將鞋子放在玄關地墊。

我也踢開鞋子，擺在她的旁邊，她走在我前面。「對不起，我們遲到了。」我聽到她說。

「我們還在喝紅酒，先聊聊天，認識彼此。」辛西雅說。

我跟上柔依，當場愣住，無法動彈。

我媽在這。我媽在這，拿著一杯酒，和墨菲夫婦坐在一起。

「我們邀請你媽來和我們一起用晚餐。」賴瑞說，他似乎認為我會因此很開心。

「喔。」我說，與我媽互看一眼。她和我同樣震驚。

「我不知道艾文也會一起用餐。」她說。

「對不起。」辛西雅說，打算用笑容驅散自己的小謬誤。「我沒想到要先告訴妳。」

柔依的微笑已經大到猶如遊行花車的彩色氣球。「嗨，我是柔依。」她和我媽媽握手。「很高興終於見到妳了。」

我媽媽回了微笑，她的氣球則是千瘡百孔，她什麼也沒說。之前她沒聽過柔依這個人，至少我就沒提過。我看得出她眼中的困惑。

賴瑞站起來。「我們要再開一瓶酒嗎？」

「開那瓶『波特蘭』。」辛西雅告訴賴瑞，轉頭向媽解釋，「它的製造過程百分百永續。《紐約時報》有一篇完整報導。真的很了不起。」

我在柔依耳邊低聲問：「妳知道這件事嗎？」

她得意點頭。「這是我的主意。」

「嘿，你們兩個，」賴瑞努力想轉開酒瓶的軟木塞，他的V領毛衣襯托出結實的胸膛。「坐下來加入我們啊。」

柔依和我坐上一張情侶沙發，但今晚那裡是不會有什麼情愛了。女士們肩並肩坐在長沙發上，辛西雅的優雅高貴更讓我媽看起來像個大學生，但她確實也是學生沒錯。她的花朵圖案上衣因為洗了太多次都褪色了。

「我以為妳今晚要上班。」我對我媽說。

「呃，這個好像更重要，」她回答：「所以我翹班了。」

「這個」？「這個」是指什麼？感覺很像玩《決勝時刻》，你走進一處後院，結果三十名精壯大兵等著朝你身上落下槍林彈雨。這叫襲擊，好嗎？

「你媽和我正在討論你和康納有多麼鬼鬼祟祟。」辛西雅輕拍我的膝蓋。

我強迫自己擠出微笑，雙唇緊閉，咬緊牙關，壓抑自己的慌張。

賴瑞拿回另一瓶酒，將它倒進一個花俏的玻璃容器。「大家都不知道你們兩人這麼麻吉。」他說。

我拚命找話題讓大人們分心。「什麼東西聞起來那麼香？」

辛西雅朝廚房看過去。「米蘭雞排。」

我感覺我媽在瞪我。「我不知道你常到這裡來。」她幾乎無法從自己緊繃的微笑擠出任何話。在我們到達前，他們應該聊了很多。究竟說了些什麼？她知道了些什麼？

「妳一直在工作。」我說。

「為什麼我會以為你是在杰德家？」

我別開視線。「不知道。」我離開身體，從遠處看這一幕劇情大展開。或也許，這才是我心底最期盼的吧。

「妳可以放心，我們把他照顧得好好的，」賴瑞說，將我媽的酒杯斟滿。「他跟我們在一起時，都可以吃到好料。」

「真好。」我媽喝了一大口酒。

「艾文給我看了妳找到的那些獎學金徵文比賽，」柔依說道；「真的令人印象深刻。有好多選擇喔。」

終於有我媽可以表現的話題了。「是啊，艾文的文筆很不錯。」

「我一點也不意外。」賴瑞說。

如果他們要把我當隱形人般繼續談論我，那麼也許我可以離開了？因為我確信我再也無法看下去了。

「他去年的英文老師說，他寫的那篇關於《秀魯》的報告，是他見過最棒的作品。」我媽說。

「真的很厲害。」辛西雅展露的驕傲幾乎與我媽的相當。

「是《秀拉》啦。」我不是故意大聲糾正。

「《秀拉》？我剛說什麼？」

「《秀魯》。」我低頭看地板。只有持續瞪著它才能讓我安心。

「秀魯應該是《星際迷航》的角色，」賴瑞說：「如果我沒記錯的話。」他天真地笑了，柔依也加入他。她想抓我的手，但我想也不想就抽開手。現在我不想讓任何人碰我。

我媽瞪著她的酒杯。「是我不對。」

我剛才不應該那麼做的，如今她的尷尬成了我的羞愧。一種令人難以承受的沉默籠罩室內。

柔依轉換話題。「提到獎學金……」

「我想不如我們直接切入正題吧，」賴瑞說：「辛西雅，可以請妳……」

「呃。」辛西雅說道，讓這個字在現場眾人的大腦中留下深刻印記。她將酒杯放上茶几。

無論接下來要發生什麼，我已經無力阻止了。

「前幾天，柔依正好提到，艾文遇上了一些阻礙，」辛西雅說：「也就是說，上大學時會面對的經濟負擔。賴瑞和我開始思考這件事。我們很幸運，有能力存了一些錢，準備給我們兒子上大學。」

提到康納，她一時無法繼續。賴瑞握住她的手。我穩住自己。

「我還好，」她說，停下來喘了一口氣。「今天早上我打電話給妳，海蒂，請妳過來晚餐，因為，嗯，首先呢，我們想謝謝妳允許讓妳的寶貝兒子進入我們的生命。他是我家康納非常非常親密的朋友，我們也非常喜歡他。」

賴瑞與柔依又笑了起來。我媽擠出一絲微笑，不想被排除在外，但當然，一切已經太遲。她一直到現在才意識到這一點。「我們希望，能在妳的祝福與允許下——我們——賴瑞，我，當然還有柔依——我們希望，能夠把為兒子準備的這筆錢，送給艾文，讓他可以拿來實現夢想，就像他幫助康納——」她再次深呼吸——「實現他的夢想一樣。」

我感覺我的手被捏緊了。我聞到烤雞的香味。辛西雅後面有一隻我不認識的動物雕塑。我快吐了。

「妳覺得呢？」賴瑞問

我認為這該是我想像中有史以來，人類最仁慈、最有同情心也最慷慨的舉動了，我完全不值得，拿了這筆錢，我就下十八層地獄。

我幾乎可以看見我媽內心激烈交戰的各種情緒。最終沒有真正的贏家。她只回答：「哇，我……我不知道該說什麼。」

我也不知道該怎麼回答。

「假如能讓我們為艾文做這件事，對我們而言，會是很棒的一份禮物，」賴瑞說。辛西雅也點頭稱是。「是我們很大的榮幸，海蒂。」

我看見我媽的情緒已經挑好該站哪一邊了。她的臉僵硬了起來。

「嗯，」我媽說：「真的非常感謝你們，但我們沒問題的。我可能沒有很多錢，但我還是有些積蓄。」

「喔，不，不，」辛西雅說：「我們沒有那個意思要——」

「不，不會的，我懂。」我媽放下酒杯，似乎突然意識到它是毒藥。「我只是……那筆錢我們是有的。不好意思，讓你們感覺我們經濟困難。但是，就算學費不夠，艾文也可以申請學貸或獎學金，或上社區大學也行。那也沒什麼不好。」

「真的，真的。」賴瑞連忙回答。

「我認為這是對我們最好的安排。我不想讓艾文認為靠別人的恩惠上大學是可以接受的。」

「這算不上恩惠。」賴瑞說。

「呃，但是，作為他的母親，我需要為他樹立榜樣。人不能期待陌生人提供好處給你。」

「我們真的不算陌生人。」辛西雅說話了。

大家都轉向她，她剛才的喜悅成了傷痛。我不知道其他人是否跟我一樣，都看見了插在她心口的那把刀。

「當然不是。」我媽從沙發站起來。「謝謝你們的酒，真的很好喝。」

「等等，」辛西雅說：「妳不留下來吃晚餐嗎？」

「我想我最好還是回去工作了。」

「喔，真的嗎？」辛西雅說。

「是啊，」我媽朝我丟來一個利刃般的眼神。「假如我早知道艾文這麼擔心我家的財務狀況，我今天晚上就不該請假。」

她抓起包包，手機掉了出來，讓她得跪下來，趴到茶几下面把手機拿出來。大家都默默看她，不知道該怎麼做，也不知道該說什麼。那真是太窘了。一分一秒過去，我望著她重新站起來，拉直自己褪色的花襯衫，轉身走出屋子。

然後她就這麼走了。大家都轉頭看我。

*

那天稍晚，我打開我家前門，客廳的燈是開的。我發現我媽坐在沙發上，還穿著她晚餐時的那身衣服。她沒在看書，沒在看電視，也不是在喝酒，不打算去工作，就是下定決心等我回家。

墨菲一家人都很難過內疚，感覺自己冒犯了我媽。辛西雅本來想打電話向我媽道歉，我告訴她不用了。我設法打圓場，對他們解釋我媽最近壓力很大，一面上班，一面上課，事情多得不得了，平常已經累得跟狗一樣，所以，會有點不知該如何應付（我還絞盡腦汁，用了所有我能想到的各種形容詞）。我坐在餐桌旁，強迫自己吃點雞肉，但我一點也不餓，只能努力撐過那頓晚餐，一分一秒都痛苦萬分。

「他甚至還保證等我畢業後，會給我律師助理的工作做，」我媽說，一面從襯衫拉出線頭。「給了我他的名片。」

搭車回家的路上，我不斷提醒自己要保持冷靜。但我已經超級惱火了。

「所以呢？這樣有什麼不好？從妳嘴裡說出口好像很不堪。」

我媽終於看我了。「你知道這多丟臉嗎？知道自己的兒子一直跟另外一家人在一起，我甚至完全不知情？你都說你在杰德家。」

我聳肩。「妳根本都不在家，何必在乎我人在哪裡？」

「他們把你當兒子看了。這些人。」

這時我再也不可能保持冷靜了。「他們不是『這些人』，好嗎？他們是我的……」

「什麼？他們是什麼？」

我不知道。

「因為他們好像收養了你，講得好像我根本不存在。」

「他們照顧我。」我說。

她從沙發跳起來。「他們不是你的父母，艾文。這不是你的家人。」

「他們對我很好。」

「喔，他們超好的，超級善良。」

「沒錯。」

「他們又不了解你。」

「妳呢？妳就了解我？」

「我本來以為我了解你。」

她聲音中的失望，聽起來像是我自己的聲音，我腦子裡的聲音，只有我自己聽得到的聲音。每天早上我起床以及晚上睡覺前提醒我的那個聲音。提醒我，我是個騙子。但如果我鬼話連篇，那麼她也不遑多讓。

「妳又了解了我什麼？媽？妳什麼都不懂。妳甚至從來沒有多看我一眼。」

「我盡力了。」

「他們喜歡我。我知道這很難相信。但他們不認為我有什麼問題。不覺得我有問題，因為妳就這麼認為。」

她湊近我。「我什麼時候說過了？」

她不會認真的吧？我該從哪裡開始？「妳要我接受治療，看心理醫生，吃藥……」

「我是你媽，」她毫無悔意地說：「我的工作就是照顧你。」

「我知道。我真是個負擔、拖油瓶。我是妳這輩子碰上最大的累贅。我毀了妳的人生。」

「你好好看著我，」她說，用力捧著我臉。「你是唯一……我這輩子……唯一遇上的好事。艾文。」

她的眼神脆弱了，我該放鬆了，就放她一馬。但我早已厭倦總得控制自己的情緒，只是為了給她台階下。

「抱歉，我盡力了，我能給的，就這麼多了。」她失控了。

我抽身。「所以別人能給得更多，就不是我的錯了。」

第二十四章

這些人跟見了鬼一樣。我走到站牌時，那些學生就是這樣看我的。難道我內心的空洞已經展現在外表了嗎？或者因為我已經好幾星期沒有跟他們一起在這裡等車，他們很訝異我回來了？沒錯，我是回來了。但其實，我有如行屍走肉。

我騙了柔依，告訴她今天早上我不需要搭便車上學，我媽會帶我去。經過昨晚之後，要她相信並不難。

我整晚沒睡，我真的睡不著。天亮時，我甚至考慮翹課，躲在被窩一整天。我強迫自己起床。我媽媽出門上班了。我準備時，沒有在浴室鏡子、廚房流理台或大門上看見等著我發現的便條。

*

整節英文課，我都在瞪天花板，上微積分時，我在書桌成功鑽出一個小洞。我只想獨處，就像我一直以來那樣。不想被打擾、注意或質疑。但我只是在一廂情願。

吃午餐時，艾拉娜不知從哪冒出來，一把抓住我，顯然是躲在餐廳等我。

「康納為什麼自殺？」她問。

艾拉娜平日已經夠認真了，但今天她特別積極，我真希望就這麼一次，她找上我之前，至少可以先打聲簡單的招呼……

「等等，什麼？」我說。

「他的狀況明明已經越來越好了。」她手裡拿著一疊紙。「他在每一封電子郵件都這麼告訴你。結果一個月後，他自殺了？為什麼這些電子郵件中有好多不合理的疑點？」

「因為有時候，人生就是沒有道理，懂嗎？它本來就是混亂複雜的。」

「就像你跟柔依約會嗎？」她看著四周接著說下去，「你知道大家在背後怎麼講你嗎？」

他們說什麼？我從沒想過任何人會在背後談論我。這麼久以來，我的定義就是邊緣人或隱形人。頓時，我開始以局外人的角度看待自己：艾文．漢森在好友去世沒幾星期後，就開始跟他妹交往。

幹，這聽起來超渣的。

我設法將不好的想法從腦海抹去，一面挑戰艾拉娜。「妳又何必如此執著？妳連康納是誰都不認識。」

「因為這很重要。」

「因為你們是實驗室的夥伴？或者是，我不知道，可能因為它讓妳的大學申請表多了另一項可以加分的課外活動？」

我從來沒看過艾拉娜此時臉上的表情：挫敗。

「重要。」她顫抖回答：「是因為我也了解不被人看見是什麼感覺。就像康納。隱形、孤單，就算直接人間蒸發，也不會有人注意。我打賭你也知道那種感覺。」

她在等我回答。當我沒說話後，她對我搖搖頭便走開了。

我擺脫空洞感。此時我的心臟猛烈跳動，汗水布滿額頭。艾拉娜喚醒了我原始的本能。或戰或逃。這一次，我已經準備迎戰了。

我掃視餐廳找到杰德，瞄見他在排隊等餐。幾天之前，我跟他「怪怪的」之後，我們就沒說話了。他似乎永遠出現隊伍的另一邊，不然就等著結帳。

「我們需要更多的電子郵件，」我告訴他：「內容要讓人感覺康納狀況越來越糟。」

杰德翻了白眼，然後大笑。

「不好笑。」我說。

「喔？我覺得很搞笑，」杰德說：「我想大概全世界的人都會覺得好笑。」

「什麼意思？」

「意思是，你應該好好記得自己的朋友是誰。」

之前，我幾乎得苦苦哀求杰德，請他當我的朋友，現在他還想站在這裡威脅我，假裝他脆弱的心靈被我傷害了？他比我想像中還要奸詐。「你告訴我，你跟我說話的唯一原因是因為你的汽車保險。」

他聳肩。

「也太有意思了吧。」我說。

「怎樣？」

「你的『以色列女友』，」我雙手在空中比了雙引號，讓他絕對不會錯過我要強調的重點，「還有你在夏令營認識的『兄弟』？我可從來沒聽過你說出他們任何一個人的名字。」

「如果你想聽的話，我當然會說，」杰德回答：「你是想說什麼？」

我朝他走近一步。「也許你跟我說話的唯一原因是因為你沒有其他朋友。」

他笑了，開始有點動搖。「我可以抖出全部的事實。」

他在虛張聲勢。如果我落水，他也會跟我一起被拖下去。我降低音量。「好啊，杰德。去說啊。」他沒有反應，於是我繼續。「告訴每一個人，你是如何寫那些電子郵件，把自己當成一個自殺的少年。」

話一說出口，我就想要時間倒轉，取消剛才所說的一切。我曾經想像自己哪一天會讓杰德啞口無言。真是不好意思，我剛不小心發現答案了。

「你真他媽是個混蛋，艾文。」他終於說。這幾個字比他的意圖更傷人。

又一次，我讓他自食惡果。我原以為自己會因此好過一點，但我的感覺跟他一樣糟糕。我望著他離去，他隨著我踩進同一處泥淖了。

同時，我還得記得要微笑。我想向任何看著我們的人保證，無論他們認為自己剛剛看到什麼，那只不過是朋友間無害的玩笑。其中一位注意到我們的，就是在另一端的柔依。看來，眼下唯一真正的選擇，就是拔腿就跑。

我終於成功將一隻腳放在另一隻腳的前面，轉身離開她，走出大門。

*

但我逃不遠。那天晚上，在我躲她一整天之後，她發了一封簡訊給我：我在你家外面。

要宅在我房間，對我而言，曾經易如反掌。不久前，全世界大概只有一個人會到處找我，更何況，那個人——生我的那位女士——也曾經好幾天不見人影，找我的人數便降到零。但近來我感覺自己就像個人人要找的通緝犯。

我下床看著窗外。我看見柔依了——她在街燈下散發光暈，坐在她藍色沃爾沃的行李箱蓋上。

一番猶豫後，我打了回覆：馬上到！

驚嘆號只是用來看的。我總是很高興見到柔依，但現在層層恐懼將我裹得死緊，要我繼續隱匿獨居。

我打開抽屜，找到我的安定文。奇怪，現在看見我的藥，卻令我反胃。我不再是那個人了。我不想變回過去的我。我將藥罐塞到抽屜深處。

我拋開疑慮，片刻後，我走出家，加入在街上的柔依。「嘿。」我打招呼，不確定該請她進屋或上車，或者做點什麼。

她沒有想抱我，她仍然坐在原處。我還站著，一面觀察我們之間的距離。經過昨晚後，我們怎麼可能沒有距離？假想的距離是一回事，但真正出現隔閡又是另一回事。如今一切成了現實，這讓我有點難以承受。

「怎麼了?」她問:「我只想知道為什麼。」

我檢查她的表情,想找出她的意圖,一點暗示也好,但它完全空白。「我不確定妳在說什麼。沒事啊。」

「沒事?真的嗎?」她的聲音突然犀利了。

我感覺腳下開始搖晃。「怎麼了嗎?」

她強迫自己微笑。「是嗎?你一整天都不理我耶。我不懂。我想幫你,替你設想,為你做點事,結果,不知道,你媽抓狂了,然後……」

「是啊。」我鬆了一口氣。「我知道。」

「真的有點……」

「怎樣?」

「怪。你不覺得嗎?」

對?不對?也許?我真的不知道該如何思考了。

她看出我的困惑。「我們已經交往一段時間了,我還以為都很……我們……」她頓住了,低下頭。「你媽根本不知道我是誰。怎麼會這樣?你從來沒有提過我,一次都沒有?」

這很複雜。太複雜了。「我媽和我……我們不是……不是這樣的。」

「哪樣?艾文?我一直告訴你我想見她,你每次都改變話題。這是在幹嘛?你是先跟我哥祕密往來,現在連我也當起地下女友了?我累了,一直被我附近的人當成空氣。」

我往前靠,想接近她。「對不起。」我說。

「夠了……」

「真的，真的很抱歉，我不是故意要——」

「夠了！好嗎？不要再道歉了！」

她的話在街上迴盪。我好想跟著它，消逝在空中。

她頭垂得好低，什麼話也不肯說。如果她想離開，她大可以開車離去。但她沒有。她還在這裡。

我陪她一起坐在車蓋看著遠方，一陣風抖動一棵黑橡樹。那棵大樹，那種高度，可能年紀比我家屋齡還老。但儘管它看起來強大倨傲，它仍然會隨風搖曳。

「真的很難熬，」她說：「過去幾個星期。」

我知道她的意思。真的不好過。我好希望她告訴我她的心情——對我們的關係，我們之間發生的一切。我可以做得更好，我發誓。我們可以克服難關的。

「我只是……」她開始。

「妳可以告訴我。」

「我只是很想他，」柔依說：「他不在，什麼都不一樣了。有時候，他真的是垃圾。但我還是很想他。」

他。他。幹，我到底是怎麼了？

她看著我的眼睛。「你不想他嗎？」

我是他最好的朋友。「當然。」我說：「我當然想他。」

她將頭靠在我的肩上。「不要走。」

我努力呼吸。「我不會的。」我告訴她。

「不，我是說，永遠不要離開我。」

我望進漆黑的夜。

第二十五章

昨晚將我擊潰了。當我坐在那裡，望著柔依對我開敞心情，卻無法對她坦白——這是純然極致的痛。

然而，為了留住她，我甘願承受。她對我意義重大。她善良、古怪、風趣、聰明、熱情、沒有安全感，雄心勃勃，善變又才華洋溢。她堅持立場，暢所欲言，對我說的話都很感興趣，就算我滔滔不絕談論鳥和樹也無所謂。她喜愛我的獨特，覺得我笨拙的穿著打扮很可愛。她說我的臥室有種「少年魅力」。她不介意握住我汗溼的雙手。她也會挑戰我，讓我在說道歉前三思。她強迫我吃加州捲之外的其他壽司。她要我們搭配彼此的萬聖節服飾（後來我們講好邦妮與克萊德，我已經買好我的軟呢帽了）。她讓我重新有了信心，讓我想再去考駕照。她想知道我的每一部分，我住在哪裡，我小時候的模樣，我媽是誰。她甚至關心我的未來，設法請她父母支付我的學費。柔依與我最終有可能上同一所大學。我看不出我們無法繼續長相廝守的理由。我曾經認為「靈魂伴侶」是我聽過最可笑的四個字，但也許不是。也許它真的超出我們理解的範圍，可能柔依就是我真正的另一半，成為我的妻子。我總算可以拋開我對婚姻的疑慮，無視那些悲慘的離婚統計數字與我父母的殷鑑。我甘願為她犧牲一切。

不只是對她，我也會這麼對墨菲夫婦。他們給了我好多。他們邀請我進他們家，張開雙臂歡迎我，進入他們的生活。他們的慷慨、支持與認同讓我受寵若驚。賴瑞的指導與信任。辛西雅的愛，她的擁抱。柔依親口告訴我，她媽好喜歡我陪在她身邊。她對我做的一切有多麼「著迷」。因為我為她帶來了康納的一切……康納。

那些謊言——無論我如何說服自己，我永遠無法逃離那些謊言。如果我能找到說法解釋一切就好了，或許墨菲夫婦能體諒我。也許，人人終究都會明白的。

但我早已一遍遍在腦海演練謊言被戳破的那一天，到時，我會全盤托出，毫不保留，但每次我這麼做，只會得到同樣可怕的結論：一切就要完了。我會回到原點。回到最初。那裡沒有墨菲夫婦，沒有柔依，沒有朋友。誰也沒有。空虛荒蕪。只剩下孤單，只留下寂寥。

墨菲夫婦同樣會感受孤獨悲傷，什麼都沒了。沒有安慰。毫無希望。過去幾星期，他們得到的寄託與安慰，就要盡數剝奪。他們重新陷入悲慘絕望，回到我最初見到他們時的心理狀態。當時，我們還沒有創造那個專屬孤單靈魂的社群。那時，一切尚未好轉。

該重新調整焦點了。

我躺在床上，發一封簡訊給艾拉娜，請她跟我視訊。很幸運，她總是隨時待命。我不清楚這個人是否需要睡覺。

「早安。」當她的臉出現在螢幕上時，我說。

「怎樣？」她連從書桌抬頭看我都沒有。

「艾拉娜，我這個共同總召當得很爛，抱歉。妳完全正確。但我現在回來了，我準備盡我所能，全力讓專案成功。」因為替代方案太可怕了。

「太遲了。」艾拉娜說：「我已經自行繼續了。」

這不是我要的反應，我需要一點時間恢復。「妳已經繼續？什麼意思？」

她丟下自己的筆。「你的立場很清楚啊，你對參與『康納專案』完全沒有意願。」

「我有！我發誓。我可以拍更多影片，我可以寫部落格。」

「這些我都可以自己來。」

「如果是妳寫就不一樣啊。人們是想聽我要說什麼。我是他最好的朋友。」

「你知道嗎，艾文？我開始懷疑這是不是真相。你一直說你們是最好的朋友。但是，靠，你的故事一點都湊不起來，七零八碎。從來沒有人看過你們走在一起，大家都不知道你們是朋友。」

我頭好暈。「因為那是祕密，他不想要我們在學校說話。」

「我聽過這一段了，艾文。」她說，回到她書桌上的作業。「這些故事我們都聽過了，好幾百萬次了。」

「但是……妳也已經看過電子郵件了啊。」

艾拉娜幾乎笑出聲了。「你知道搞一個假的帳號，還有把郵件日期往後設定有多麼簡單，對吧？因為我很清楚。」

我的肺部抽緊，無法呼吸，我想用力吸氣，但怎麼樣也吸不到。

不知道艾拉娜在我臉上看到了什麼，總之它觸動了她的一絲憐憫。「這樣吧，艾文，『康納專案』感激你的貢獻，但可惜，天下沒有不散的宴席。我目前是一項活動的總召，需要募集，喔，一萬四千美元，恐怕我不能再浪費時間了，再見。」

「艾拉娜！等等！我可以證明我們是朋友。」

她的手指在鍵盤上方僵住了，她的好奇心凌駕一切。「是嗎？」

我將聊天視窗最小化，找到電腦檔案。

「在這裡。」我說，將它傳過去。

我看著她打開檔案，認出它的內容。

「如果我們不是朋友，」我說：「那他為什麼會把遺書傳給我？」

「喔。真的。我。的。天。啊。」

「妳現在相信我了嗎？」

她大聲讀出來：「『親愛的艾文．漢森，到頭來，今天一點也不美好。未來，也不會有什麼美好的一星期或美好的一年。』」

這些文字完全令我難以承受，現在的我更聽不下去，它們讓我窒息。「妳不可以給別人看，知道嗎？不需要有人看到這個。」

「人們最需要看到的，就是這個，」艾拉娜的眼神變得狂放。「我們需要找到新的東西，開發新的興趣。」

我從床上跳起來，拿著筆電四處走動，全身發抖。「可以拜託妳刪了它嗎？」

她忙著打字，幾乎沒有在聽。「你難道不在乎果園的重建嗎？這是實現康納夢想的最佳方式。」

「不行，不是這樣的，艾拉娜，拜託妳！」

新訊息出現，我愣住了，我的螢幕頂端有通知，告訴我艾拉娜・拜克剛剛貼文到「康納專案」的社群網站。我的手指顫抖，點開連結，只花一秒鐘，我又捲入了另一個殘酷現實——一顆龐大隕石剛擊中了地球。

「妳把它放上網了！」

我用全身細胞祈禱，我現在看到的是全是私人訊息，人們無法看見。但讓我陷入極度恐慌的是，大家全都看見，一切都無法挽回了。

艾拉娜甚至寫了序：**康納的遺書，是寫給我們大家的，請盡量與更多朋友分享。在所有你知道的社群網站貼上它。如果你曾經跟康納一樣寂寞孤獨，那麼，請你考慮捐款給「康納・墨菲紀念園區」。金額隨喜。**

「艾拉娜，妳不懂。」我已經喘不過氣。「妳得把它刪了，拜託，拜託妳！刪掉！」

她聽不見了。

「艾拉娜！」

她消失了。

我坐了下來，我下方的床鋪不夠牢固。現在已經沒有任何東西穩固到足以擋住我的墜落。

我更新網頁。我忍不住。各界回應立刻如洪水湧上，憤怒洶湧的潮水，無法抑遏。

有人看到這個了嗎？康納．墨菲的遺書。

這是真的，親筆寫的。

已轉傳。

世人需要看到這個。

跟你認識的人分享

所以果園才這麼重要，大家

我才剛捐五十美元，贊助重建果園

我認為大家都該盡自己一份心力

已轉貼

他寫遺書給艾文．漢森，

因為他知道家人不會鳥他

還有，他父母，超。級。有。錢。

已轉傳

已分享

已按讚

五元捐出去了

二十元

我捐了一百

或許他們該把自己的錢拿來幫助兒子

請在推特轉發

艾文・漢森是唯一關心的人

已書籤

已分享

已轉傳

「我所有的希望，就繫在柔依一個人身上」

柔依他媽的是個婊子。相信我，我跟她同校

已分享

已轉傳

十元

我剛捐了五十

我四十五。如果我女兒沒有自殺，現在也四十五了。

快達標了

大家繼續轉發

賴瑞・墨菲是大律師，眼裡只有錢

辛西雅・墨菲就是那種討人厭的貴婦

一百六十元，果園就快達標

靠北墨菲一家

讓他們跟康納感同身受

我愛大家

喔，我的天啊，我們已經超出

募資金額整整兩百

他們家就在彎道盡頭，門是紅色的

柔依房間窗戶就在右邊。後門從來不鎖

這裡是柔依的號碼，如果我的消息來源正確

我捐二十

我沒叫大家做違法的事喔

全天候，白天或黑夜

一千

按他們家電鈴

打電話到有人接為止

我屏息坐在這裡多久了？

我關上筆電，想找我媽。她不在家。不訝異。

我沉坐在地，一切的重量，整個世界，朝我身體壓上來。我無處可去，無處可躲。地板隆隆作響。拜託現在來場大地震。我理應被大地吞噬。

我坐起來，找到隆隆聲的來源：是柔依打電話給我。我雙手還在顫抖，接起電話。

「你能過來嗎？」她問：「我真的好害怕。」

我不知道自己該如何坐起來，把一切忘記，然後趕到墨菲家。我不認為我做得到。

但，柔依需要我。

「當然。」我說：「沒問題。我馬上到。」

*

「我不懂。」辛西雅滑著平板，看著永無止盡的留言。「他們從哪裡拿到康納的遺書？」

賴瑞慢慢在廚房踱步，一面搖頭，前後走來走去，走來走去。「我不知道。」

我坐在柔依與她媽對面，雙腳用力踏著磁磚地。外面天黑了，但我確定我剛到時才是下午而已。我一直默默坐著，望著墨菲家三個人設法理解網民針對他們的負面抨擊。我在此提供道義上的支援，而非透過言語。我握住柔依的手，他們跟我說話時，我就點點頭。但是，輪我說點話了，雖然我不信任自己的聲音會起任何作用。

「我試著打給艾拉娜，但她沒接。」

「這裡面有些是成年人，」辛西雅說道，沒有理會我，將平板遞給她丈夫看。「看見大頭貼沒？都是大人。」

柔依也在筆電看留言，她的眼淚都流光了。剛才我到這裡時，她明顯才剛哭過，但她的臉頰都乾了，彷彿對落在她身上的憤恨雪崩渾然不覺，麻木無感。

艾拉娜的貼文已經到處轉傳分享，似乎人人都看見了。我還在尋找出路，但一直沒找到。

電話響了，沒人要接。

「讓它響。」賴瑞說。

柔依無視父親，接起電話。「喂？」

我們預備即將來到的回應。

「柔依？」賴瑞問：「那是誰？」

「媽的去享受你的悲慘人生啦！」柔依說，立刻掛上電話。

賴瑞要她交出話筒。「我看號碼。」

「沒有顯示，爸。算了。」

辛西雅臉頰抽搐。「他們跟妳說什麼？」

「不重要了。」柔依說。

「他們威脅妳嗎？」

「不重要了。」柔依重複。

昨晚，我在她身上觀察到一種深沉直率的悲傷。現在的柔依更隱晦內斂，恐懼、疲乏與失望，還有，對了，加上哀傷，讓她已經不知該做何感想。

「夠了，」辛西雅說，關上她的平板。「我要報警。」她站起來，開始挖她的包包。

「先等一下，」賴瑞說：「我確定事情會慢慢平息的。」

「你就愛這樣解決問題，對不對，什麼事也不做。」
「我這樣說了嗎？辛西雅？」
柔依拜託他們夠了，但夫妻倆沒聽見她，要不就是他們完全擋不住自己。
「再看看，」辛西雅找到她手機。「我們再看看，對不對？賴瑞？」
「不然妳要警方怎麼做？這是些都是網民，難道要把網路整個逮捕嗎？」
「我無時無刻都在拜託你，一輩子都在求你。」
「等一下。」賴瑞舉手抗議。
「我苦苦哀求。」辛西雅說：「那些療程，那些勒戒……」
「是妳自己期待會有奇蹟出現。」
辛西雅蔑視大笑。「奇蹟療法？真的嗎？你認為就是這樣而已？」
「只因為他需要的是一個週末就花掉兩萬元的瑜伽課。」
「不然你還有什麼選項？賴瑞？你只知道只要我做什麼，就挑我毛病。」
「就讓他好好上課，然後一路堅持。」賴瑞回嘴，然後走到別的地方。
柔依出聲。「錯了，爸爸，你只想懲罰他。」
「聽你女兒怎麼說的，賴瑞。」
「你把他當犯人看待。」柔依說。
賴瑞站在吧台前，替自己倒了一杯酒。
「你聽到她說的話嗎？」辛西雅說。

「妳覺得妳自己就比較好嗎？媽？」柔依問：「康納想做什麼，妳就放任他。」

「謝了，女兒。」賴瑞說話了。

房子著火了。都怪我，是我放的火。這不是我想要的，我原來只是想幫助他們。這裡是我的避風港，儘管有點難以想像，但這是真的。我在這裡有安全感，覺得被接納，被需要。如今，它在我面前搖搖欲墜，捲入痛苦、焦慮與不安的烈焰。它成了「我」。

辛西雅對著丈夫的臉大吼。「他第一次威脅要自殺時，你還記得你說的話嗎？」

「喔，拜託喔。」賴瑞說。

「『他只是想引人注意。』」

「我不會站在這裡替自己辯護。」賴瑞走到窗邊。

辛西雅不放過他。「他原本已經好多了，問艾文就知道。告訴他，艾文。」

我？我的腳停下動作。我試著想說話，什麼都好。快點，加油，試試看：快補上我漏洞百出的故事。

「艾文盡其所能幫助他，」辛西雅說：「這就叫作關心。」

她把我描繪成英雄，但我的面具下其實躲著一隻怪物。

「艾文正在否認眼前見到的一切。」賴瑞說。

「不要把他扯進來。」柔依說。

「妳認為我不在乎？」賴瑞看著窗外。「或許妳很難相信，但我跟妳一樣愛他。」

這句話打動了我，但辛西雅沒有。「可是，那封遺書又怎麼說呢？賴瑞？」她將信從抽屜拿出來，放在餐桌上。「白紙黑字寫在這裡。『真希望一切終能有所不同。』他想改變。他想變好。」

賴瑞轉身。「我盡力了。我用我知道的唯一方式想幫助他，如果那還不夠……」

我雙眼發直。我在聽，也沒有在聽。我恍恍惚惚，幾乎認不出我眼前的東西了，它就在餐桌中央，我已經坐在餐桌旁超過一小時了，曾經有好幾星期，我曾經受邀坐在這裡用餐。我原本視而不見，但突然間，我看清楚了。它是一切的起源。是它讓我成為現在這個騙子：那些蘋果。

蘋果們仍然放在同一個大碗裡面，我最早就是在那裡看見它們。當然，它們已經不是我幾星期前看見的同一批蘋果，如今，它們代表的意義也與之前大大不同了。它們曾經有幸成為我謊言的來源。如今，它們銳利提醒了我最嚴酷的真相。

蘋果旁邊是我的信。我的眼睛看向最後一段話：**真希望一切終能有所不同**。我挪開視線，受不了再看它一眼。我受不了直視自己，面對我所做的一切。我究竟做了什麼？

「他想變好。」辛西雅說：「他很努力了。」

一種嗡嗡聲，從我的內心開始泛出。

「他失敗了。」賴瑞說。

嗡嗡聲穿透我的骨頭、血液與皮膚。

辛西雅用力拍桌。「我們辜負了他。」

「不。」

我的聲音讓大家都嚇到了。

大家頓時沉默下來。

我的眼神閃躲，無法對焦。這裡，只有一個人辜負了大家。這是一次慘烈的挫敗。不是他們，從來就不是他們。他們不應當被這樣對待。

「你們沒有辜負他。」

這句話猶如耳語。如果我有力氣，我會大喊出聲的。

我只想為他們帶來內心的平靜，正如我在他們身上找到的平靜、歸屬感。知道自己的存在還有意義。這是他們給予我的。給我的。

辛西雅拿起信。那封可惡的信。「看看他寫了些什麼。」

錯。夠了。我胸口的感覺，那巨大無以復加的傷害，不斷積累、積累再積累。我再也撐不下去了。這種內疚、痛苦與焦慮，它們鑽下我的喉嚨，緊掐我的腸子，攫住我整個人，讓我無處可逃。

那股嗡嗡聲已經竄出來，讓我顫抖，我止不住了。

它在我體內，我受不了了。

嘗試、失敗，嘗試。我閉上雙眼，我不……

「信不是他寫的。」我說

我屏住呼吸，試著將時間凍結，想像如果我能永遠把空氣留在肺裡，或許永遠不需要面對接下來的一切。但我呼吸了，因為我好虛弱，我一定得呼吸。我睜開眼睛，大家都在看我，我知道，這才剛開始：一切的結束。但現在，已經沒有其他出路了。

我大聲說：「是我寫的。」

一隻手放在我駝起來的背上，辛西雅的手。我縮開了，我好羞愧，但又希望她永遠不會放手。一位母親的觸摸怎麼可能會有這種效果？同時充滿療癒，卻又足以讓人痛苦？

「康納的遺書不是你寫的，艾文。」

這簡直無法想像，對，有誰會相信？誰會做這種事？可憐的女人，她是這麼信任我。想到這裡，我的眼睛就刺痛了。一滴淚。然後是另一滴。全都傾瀉而出。

我呼吸。我努力要呼吸。「這不是……這是一份作業，我的心理醫生要求的。」我大口吸氣。「寫一封信給自己。替自己打氣。『親愛的艾文．漢森：今天會是美好的一天的，原因如下。』」

賴瑞靠過來，雙眼觀察我。「我不認為……我不懂了。」

我試圖控制自己，不再發抖。我想要找到回答他問題的勇氣，這個男人曾經將他溫柔的大手放在我的肩膀上。「我應該要把它交出去。康納拿走了。當他……的時候，它還在他身上，後來，你們就發現了。」

賴瑞坐下來，癱坐在椅子上。他的腦子無法處理這些訊息。

「你在說什麼？」柔依問。

柔依——她的聲音最令我傷心，打在我內心最深處。我抹抹鼻子，擦擦眼睛。我襯衫留下污漬。「康納和我……我們不是朋友。」

「不。」辛西雅說，不願意相信。「不。」

我是疾病。一個會抽泣、顫抖的疾病。感染了這群無辜的好人。

「還有電子郵件，」辛西雅說：「你給我們看了電子郵件。」

童話般的感人友誼，可悲的發明。

「你還知道果園，」賴瑞說：「他帶你到果園。」

「你在那裡摔斷手臂。」辛西雅說。

我編出來的謊言大網，一絲一縷完美編織，如今死纏著我不放。因為，真相過於傷人了，這一點也不有趣。不。不。真相是：「我在艾利森公園摔斷手臂。我自己摔斷的。」

孤獨，感覺孤獨，無法……

辛西雅站起身，「不，那天，是你和康納在果園……」

她看著我，真正望著我，到此為止了。

「喔，天啊。」她說。

我看著她崩潰。

柔依問：「但你告訴我，他……你們兩個會討論我，他會……」

我已經崩潰，碎成一片片了。

「你怎麼能這樣做？」

她內心的折磨。我看著我愛的這間房子化為灰燼。

柔依跳起來，辛西雅跟在她後面。

這裡只剩下賴瑞了。我等他粉碎我，這是我應得的。我希望自己會得到懲罰，我渴望它。我等了，但過了許久，他只說了一句話。

「拜託你走吧。」

「拜託」二字徹底毀滅了我。

viii

我跟著他出去。他沿著車道搖搖晃晃，走上大街。一開始站在原地，就站在大馬路中間，轉圈、踏步、自言自語，漫無目標。我聽不見他在說什麼，直到我走近：

你究竟做了什麼？你幹了什麼好事？

我太了解了。犯下最嚴重的錯誤之後，開始清算自己。悔恨、無助、絕望、仇恨，不斷交戰，連綿不絕，自我折磨的巨大海嘯。

他扯著頭髮，一把抓住，用力猛擊自己的頭。

不。不。不。不。不。

一隻瘋狂的動物。

幹我究竟是怎麼了？

我也問過同樣的問題，到現在仍然常常自問。

我轉過身進屋。他全部說出來了，他做的一切。一切。但他仍然沒有解脫，他還得應付自己。那總是最困難的。

他在人行道蹲下來，坐在街上，就在馬路中間。看起來令人毛骨悚然。這我很熟悉：把自己當祭品。

我轉身看有沒有來車。這裡很黑，沒有路燈。我們在陰影中。我覺得自己必須嘗試。

起來，我說。

他搖搖頭，不停搖頭。他可以許願，設法讓痛苦離他而去。但它總會回頭找上他的，一切都不會停止。相信我，我試過了。

遠處閃過車燈，艾文也看到了。但是他沒有動。

我再試一次。**嘿，起來**。

如果痛苦已經在你體內了，它就會深深根植，走到哪跟到哪，無處不在。你跑不過它，無法將它抹去。不能推開它，它會一直回來。就我看來，經過了這一切，或許，最終只有一個辦法可以讓你生存。你必須讓它進來，就讓它狠狠傷害你。別等了，它終究會找來的，還不如馬上接納它。

我彎下腰，面對他的臉，我試著靠近他。曾經有人也試圖如此接近我。

這是我們最後的本能。也是最難的，幾乎不可能做到。但是，這仍然是我們唯一的選擇：

接納它，我說。

我做不到。

你聽見我了嗎？艾文？你就該這麼做，你給我站起來。然後你好好擁抱它。

第二十六章

一個人影。望進黑夜與光明的交界時，我瞥見了一個人影。我之前看過它，將它放進我講述的故事，那對我與其他人都已經成真的一段故事，現在仍然鮮活真實，我同樣再次躺在地上，等待救援，需要幫助，孤獨、無助、空虛，而從我腦海中冒出來的那個人，又一次出現了——是他沒錯。

他來救我了。

我眨眨眼，回憶起自己身在何處，我躺在馬路中間，我注意到車燈逼近。坐在這裡，什麼都不要做，是多麼輕而易舉。躲在黑暗，讓下一秒將我帶走。所有的折磨糾結，就此告終。

我耗盡了身上每一分能量，強迫自己起身。我最不希望看到的就是墨菲一家起床後，發現家門前發生血腥車禍。讓他們必須面對另一場悲劇，在我一手造就他們的苦痛、心碎與悲慘之後，我只希望他們能恢復內心的平靜，如果今晚還無法做到，那麼，但願很快可以，就在不久的將來。

而我此時只有內心交戰，一場看不見盡頭的激戰。沒關係，我知道它每一分每一秒帶來的痛苦都是我活該。

車子開過去時，我正好踏上人行道。我靠在路邊的行道樹，又是樹，該死的樹。它們四處可見，刺眼提醒我。

我孤獨一人，這是我應得的。他媽的從頭到尾，從裡到外一無是處的人渣廢物。我怎麼能自欺欺人，自認自己值得接近任何能帶給我幸福的人事物？甚至，我還被人欣然接納，進而愚弄他人，讓他們也能看重我？為了滿足我這些渴望，我的行為噁心悲哀，甚至心甘情願做出最令人髮指的舉動。我整個人都壞掉了，史上缺陷瑕疵最多的傢伙，無人能比，再也無法融入社會。原本我打算有所作為，改良自己，但如今，人們看清了我。那就是一直以來的我。

我的手機在口袋震動。是我媽。她一直傳簡訊給我，求我打電話給她。

我轉身將雙手戳進樹幹，額頭緊靠樹皮，希望把皮膚刮花。不像那一天，我現在只想把大樹一把拉下來，壓在我身上。我受夠爬樹。因為無論如何，我終究會墜落。

墜落。真棒。到現在我還在編故事，但我甚至連自己都無法誠實以對。到底我何時才能真正面對自己？畢竟，這個故事沒有其他版本，只有一個版本，一個故事。唯一真相。

我仰望這棵樹，順著它的樹枝，凝視繁星點點的夜空。

「真相。」

大聲說出這兩個字時，我想自己已經淚流滿面。星星變得模糊，在溼漉漉的水坑中盤旋。

那個故事並不好聽。

接納它。

我修好了標誌，那個愚蠢的標誌：「歡迎到艾利森州立公園，一九二七年創立。」我投入了這麼大的心力，我想他也會喜歡的。我是說我爸，他絕對會以我為榮。我發了照片給他，讓他知道我做了些什麼。結果，他的反應是？他也有事想與我分享。很特別的東西。他自己的小小成就。他回寄給我一張照片。就是超音波相片，還留了一句話：跟弟弟打招呼。

我所做的一切，我這個人，一切都沒有任何意義了。

我看見這棵高大聳然到令人敬畏的橡樹，於是開始往上攀爬。我想從上面看看世界的模樣。我已經靠近大樹最上方，俯瞰四面八方。越過樹林頂端，我可以遠眺克洛弗球場，甚至看得見市中心的高樓大廈，還有一座基地台。我什麼都看見了，這是我前所未有的體驗，遼闊浩瀚的空間，但我的感覺跟我在地面時一模一樣，感覺自己被團團包圍，困得無處可逃。就在那時，我低頭往下看，意識到自己爬得很高。我甚至還沒到樹頂，眼前還有好長一段要爬。但我覺得，夠了。我望著地面，再次抬頭欣賞世界；它很美，我知道，但是，我不屬於它。我永遠不會成為它的一部分。就在那一刻——那流星劃過般的瞬間——我鬆開手，打開雙腿，然後……

我醒過來時，人在地上，我還以為自己死了。然後，我感覺到劇痛。我的手臂麻了，我動不了。我大概處於震驚之中，自己竟然做了。我嘗試了，但也搞砸了，真是悲哀。我一半解脫，一半反胃，卻仍然孤單。我想，會有人來找我的，過來幫我，陪著我。我等了好久，就快來了，下一秒就會有人來了。

我等了好久。公園還沒開，沒有人會出現……

我站起來，走回辦公室，我不能告訴葛思巡守員事情經過，或我本來打算做什麼。畢竟會做出這種事的人，是當不了巡守員的。如此一來，一切就會結束。還有我媽，我不能面對她。

我不知道該如何面對她。
如今，面對她，也不見得容易。
但我還能去哪裡？
我離開道路與大樹，踏上人行道，開始走路。

*

「我要找我媽。」我告訴櫃台的那位女士。
「病人名字？」她問，手指放在鍵盤上。
「其實她在這裡上班。她叫海蒂・漢森。我是她兒子。」
女人抬起頭。
「妳能請她過來嗎？」我問。
她上下端詳了我一番。「當然。」
我站到旁邊等待。
我媽可能已經離開醫院去上課了。我原本可以在過來前先發簡訊或打電話，但是，整件事需要大量時間解釋，但我還找不到恰當的文字。我僅存的言語已經在剛才與墨菲一家人說話時用完了，我幾乎沒有力氣撐到醫院。
我聽到我媽驚慌失措的聲音。「他在哪裡？」
櫃台的女士指著我。我媽慌張的眼神看見我，確定我整個人沒缺一塊肉。但看到她的我則完全相反：我崩潰了。

「喔，寶貝。」她朝我伸出手。

她領我們走到外面，坐上長凳。我試著振作。這裡除了一名清潔人員正在將垃圾袋裝進垃圾桶之外，只有我們母子。我望著他把新的垃圾袋撐開塞好，把搖搖晃晃的工具車推過水泥地，走回醫院。

她撫摸我的背，鼓勵我深呼吸。好幾分鐘過去了。

「告訴我。」她說。

這不是命令，這是一張歡迎的地墊。我只需要往上踏，走向她就好。

「我在網路看到那封信，」她說：「康納．墨菲寫的……」

我點頭。

「只要有臉書，人人都看得到。『親愛的艾文．漢森：』」她複誦。「是你寫的嗎？那封信？」

我覺得好羞恥，當然，可是，我也感到解脫。萬一她沒有自己發現康納那封信，告訴她真相的人，也必須是我。

「我都不知道。」她說。

如今，深刻的愧疚果然淹沒了我，我最不願意她責怪的，就是她自己。我們之中，只有一個人犯了錯。「沒有人知道。」

「不，寶貝，我不是這個意思。我是說……我都不知道你……我不知道你這麼受傷。你會感覺那麼……我怎麼可以這麼無感？」

我終於明白她在說什麼了。「因為我從來沒告訴過妳，我甚至無法告訴自己。我花了最長的時間才發現回到真相的那條路。」

她將手放進我的掌心。「你真的不應該這樣。」

「我撒了謊。很多事，我都說了謊。不只是康納。暑假時，當我……」

我不知從何開始。

「我只是覺得很孤單……」

我無法啟齒，不知道怎麼說。

「你可以告訴我。」她說。

我搖搖頭。「我不能，妳會恨我的。」

「喔，艾文，我不會的。」

「妳應該要的。假如妳知道我當時想做什麼。假如妳知道我是誰，我有多麼差勁。」

「我早就認識你了，我比任何人都更了解你。而且，我愛你。」

我都不了解我自己了，她怎麼可能了解我？我說了什麼，我想些什麼，我都無法決定孰真孰假。我一次又一次努力探索自己，與自己對話。但我已經在這裡，宛若行屍走肉，真的還做得到嗎？有時候，我甚至懷疑自己是否仍然躺在那棵大橡樹下，也許我從頭到尾都在睡覺，也許這一切的一切，都只是一場夢。

「真的很對不起。」

我甚至不確定自己為何道歉。為了我說過及說不出口的一切，為了我做過及做不出來的一切。一切。每一件事。

她吸收我的沉默，似乎理解它的程度。「我可以向你保證，總有一天，這一切會感覺彷彿是很久以前發生的事情。」

一位母親就是可以說出這種話。她渾然不知：我的餘生將為了這一切深受其擾。

「你還記得你爸開車回來拿東西的那一天嗎？」

好吧，如果她要選在現在談論我爸，那麼我真的是搞砸了。

「他搬出去幾星期後。『我們就暫時這樣安排。』我們說。你爸和我很擔心，不知道你會如何應付我們的分居，還得眼睜睜望著他的東西從家裡搬走。但當你看到車道上的大卡車時，你非常高興。我們把你放上駕駛座，你還不讓我們把你抱走。你超開心的。」

好難想像。

「幾小時後，你爸離開了，一切終於明朗。未來就只剩下你和我住在那棟大房子。你很沮喪，我當然明白。那天稍晚時，我送你上床，你問我一件事。」

「什麼？」

「你想知道：『會有另一輛卡車來嗎？把媽媽帶走的卡車？』當時，我徹底崩潰了。我知道，無論我多努力，多麼渴望，我不可能永遠陪你。我知道我有所不足，過去如此，現在也一樣。但那天，我給你的答案，就跟我現在，以及未來每一天的答案一樣。」她看著我的眼睛，抬起我的下巴。「你媽就在這裡。你永遠跟我綁在一起了，寶貝。」

她被我困住了：我這個亂源。

當然，我心想，技術上而言，留在這裡，跟我在一起，其實全在於自己的選擇。我爸做了另一個選擇。我媽如果想要，大可以離開。或許，有時我忘了這一點。

當我向她展示我為公園粉刷的新標誌時，她整個人尖叫，她非常激賞。那明明是個笨標誌。到現在，她仍然到處吹噓。

「我們去別的地方吧。」她說：「你早就該享受自己的精采旅程了。」

這個奇怪的句子一定是她從星座運勢學來的。「妳今天沒課？」

她揮揮手，晚上有課，但我媽不去了。我們開始走路。

她一直持續前進，表情堅強無所畏懼。我不知道她是怎麼做到的。

「餓了嗎？」她問。

「不會。」

「連吃鬆餅都不想？」

「連吃鬆餅都不想。」

我再也不吃東西了。

「你想去哪裡？」她問：「無論想去哪裡，我都會帶你去。」

我為我們打開車門。「我只想回家。」

*

坐在我媽車上的副駕座位，我就像遊魂。我幾乎感覺不到屁股下面的座墊，也看不見前方道路，也沒有把空氣吸進肺部。但時間仍然在推進。否則我是怎麼從醫院回到我家車道的？

我媽把車停好，但我還沒準備好進家門。

「我想在這裡坐一會兒。」我說。

「好。」

「鑰匙留下來。我會鎖好車門。」

她看了看我。我不知道她在看什麼，隨便吧。就讓她看她覺得自己想要看的東西吧。我的眼睛許下某種承諾。

她遞給我鑰匙，收拾自己的東西。我望著她沿著小徑走進房子。我們的房子。多年前，我們來到這裡，尋求新的開始。

駕駛座空了。我上次摸方向盤已經是很久以前的事了。我爬進座位，坐上媽平日的位置。我摸摸方向盤，手指沿著光滑弧線撫摸。雙手緊緊握住十點鐘與兩點鐘的位置。

我讓自己坐得舒適，伸展雙腿，測試踏板。一開始輕輕往下踏，然後加點力道。

十年前，我在另一個車道上，坐在另一位駕駛的座位。如果那天，他把我帶走呢？我現在會在哪裡？主臥室有黑影移動，我在它隔壁的房間開始及結束自己的每一天。許多個夜晚之前，我以為自己看見康納站在大街上，望向我的窗戶。有時他的存在感覺如此真實，如此接近，那晚，我無法說服自己那不是他，或往後的那幾個晚上。即使我知道那不可能。

但今晚，抬起頭的人是我。我腦海中的相機放大，往上到我家二樓，走進我十分熟悉的臥室。它的每一分每一寸。藏在裡面與下面的一切。牆上有張地圖，上面曾經標記許多目的地。那些我曾經想去的地點，那些我曾經有過的夢想。現在，地圖上空空如也，只成了一幅空白的大帆布。

ix

房子很安靜，和那天一樣。我的家人現在正在樓上，一切就跟那天一模一樣。那一天，我的最後一天，我獨自在此。

我離開米格爾家的那天起，我們就沒再說話了。他後來立刻發了幾封訊息給我，我一直沒回。然後，他也失聯了。

那是我生命中最漫長的夏天。我不能吃飯，不能看書，無法坐著不動。如果沒有吞很多藥，則根本睡不著。晚上，我會走進我家後面的公園，嗑藥，把自己搞得很嗨，然後凝視星星，搜尋答案。想知道為什麼我會這樣——支離破碎，再一次孤單。

我無法忘記米格爾或我們有過的一切。那些情緒，傷害與仇恨，加上更多的傷害。我會在素描本畫他，畫他脖子上的胎記，然後撕碎它。我不斷在腦海重播我們在一起的最後一天。他本來是想見我的。但我有些部分過於深沉黑暗，那些東西，他非常不喜歡。萬一他知道了，絕對會拔腿就跑。其實，我只是想避免發生無法避免的事：要是我不先離開，他也會掉頭離我而去。

然後：獨自度過了這麼多天後，我突然回學校了。回到那個空間，不知怎麼的，就是不對勁。於是，在衝動之下，我決定找上他。我發了訊息：

第一天，大衝擊。希望你能遠離尼爾森老師的清晨口臭。

我等待回覆。考夫林老師逮到我在用手機。靠，修理了我一頓。但等到我有機會再看手機時，我收到他的回覆了：豎起大拇指的表情符號。「啥？」我試著解釋它的意義，因為我覺得好怪。他似乎不想被我打擾。

然後：那一天就是這樣。和艾文在午餐時的小插曲。後來，還有他那封信。我覺得自己彷彿被憤怒的蜂群淹沒。周圍人來人往，卻不知為何比往常更為落寞。他們誰也沒見過我，也不認識我。唯一見過我的人，被我一把推開了。

我離開學校，覺得自己不斷墜落。速度越來越快。然後，我看到了，我的手機螢幕：那個表情符號。突然間，它看起來不一樣了，有了全新的意義，彷彿一盞充滿希望的燈塔。能走向他的一座大橋。我原本放棄了。或許，那個回應不是那麼糟糕無禮。因為，我也沒有給他什麼應得的回覆。我不大與外界溝通的，從來沒有。我甚至沒給他見過最赤裸直接的我，畢竟那涉及太多風險了。然後，他就這麼莫名收到我的訊息，而且是好幾個月來第一次。就算他冷淡以對，也不能怪他。

一開始在我們之間創造沉默的人是我，現在，我可以盡快結束它。只要……

站在街角，我又發了另一封簡訊給米格爾。這幾個字寫來好沉痛，感受更是錐心。但我只想到最簡單的三個字：

我想你。

我直白坦率表達自己，沒有誤解的空間。這就是我的感受，最赤裸真實的我。

我等著，不久後，在我的螢幕上，三個小點在白色泡泡中出現，有回應了。我神經緊繃，殷殷期待。我破碎的靈魂快要修復了——然後，突然間，點點消失了。

我等他的消息。我繼續等待，但它一直沒有出現。

我一直惶惶不安……

「管他們去死，」他總是這麼說。也許我一直誤解他了。也許他不會陪著我，站在我這邊，與這個世界對抗。也許他對每個人都保持這個座右銘，除了他自己。「管他們去死。」沒錯，好喔，「那他也去死吧。」

我哭了，哭得厲害。我誰也沒有了，什麼也不是了。我什麼都不是。我發誓要停止，我不要再受傷了。

其餘的都已經一片模糊了……

我找上勒戒時認識的一個傢伙。他給了我我需要的。

我將米格爾從過去刪除。刪了手機的照片（那些我沒把他裁掉的相片）。刪了他的簡訊。把他從我聯絡人移除。

我進了我家，到我的房間。我鎖上門。

（我不能接受。）

（我試圖麻木自己，轉移疼痛，卻沒有意識它總是會回頭找上我的。）

（它一定會回頭找我的。）

（接納它。）

如今，在同一間房子裡，我聽到笑聲。我可以清楚指出，是從上面傳來的。

我跟著聲音，走上我家蜿蜒的樓梯。到了走廊，朝光線前進。一扇敞開的大門，這是我的臥室。

我媽坐在我的床上，淡淡微笑。攤開在她腿上的是我的素描本。

我爸也來了。他走進房間，越過她的肩膀仔細看。

「他很好玩，」她說。「他向來有敏銳的幽默感。他最愛開玩笑。當他還小時，你還記得嗎？」

「當然。」他說。

「雞為什麼要過馬路？」他對這個問題總有好幾百萬個不同的答案。有一天，他對我說：「媽媽，為什麼鴨子要過馬路？因為牠想證明牠不是雞。」

我媽凝視素描本。「我常常偷偷溜進來，到處找。為了找一些線索，看看有沒有蛛絲馬跡。我常常翻這本，我自己都不記得多少次了。但我從來沒有真正研究裡面的東西。好好研究。我都沒看出來。」

「妳盡力了。」

「還不夠。」

「沒人怪妳。」

「但我怪自己。」

但我沒有。

這不是任何人的錯，卻是每個人的錯。

（那天，在他的臥室，他站在我面前。也許如果我……）

我讓他們倚靠彼此。我該走了。我最後一次走過房子。每一個角落，都是回憶。

廚房：辛西雅與她的規定。洗碗機不准放鍋子或平底煎鍋。大碗、湯杓與抹刀也不行。我告訴她，它們都可以放洗碗機。但她只能放特定的東西：玻璃杯、餐盤、餐具。其他只能堆在流理台上。她會站在水槽，戴著厚手套，不斷刷洗。一個接著一個，不停刷洗。

客廳：天花板有兩個點。我們說它們是奶頭，柔依和我。我們說笑，一定是樓上有人跌倒，整個人摔到地板。真有夠白痴的。

浴室：門框有兩種白色。左側必須更換。我拿了一把錘子處理，我不記得為什麼了（在那次之後，我爸就把工具箱上鎖了）。

車庫：有第二個冰箱，賴瑞將他的生啤酒跟冷凍糖果都藏在那裡。架上的收納箱都貼了標籤。這裡一塵不染，除了濺在地板的油漆，那形狀看起來像某種生物。賴瑞超火大的，他嘗試了各種除污產品。這隻油漆生物與柔依在用的某種顏料吻合。她發誓不是她弄的。也不是我，雖然大家都以為是我。直到今天，這仍然是家人間最大的謎團。

賴瑞的辦公室：書桌上擺滿了資料、合約。一份藍圖，上面寫著我的名字：康納・墨菲紀念園區。我爸在旁邊寫滿了筆記。我研究他的筆跡，他的小寫g或d都不會把圓圈寫滿。我也是。

後院：我家游泳池冬天是蓋起來的。耗盡他的精力，一位醫生說。於是他們要我加入泳隊。柔依會替我計算圈數。我要她用德國口音對我大喊，她也照做了。訓練太過嚴苛密集，我在第一次集訓前就退出了。

我走上草地。一段回憶出現了，那是我們老家。我們有一個院子，比這裡的小得多。鄰居的孩子過來玩，我撿起一塊石頭。滿大的，跟馬鈴薯差不多。我假裝要丟它，我的手很溼。石頭丟偏了。我看著它在空中，擔心它的弧線。啪答一聲，正中臉頰。他痛苦掙扎，我沒幫他。我嚇壞了，凍在原地。他跑回家，一面咳嗽大哭。我跌入草地，我動不了……

後來，他媽衝來我家，跟我媽理論，讓我媽深信：你兒子有毛病。

我將注意力轉向天空。這是個晴朗的夜晚，到處可見星星。這些星星究竟在哪裡？它們早就消失，光芒卻依然存在。滅絕，卻仍明亮。這好矛盾。為何如此？也許，現在的我，正如那些星星。我在宇宙中曾有一席之地，但我人已經不在了。為何如此？我想要理解萬物發生的過程，從頭到尾。但是，我仍然完全沒有概念，無法理解。

我就此出場吧。

終曲

坐在長凳上，我開始寫一封新信：

親愛的艾文．漢森：

我所有的信都是以這幾個字開始，遵循良好習慣總會帶來撫慰的療效。

今天會是美好的一天，原因如下。

經過這段時間，如今已經整整超過一年，無論我寫了多少封信，接下來的部分總是讓我躊躇難決。儘管是平常的日子，當我沒有特別忙、不特別心煩，就已經夠難下筆了。不過，今天絕不平凡。今天，需要最細膩貼心的文字。

因為今天，無論如何，你就是你。不得掩藏。不要撒謊。只有你。這樣就夠了。

今日的我已非昔日的我。今日的我，也會是未來的我。這些都是我自己無法改變或預測的版本。我甚至不確定我對今日的我是否能產生足夠的影響力。但我只能這樣了。大概也不需要我特別奮力扭轉吧。

我想起一句諺語：「掉落在地的蘋果絕對不會離大樹太遠。」我猜這是在表示，我們是造物者的產物，無法控制自己的命運。只是，上面那句話有兩個字很關鍵：掉落。如果按照這句諺語的邏輯：蘋果一定會掉落在地，「不落地」絕非選項之一。因此，假使蘋果必須掉落，我心裡最重要的疑問是，它掉落地面，又變成什麼樣子？它的表面仍然光滑如初嗎？或者當場摔得稀巴爛？這可是天差地遠的下場。想到這裡，那又何必在乎它掉得離樹多近，或是從哪棵樹掉下來呢？一切都取決於是我們是如何落地吧？

*

一天。這是我媽讓我翹課的天數。第二天，我出現在站牌，我很驚訝完全沒聽見任何竊竊私語，再也沒有人一路盯著我瞧。走廊也沒接收到詭異的眼神。有人跟我說聲「恭喜」。一開始我不懂那傢伙在講什麼，直到我遇上艾拉娜。

她雙臂緊緊圈住我。「我們辦到了。」我看她快喜極而泣了。

「我們？」

「是啊，我們。好了啦，不要記恨了啦。我知道之前我還威脅要把你踢出『康納專案』，但我總得把醜話說在前面啊。不對你嚴厲一點，你就不會把康納的遺書寄給我，果園也不能拿到錢了。」

募款，我全忘了。

「艾拉娜，我們要談一談。」

「一定要的。我們接下來有很多事情要做。未來，我們就是一體，凡事同進退，對不對？共同總召。真的，艾文。我需要你。康納需要你。」

真相還沒揭露。在我還有機會前，全盤托出告知艾拉娜的關鍵人物，必須是我。墨菲夫婦讓外界知道我的告白是遲早的事。「妳今天放學有空嗎？」

「這才是我懷念的熱情。」艾拉娜說：「當然有空。晚點我傳訊息給你。」

但時間一分一秒過去，我的勇氣慢慢消逝。我的遲疑與杰德有關，他也跟我卡在這團混亂之中。而且，比起前幾個星期，艾拉娜似乎更開心了，全因為我們募款活動非常成功。如今我們已經募集到接近六萬美元。一旦事實爆開，捐款者會不會想要把錢拿回來？甚至做出遠超過退款的其他要求？他們會告我嗎？畢竟，一開始是因為聽了我的謊言，他們才會掏錢出來。

那天下午與艾拉娜視訊時，她提出所有我們必須做的工作。果園要先買下來。我們可能得成立一個非營利機構才能免稅。我們需要找各方面的專家：房仲、會計師、建築師、農人、營建單位、律師。不過，話說回來，我們不需要律師。賴瑞同意免費替我們處理各種法律事務，但那是之前。

「我們也不能忘記支持者。」艾拉娜說，她已經快把她那串名單講完了。「我們要寄出感謝信與謝禮。對了，你甚至答應要跟某人午餐。有空時把你的行程表給我。」

艾拉娜用了無數小時讓我們的夢想成真。如今，因為我，有可能一切就要付諸流水。「艾拉娜，我有話要說。」

「當然好，我洗耳恭聽你的任何建議。我知道我可能是控制狂啦，但是我得到教訓了。我們在一起，團結才是力量。」

或許之前團結一心絕對沒有問題，但如今再也不是了。若要「康納專案」有機會持續發展，現在擺脫我就是最佳時機。我找不到勇氣把事實全說出口，但我可以有其他作法。

「我不想繼續參與『康納專案』了。」我說：「我玩夠了。」

她以為我開玩笑。「你說什麼？」

「對不起。」

「等等，你認真？」

她離我很遠，她只是螢幕上的畫面，但我仍然無法直視她。

「你不搞了？」艾拉娜問。「我才講完工作計畫，所以，怎樣，你覺得太多太忙了？你就要這樣頭也不回離開？哪有人這樣啊？」

「爛到底的人渣。」

「沒錯，垃圾，人渣。沒用又……可悲的爛人。」

我完全無需為自己辯護。

「我就知道。」艾拉娜的眼鏡起霧了。「我早就該讓你滾蛋了。你承認吧，你的心一直都不在這裡。你利用我，就是這樣。你利用我以及『康納專案』。你得到自己需要的之後，才不在乎一路上讓誰受了傷。我真的不敢相信，你真的很……」

「……可惡。」

我望著她意識到事情的嚴重性，就我這段時間對艾拉娜的了解，她很有心機又世故成熟。有時甚至過度公事公辦，沒得商量，就像機器人。但現在她的反應絕對出自有血有肉的人類。

「我想妳可以宣布『康納專案』就此與我脫離關係。」我說。

「喔，相信我，我會的。」艾拉娜說。

「現在就做，」我建議，「這可是重大消息，妳不覺得嗎？」我真恨自己必須說出這些話。

「你真的病了，艾文。你知道嗎？」

一小時內，公告就貼出來了。她很文明，宣稱我們只是彼此追求的方向不同。我還希望她把我丟到公車底下，開車輾過我，壓扁我，讓我血肉模糊，但她大概也擔心把我污名化，會對專案的未來不利。她不知道我已經知道的：反正我就馬上要成為人民公敵了。我希望「康納專案」可以抵禦這場風暴，因為它的目標正確又有意義，我不在，它才能更加茁壯。

可惜的是，果園重建運動大概就是「康納專案」的顛峰之作了。它後來再也沒有獲取更多的注意。人們轉而關注新的事物：軍人返鄉、中岸籃球聯賽、洛斯的新髮型。艾拉娜忙著完成她推出的各項活動或運動。以她的個性，她絕對不會輕言放棄。只要交付給她一項任務，她絕對使命必達，不善罷甘休。

如果，你現在去問艾拉娜．拜克認不認識艾文．漢森，她可能會說，我們不過是點頭之交罷了。高三那一年她完全把我當空氣。在走廊跟我擦身而過，只要我進了一間她在的教室，她立刻起身離開。假裝我不存在。她不是唯一這麼做的人。

*

我向墨菲一家坦白的第二天就打給杰德，他如我預料非常火大。「你他媽是白痴嗎？真的，你到底會什麼？拜託告訴我柔依她爸不在場。」

「當然在啊。」我說：「怎麼了？」

「因為你在律師面前坦承罪行，而且不是其他律師。是被害者的律師。」

我知道我搞出超級大麻煩，但我還處於理解事情嚴重程度的階段。杰德認為我們該去找他的律師叔叔，把一切釐清。但我則提議我再去找一次墨菲夫婦，乞求他們原諒。

「艾文，拜託，聽我的，不要。」

這大概是我從杰德．可萊曼那裡聽過最真切誠懇的話了。

「真的，艾文，你想一想，整件事都跟你有關。」杰德說：「一開始就是你的主意。」

我印象中可不是這樣，但我不想再爭辯了。「好了，」我說：「我不想指責任何人。我知道自己做了什麼，好嗎？我沒有怪你什麼的。我從來沒提過你的名字。他們根本不知道你。」

我能聽見他手指敲鍵盤的聲音。我想像他在房間，忙著將所有不利證據從硬碟刪除。

「不要去找你叔叔，拜託，我們就先按兵不動，看接下來會怎麼樣。也許墨菲夫婦根本不會有任何舉動。」

這是在自欺欺人，很荒唐，我知道，但我也只能這樣了。

「如果你抖出我……」杰德說。

「我不會，我發誓。」

他掛上電話。

塵埃落定後，我寫了好幾封訊息，想繼續跟他聊：

兄弟

我只是想說，對不起

一切的一切

我知道我是混蛋

我是

我很不想當混蛋

我們沒事了嗎？

假如你什麼時候想要一起出來……

但我們再也沒有講話了。至少再也沒有真正的聊天了。當看似無法避免時，我們會跟彼此打招呼，他對我客氣地點點頭。看見我們在彼此身邊躡手躡腳，小心翼翼，你甚至可能以為我們是分手的情侶。我最大的恐懼就是他去找他叔叔，讓正義之輪開始轉動，然後有關單位真的找上門，把我抓走。

第二年的十二月，那時我們已經畢業好幾個月了，有一天我在路上要去搭公車，一輛休旅車停在我身旁。它看起來像是杰德的車子，但開車的人不是他。是他嗎？

這個新杰德比舊的那一位瘦了許多，而且沒有戴眼鏡。然後他說話了：「還是跟個怪咖一樣在路上亂晃嗎？」

他要我上車，帶我去工作。我一直瞄他。他大概終於開始用健身房的會員卡了。一個人怎麼樣才能動機十足，付諸行動？他又是如何踏出下一步，真正有所改變？我的錢則是花在女友身上。

「你看起來氣色很不錯，兄弟。」我說。

「我知道我們已經有一段時間沒見，但我還沒準備好跟你稱兄道弟。」杰德說。

「我以為你去密西根了。你回家幹嘛？」

「我休學加入軍隊了。」

「亂講。」

「我明明就是回來過寒假啊，白痴喔。」

我多花了一秒鐘才回憶起我們之前的相處模式，但經過最初的調整校正後，剩下的車程非常輕鬆自在。我待在杰德的車子越久，雖然前後沒超過十分鐘，我就更清楚意識到自己有多麼想念我的老（家人）朋友。他總是試圖用最魯莽不修飾的方式，設法從我手中拯救我。

而我的角色是成為我們的道德指南針。我以玉石俱焚的作法忽略了我應有的責任，但救贖仍然不遲。我不打算在解決我們心上那顆大石前，放杰德離開我。

「我誰都沒提。」我說。

我希望他善意回應，讓我的良心不再受到譴責，但他持續盯著路況，只說：「算了。」好喔。我都可以。

我們跟彼此說再見，我謝謝他載我一程。杰德跟我不是熱愛軍武的男生，但就某方面而言，我們曾經並肩作戰，世界上只有我跟他清楚自己行為帶來的毀滅性後果。

也許杰德高三時對我冷漠相向，不只是在表達他內心的受傷（搞不好是來自律師的指示）。可能也因為他無法忍受想起往事。總之，對我都是一樣的意義：這是奇蹟中的奇蹟——原來，杰德·可萊曼也有一顆溫暖的心。

*

我懺悔告白後的第一星期是我人生最糟糕難捱的時光。我又開始吃藥，整個人卻完全無法正常運作。我的胃酸不時作祟，左眼失控亂跳。那個星期五，我去健康中心找了護士阿姨，大半天都沒上課。

我曾經看過一部紀錄片，某人遇上沉船意外，在大海求生十六天。人們救起他之後，他慢慢恢復身體健康，讓生活重回正軌，過程艱辛繁複，而且非常漫長。

我也遇到了沉船，而且是我自找的。但是，我是直接被丟回社會與人群。前一個週末我離開學校時，仍然志得意滿，等到我再次返回校園時，一切都沒了。這讓我非常困惑，一時之間，我無法分辨現實與幻想的差別。我總覺得自己好像聽到有人說話，但明明四下無人。只要有人看著我，我就會自己編出一套說詞。我曾經把一樣回家功課重複做了兩次，只因為我忘記自己做過了。我開始質疑自己是否真的曾經從橡樹墜落折斷手臂；我會在大半夜爬到床底下，只是為了確認石膏不是自己想像出來的。

與紀錄片的當事人不同，我沒有得到任何支援或同情，因為沒人知道我經歷了何等折磨。此外，我值得他人憐憫嗎？我媽與謝爾曼醫師是我生命中唯二對我的行為有點概念的人，但連他們也不知道事情的來龍去脈。所有的細節只有我一個人知道，隨著時間過去，它們開始每天纏著我不放，陰魂不散。

我不得不遠離社群媒體。人們不斷追問，想知道為什麼我不再屬於「康納專案」的一分子。他們繼續說墨菲夫婦與柔依的壞話。我的成績一落千丈。我的出席率很低。我先得了蕁麻疹，然後又是不明熱，接下來還染上帶狀皰疹（據說這是老人才會得的病）。我從宅男直接變成人群恐慌症了。

一切全因為墨菲一家根本沒有採取任何行動揭穿我的黑暗祕密。我等了又等，納悶它會如何發生，什麼時候會爆點。我日日等待：擴音器宣布我的名字；同學直接找我對質；或是讓我收到傳票，說我被起訴了；也許是來自陌生人的電子郵件；也有可能是找上門的警察。任何聲音都足以讓我瑟縮害怕：電話鈴聲、學校鐘聲、敲門聲、汽車喇叭聲、人聲。

我等著接受懲罰，因為我知道自己活該。有時，我會把頭埋在手中，懇求一切快快結束。這感覺跟當時我不確定康納要拿我那封信怎麼做時很像，但狀況更糟，因為代價會更慘烈。

我好希望自己能與辛西雅及賴瑞聯絡。我想過在他們的信箱留一封信，讓他們知道我對他們的感受，我有多感激他們為我做的一切，以及我是多麼抱歉。我想讓他們知道，我非常思念他們。但我決定還是算了，只要與墨菲一家有關，我想怎麼做，都已經不重要了。

感恩節時，真相還沒揭穿。我媽和我開車到上州與外公外婆及阿姨過節。外婆開門時身上就穿著一件「康納專案」T恤——這是她才收到的禮物，用來感謝她捐錢贊助我們的活動。後來，外公餐前禱告時，特別提到我：「主啊，我感謝自己能擁有一個懂得謙卑與服事的孫子，他讓我對人類的未來充滿希望。」我腦子出現墨菲一家圍坐餐桌的畫面，他們失去了這麼多之後，仍然努力召喚力量感激上帝。後來，我什麼也沒吃。

在回家的路上，我決定了：我要自首。墨菲家就是等我主動這麼做，讓我做對的事情：自己坦白。

但當我們到家後，我媽打開信箱，我瞥見桌上留下的一張小卡片。裡面寫著：謝謝妳的鮮花與信。妳的文字對我們別具意義。感恩節快樂，辛西雅。

「這是什麼？」我問。

我媽聳聳肩，不是因為她不知情。「我不喜歡事情後來的演變，何況我知道她經歷那一切，我想我們先主動問候也不錯。」

「媽，妳到底跟她說了什麼？」

「沒什麼。我只是打聲招呼，說我想到你們，謝謝你們做的一切……」

「還有呢？」

「寶貝，別這樣，我知道你犯了錯，但你本性又不壞。」

「妳不知道我犯了多少錯。」

「當然不知道。沒有父母會知道他們的孩子到底做了些什麼，問辛西雅就知道了。但我們都不是聖人，我們只是盡力而為罷了。」

我媽媽的話整晚都在我腦海迴盪。我將辛西雅的感謝小卡拿到房間，細細讀了好幾次。也許墨菲太太不希望真相被人知道。可能那些假的電子郵件也同樣令她羞愧。

一年就要結束，我開始懷疑我的祕密是否注定就會是祕密。秋天變成了冬天，一開始讓我神經緊繃的心情煉獄已經減少到小火悶燒的程度。我對未來不再那麼擔心，我適應了一種新的常態。每一天我都無法不想到自己造成的傷害，我不配被輕描淡寫地原諒。就算我開始覺得自己值得，也絕對不可能。每天有太多瑣碎的東西可以提醒我，我不配。其中一樣又特別鮮明。

*

講到柔依，一開始我的目標就是讓自己完全隱形。我讓自己完全不存在，她可以不用看到我，也無需因為我，感受到任何多餘的痛苦或不舒服。我避開視線接觸，刻意繞路，低垂著頭，身體也縮起來。但我的心完全不是這麼做的。

我的心只想走向她，跟她說話。時間過去了，我慢慢從藏匿處走出來，允許自己被看見，也看著她。我等待暗示，或任何她想要我接近的訊息，最細微的邀請也好，但我完全沒有接收到，於是，我保持距離。

但就算柔依本人不在，我還是看得見她。每次一輛長得像她的藍色沃爾沃經過時，我就會側目。或是在我聽到一些歌曲時，或是當我經過我家走廊的嬰兒照前，也有可能當我看見一雙Converse球鞋，或看見電視上那位跟她同名的女演員。或是遇上她的朋友。

這是我的新生活最難熬的部分。我不確定誰知道了些什麼，我也不能開口問。太冒險了。當我的同學看著我時，他們是不是看見了一個冒牌貨兼大騙子？或只是一個典型爆紅又失意的高中男生？還是，他們根本對我視而不見？我又回到「沒」的狀態了嗎？我覺得自己比開學時更格格不入，我這輩子就屬現在最為孤獨寂寥。萬聖節來了又走，今年，沒了柔依跟我一起打扮，我就待在家裡（當自己）。反正我從小就是這樣過萬聖節的。當我天真無邪時，獨來獨往容易多了，畢竟我不知道何謂歸屬，何謂愛人以及被愛。如今，我是知道得太多了。

我只能從一旁望著柔依：我看見她跟小蜜午餐時笑得開心。我看見她一面發訊息，臉上帶著微笑。我經過爵士樂團的傳單，知道自己不能出現。

二月的一個早上，彷彿命中注定，我們在空蕩無人的走廊打了照面。我們同時抬頭，眼神交會，她沒有厭惡轉頭，她微笑了。我好久沒見到那個笑容，我有點不知所措，但心情馬上快活了。我讓自己加以解讀，結果，這讓我為她準備了情人節禮物。記事本。我想親自交給她，卻又害怕拒絕，所以我用寄的。我在裡面寫了一句話：期待妳永遠有說出真相的勇氣。我再也沒聽到她的消息。

不管她有沒有用記事本，我確定她應該會繼續寫歌。春天時，我發現自己離「首都咖啡」很近，於是我看了一下節目表。我看見「開放麥克風之夜」的歌手，然後，在另外一個格子中，我看見了柔依·墨菲的名字，沒有其他演唱者。她終於有獨唱的時段了。我記下日期，沒有再回去。

*

我向墨菲夫婦坦承事實的那一晚，當時我獨坐在我媽車上，我沒有把車開走。第二年春天，等到我滿十八歲後，我終於能夠坐上駕駛座，到處移動了。

這都要歸功謝爾曼醫師。他鼓勵我要為自己立定新目標，我將考駕照排在第一位。我用了大約半年的時間，最終總算讓我感受到高三生自己開車上學的爽快，我正好在畢業前夕拿到駕照。在畢業典禮上，霍華德校長將文憑遞給我們之前，他提到了康納。我沒在觀眾席看見墨菲夫婦，或柔依。但我在場，清楚聽見他的名字。

那天回家後，我伸手到床底拿出石膏。康納的名字從中間切成兩段，但石膏的另一邊仍然完整。我將它套在手臂上，兩段石膏短暫合而為一，六個字母重新組合在一起，Connor 回來了。我將石膏取下時，感覺他的名字已經印在我的皮膚上。那時我才意識到：自己永遠不可能將他洗掉忘卻。

我找到八年級的紀念冊。大家都有自己專屬的頁面，很多人放上自己的生活照或與家人的拼貼照，要不就畫上自己最愛球隊的隊徽，寫一點從谷歌搜尋到的鼓勵字句。康納列了自己最愛的十本書。我決定把每一本都看完。

我還回頭看他在網路的每一則留言。偶爾，我會用無名氏的名義捐款到「康納專案」，金額不多，有多少我就捐多少。

然後，有一天，我偶然在一處超市停車場遇上一場小型募款活動。我一聽到艾拉娜在人群間說話，便立刻轉身專注在我媽給我的購物清單。但在我真正逃離現場前，有人叫住我。

我回頭以為自己會看見同學，但我完全不認識站在我面前的男孩。

「我們可以聊一下嗎？」他問。

他開始要走到我的車子。我沒有其他選擇，只能跟在他後面。

「我就希望你會出現。」他微笑。

我就是為此盡量避免出現在公開場合，我不想再繼續當大家認識的那個「艾文．漢森」。我不想必須對任何人撒謊了。

「很有趣。」男孩往前凝視，「一開始，我還很高興康納交了新朋友。」

我的血液凍住了。我停住腳步。

「我越認真研究，大家描述他的細節，我就知道不大對勁。」

「對不起，請問你是……」

「沒事。」他仍然掛著那抹輕鬆的微笑。「我什麼都不會說的。我是要……我很想，可是……」他沒說話，轉頭看向人群。「你看看這些人。他終於得到應得的注意了。」

我細看他。他膚色黝黑，但雙眼迷人有神，髮型自然有型。那微笑絕對可以讓他女友及她父母非常開心。「所以，你跟康納是……？」

「朋友。」他說。

他敘述他們的友誼如何萌芽，而後凋落，最後戛然中止。「那天下午，下了課之後，他發訊息給我。我本來要回的，但我在上班，我不想要只是……那天晚上我就打電話給他，當時已經轉語音信箱了。過了好幾天我才知道他做了什麼。」

他安靜了，頭垂得很低。「如果我知道他要……我真的……我不知道。」他努力想湊出話來。「我一直在想，如果可以讓我跟他說到話……」

一段好長的沉默，在靜默中，我終於了解他來找我說話的原因。不是為了我，而是為了他自己。我能體會他這段期間心中帶著的愧疚感，還有恐懼。在那燦爛微笑背後，其實是沉重到無以復加的包袱。

從他告訴我的那些事情中，有段話特別讓我印象深刻：「康納，他是……我從來沒認識過像他這樣的人。如此天真，這麼純潔。有時候，我在想，或許要他來面對這一切，實在太殘酷了。」

他描述的康納與我理解或聽說過的那個人截然不同。我感受到新的悔恨，但同時，至少我又學會了一些東西。接下來好幾個月，我一直都在設法理解這個人告訴我的一切與康納相關的全新知識。

*

高中畢業後的那年夏天，我想回去艾利森公園工作，但那裡留有太多令人沮喪的回憶，離墨菲家也太近了。我的「歡迎光臨」標語還在入口。一天早上開車經過時，我突然有個想法。我開始深入研究公園歷史背景。我將我的筆記變成一篇文章——關於約翰・休威特與他的家人，及那些為我們的今日犧牲的先人——然後將它寄去參加一些獎學金徵文比賽。

那篇文章沒有拿到獎，但在那之後，我開始認真看待寫文章這件事，接下來的一年內，我幾乎參加了媽替我找的每一個徵文比賽。我只贏了一個獎，拿到一千五百元的獎學金，但我仍然視它為一大成就。真的，我只想寫作。我需要寫作。我想，我大概就是得跌跌撞撞走上一段，才能抵達我的目的地吧。

因此，我人在這裡，坐在長凳上，不斷寫作。這些信已經成為我抒發自己的最佳管道，但我必須對自己誠實坦率，這仍然不容易。儘管經過這麼多練習之後，離我自白已經過了二十個月。有時候，我仍然感覺那只是二十分鐘前發生過的事情。

或許，某一天，一切都會像是一段遙遠的回憶。或許我能讓過去跟著我，而不要讓它催促我。也或許，某一天，我能看著鏡子，看見比較不醜陋的自己。

我將手機放回口袋，沉浸於眼前壯麗的美景，這片翠綠蓊鬱的田野早已在這裡好幾百年，草地上的木樁排列整齊。一棵棵稚嫩可愛的小樹綁在木樁上。這是果園，那一座果園。

我從不懷疑艾拉娜讓一切成真的本事。然而，親眼目睹仍然讓我充滿驚喜。康納．墨菲紀念園區已經成立一年左右，但這是我初次造訪。我猜，我大概是在等著收到邀請函吧。

再過幾年——或許兩年，或也許十年，要看樹種——這些小樹苗就會成長茁壯，結實纍纍。金冠蘋果、加拉蘋果、脆蜜蘋果、旭蘋果、柯特蘭蘋果等等各大品種。或許還有其他新進研發的品種。但它們現在都還是寶寶，才剛開始展開新生，還有很長的路要走。

引擎聲打破了寂靜，停車場有一輛車停在我媽車子旁邊。我趕緊將汗溼的掌心在牛仔褲上擦一擦。柔依走過來了，她的身影越來越近。

有時候，你一直期盼某件事會發生，然後，因為你失望太多次，你再也不會期待，結果，願望就這麼成真了。

我站起來迎接她，雙腿發抖。「嘿。」

微笑。「嘿。」

柔依屬於果園。當她在這裡時，大自然也深知自己只能當配襯背景。微風拂動她暗棕色的頭髮，陽光造成的戲劇效果也太完美。照相機呢？薇薇安・邁爾在哪裡？這裡需要她的巧手啊。

我等柔依坐下，但她好像比較想站著。時間過了好久，我都不知道該如何開口了。「妳好嗎？」

「很好。」柔依回答：「非常好。」

一雙新的Converse，一件我從來沒看過她穿的牛仔外套。我不大確定它下面的那位女孩是否還是我認識的那一位。「妳快畢業了，對嗎？」

「對，再過兩星期。」

她有一整個學年我都無緣目睹。不過，不知道自己錯過了什麼，會讓我的日子好過些。現在望著她就已經讓我夠難過的了。「高三生活如何？」

「超忙。」柔依說。

我點頭，彷彿知道她在說什麼。怎樣忙？忙著上大學？或是忙著社交，比如說，跟男朋友玩？或是兩者都忙？這根本不干我的事，我知道。但看著她，喚醒了我體內一直沉睡的某樣東西。

「新鮮人生活如何？」柔依問。

每次遇到高中同學，我都得解釋一次自己為什麼還留在家鄉。「其實，我決定先休息一年。」

「喔。」柔依跟大家一樣，有點訝異又有點惋惜。

「我是想先找工作，存一點錢。我在社區大學修課，到時候進大學時就可以抵銷一些學分。」

「很不錯啊。」

也很有必要。在我住的這一州，如果要我離家念大學，我絕對撐不下去的。這一次，我聽了謝爾曼醫師的建議，先找工作，強迫自己與人互動。「所以如果妳在找價格過度昂貴的家居裝潢品，到『陶作庫』找我，我可以提供員工價喔。」

「現在還不用啦。」

「好吧，假如妳改變心意的話，我只會在那裡工作幾個月，時間不多，請多把握囉。」

她默默笑了笑，轉頭望向原野，整理了頭髮，讓它落在一邊肩頭上。

「我總是想像你和康納在這裡的模樣，」柔依說。「雖然明明……」

經過一番試探之後，我們終究還是到了話題的核心。儘管令人難以忍受，卻非常有必要。

「這是我第一次來。我開車經過好幾千次了，但我感覺自己不配來這裡。」

我們一起盯視前方。

「這裡很好，」我說：「很安靜。」

「我爸媽一天到晚來。我們每週末都來這裡野餐。對他們有幫助，很有幫助。」

我感受到的解脫，知道他們都很好，讓我眼角刺痛了。他們原諒了我，讓我還有機會為自己努力。我至今仍然不敢相信。「妳爸媽，他們原本可以把我做的事公諸於世。」

柔依吸進一口鄉間空氣。「當時，大家都需要一點東西。」

「但不表示我的行為沒問題。」

「艾文，」她說，要我望向她。「它救了他們。」

我低頭，我球鞋旁邊有一顆鬆動的石頭，等人踢它。有些日子，當我的怨懟超越其他情緒時，我會後悔自己將真相全都說出口。

「你媽呢？其他家人如何？」柔依問，然後馬上意識到「家人」這兩個字很不恰當，卻又找不到其他更好的字眼。

「她很好。她休息了一陣子，還得等一段時間才能拿到學位，但快了。還有我爸，呃，寶寶出生了。」

「你是大哥了。」

理論上沒錯，我還沒機會好好扮演那個角色，但它確實在我的清單上。不過，最近我比較專注在另一位兄弟身上。之前我總認為墨菲一家放我自由，儘管如此，但其實正好相反。他們讓我帶了個包袱，它無處不在。這負擔卻也成為我的責任，我只是需要學習如何實現它。

「我有東西要給妳。」我說。

她的牛仔外套很貼身，不知道她有沒有收到我寄給她的筆記本，但這是一份不同的禮物。我拿出手機時，她似乎有點緊張。我找到我要的，給她看手機，她的雙眼睜大，將手機接過去。

「我看過這張相片，但這個人是誰？」她問。

這是網路轉發好幾千次的康納相片，但這是原來的那張相片，裡面不只有康納，還有……

「米格爾。」我說：「他是康納的朋友。」

她抬頭看著我的雙眼。「真的嗎？」

我點頭。

那天米格爾在超市外面給我看那張沒裁圖的相片時，我的表情跟柔依現在一樣目瞪口呆。然後，米格爾給我看更多相片。接著，他讓我看康納寫給他的訊息。內容並非虛構想像，是康納真正寫過的字字句句。不舒服與療癒的感受一次湧上：不舒服，是因為我這個冒牌貨第一次見到了真正的康納朋友；療癒，是因為突然間，我不需要假裝了。康納真的有朋友。

「他們看起來好開心。」她說。

「真的。」我從口袋拿出一張摺起來的紙條。「我會把相片寄給妳。這是米格爾的電話，如果妳還想問些其他的。」

我內心不斷掙扎，決定要這麼做已經好一陣子了。為什麼我要刻意將我一直想擺脫的事重新翻出來？因為，是這樣的，當我看見康納相片時，我看見他在微笑，我感覺，也許，在那當下，無論後來發生了什麼，康納確實曾經有過短暫開心快樂的時光。我想柔依以及她爸媽會想知道的。於是，就這麼一次，我決定要勇敢面對。

柔依沒有移動，咬著下唇。「謝謝你。」她靜靜地說，將紙條放進口袋，然後低下頭。「這一年很不好過。」

「我知道。」我想說一點安慰的話，但我沒權利。「我一直很想打電話給妳。只是不知道我能說什麼，然後我又……後來還是打了。」

「很高興你找我。」

我的藥調整了體內的化學物質，但柔依是我的靈魂良藥。她的話填補了我坑坑洞洞的世界。「真希望我們能在這裡，第一次相遇。」

她的雙眼比天還藍。「我也是。」

或許我們真是第一次見面，此時此刻此地就是最真誠的我。我好遺憾自己這麼晚才到這裡。

「我差不多該走了。」柔依說。

失望。「當然。」

「因為，期末考就這一個星期了。」

「不會，沒關係。」

她微笑，轉身要走。我還有好多問題，我選了其中一個。

「我可以問妳嗎？」我說：「為什麼妳想約在這裡？」

她暫停，望向眼前遼闊的大地，盡情享受美景。「我希望確定你能看到這一切。」

我遠眺，確保自己真的看見了，讓一切壯闊盡收眼底。還有：過去，現在，以及未來。柔依開車離開後，我用筆填補內心的空虛，我將信寫完：

或許，有一天，會有另一個男孩站在這裡，瞪著大樹，感覺寂寥孤獨，他會納悶，從上面遠眺世界，它是否會呈現不一樣的景致。更美，更好。或許，他會開始爬樹，一次踏一根樹枝，不斷往上攀爬，儘管感覺自己下一步就要踩空，找不到立足點。儘管感覺無助絕望，彷彿萬物都在告訴他要放手。但也許，這一次，他不會放手。這一次，他會緊緊把握。他會持續向上攀爬。

我將手機放回口袋，回頭欣賞果園風光。要我坐在這裡繼續瀏覽美景已經不可能了。可能我本來就做不到吧。

我走上翠綠純淨的青草地。幾乎感覺自己像個入侵者，但心裡有聲音要我放鬆。我不再假裝自己認識他，但如今，他已經與我如影隨形。

我們穿梭在大樹之間，小心翼翼不打擾大自然，但我們肩負一項任務。我們不是來找麻煩的，我們代表了許多人，全是孤獨的靈魂。我們一起協力打造了這裡。未來，人們將繼續看著這裡茁壯。那些我們不小心失去的人們。我們會攜手一起前進，努力往上攀爬，向下墜落，憑風翱翔天際。努力接近萬物的中心點，努力看清自己，理解自己，也認識彼此，共同觸摸真實的美好世界。

作者小記

根據美國自殺防治基金會，全美一天自殺人數高達一百二十三人次。這是一部虛構故事，但它呈現的現實非常真切：孤寂無助的人們如果求助無門，他們的感受會百分百貼近本書主角的內心。我們需要持續探索討論心智健全的議題，支持幫忙那些或許深受其苦的人們。假如你自己或你的親人需要協助，拜託一定要知道：你（們）並不孤單。

下列是能提供豐富資源的機構：

美國

◆兒童心智機構 http://childmind.org

本機構宗旨在於致力改善有精神疾病或學習障礙的兒童人生

◆危機訊息專線 https://www.crisistextline.org

危機訊息專線完全免費，全天候支援需要協助的人們。只要從美國境內任何地方輸入741741，發訊息給專業危機諮詢師，你的問題就能解決

◆崔佛專案 https://www.thetrevorproject.org

美國首區一指的專業機構，精於處理LGBTQ的青少年危機防治與自殺防治問題

台灣

◆1925安心專線

手機與電話直播，二十四小時免付費心理諮商專線

◆1995（要救救我）

手機與電話直播，生命線專線的協談輔導專線。

◆1980（依舊幫你）

有困擾的問題時，需要有人一起討論的張老師生命專線。

◆台灣同志諮詢熱線協會

https://hotline.org.tw/

自我認同、情感支持等同志議題諮詢的專業機構

◆社團法人台灣自殺防治學會
https://www.tsos.org.tw
有自傷防治策略與相關求助資源

致謝

瓦爾・艾米奇

謝謝「夥伴們」──史提芬、班吉與杰斯汀──你們這麼信任我，一路鼓勵打氣，又幽默好玩好相處；我崇拜大家對故事的投入，有你們的督促讓我更努力想把書寫得更棒。我的編輯法瑞・約伯給我這個機會，用無數的讚美、兵來將擋的勇氣，還有適時的憐憫以及不知多少盤義大利麵讓我有體力精力繼續加油；我不知道大家如何應付這位三頭六臂的怪物，讓他不至於把我們大家逼到死角。還要謝謝我的經紀人杰夫・克萊從一開始就當頭棒喝，讓我整個人清醒過來。麥特・舒曼也有同樣的神力。此外，克莉絲汀・賈李多、山佛・基尼、丹恩・考夫林、賈思汀與梅根・吉賽克夫婦，還有我的外甥與外甥女（特別是珊曼・貝克與蓋文卡・提拿），還有麥克・艾米奇。也要鼓勵與憂鬱躁鬱作戰的人們──拜託一定要撐住加油。哈波與雷儂──這一切為了你們。謝謝吉兒──書寫完了，要不要出來玩啊？

史提芬、班吉與杰斯汀

我們想感謝：琳恩・愛倫、大衛・柏林、羅拉・波納、約翰・布澤地、喬丹・卡羅、德魯・柯恩、史提芬・佛拉替、弗瑞・荻葛森、麥克・葛瑞夫、凱特・霍耶、艾琳・馬龍、杰夫・馬克思、惠特妮・梅恩、史戴・西米荻、艾薛・保羅、馬克・普拉特、亞當・席哥、麥特・史坦堡、傑克・維特爾以及《親愛的艾文・漢森》百老匯全體演員與工作人員。我們深深感激法瑞・約伯從頭親力親為，促成此書的實現，也要謝謝瓦爾・艾米奇精湛的筆觸與豐沛的文采，認真勾勒故事情節與主角性格。最後，我們要謝謝這齣音樂劇的廣大粉絲觀眾——各位的回應以及與我們分享的人生故事，正是此書一開始之所以成形的最佳靈感來源，謝謝大家。

全體

我們要謝謝阿歇特出版集團／Little Brown Young Readers出版社，亦步亦趨陪伴我們，支援我們，讓故事成為具體，送到讀者手上，當然也還要感激下列人士：大衛・科普蘭、潔姬・英格爾、商恩・佛斯特、珍妮・葛嵐、史戴夫・霍夫曼、莎夏・依靈沃斯、維吉尼亞・洛瑟、麥可・皮須、克斯汀娜・皮斯克塔、愛蜜莉・波斯特、安娜・潘德拉、潔西卡・休佛、安琪拉・塔敦與梅根・丁麗。

Hit

親愛的艾文・漢森

暢/小說

●原著書名：Dear Evan Hansen●作者：瓦爾・艾米奇（Val Emmich）、史提芬・列文森（Steven Levenson）、班吉・帕薩克（Benj Pasek）、杰思汀・保羅（Justin Paul）●譯者：陳佳琳●封面設計：蕭旭芳●校對：李鳳珠●責任編輯：巫維珍●國際版權：吳玲緯●行銷：何維民、吳宇軒、陳欣岑、林欣平●業務：李再星、陳紫晴、陳美燕、葉晉源●編輯總監：劉麗真●總經理：陳逸瑛●發行人：涂玉雲●出版社：麥田出版／城邦文化事業股份有限公司／10483台北市中山區民生東路二段141號5樓／電話：(02) 2500-7696／傳真：(02) 2500-1967●發行：英屬蓋曼群島商家庭傳媒股份有限公司城邦分公司／10483台北市中山區民生東路二段141號11樓／書虫客戶服務專線：(02) 25007718；25007719／24小時傳真服務：(02) 2500-1990；2500-1991／讀者服務信箱：service@readingclub.com.tw／劃撥帳號：19863813／戶名：書虫股份有限公司●香港發行所：城邦（香港）出版集團有限公司／香港灣仔駱克道193號東超商業中心1樓／電話：(852) 2508-6231／傳真：(852) 2578-9337●馬新發行所／城邦（馬新）出版集團【Cite(M) Sdn. Bhd. (458372U)】／41-3, Jalan Radin Anum, Bandar Baru Sri Petaling, 57000 Kuala Lumpur, Malaysia.／電話：+603-9056-3833／傳真：+603-9057-6622／讀者服務信箱：services@cite.my／麥田部落格：http:// ryefield.pixnet.net●印刷：漾格科技股份有限公司●初版一刷：2021年11月●定價380元●ISBN 978-626-310-112-8／電子書格式：9786263101135 (EPUB)

國家圖書館出版品預行編目資料

親愛的艾文・漢森／瓦爾・艾米奇（Val Emmich）、史提芬・列文森（Steven Levenson）、班吉・帕薩克（Benj Pasek）、杰思汀・保羅（Justin Paul）著；陳佳琳譯. -- 初版. -- 臺北市：麥田出版：英屬蓋曼群島商家庭傳媒股份有限公司城邦分公司發行發行, 2021.11
面；　公分. --（Hit暢小說）
譯自：Dear Evan Hansen
ISBN 978-626-310-112-8（平裝）

874.57　　110015957

城邦讀書花園
www.cite.com.tw

今日的我已非昔日的我